ベリーズ文庫

悪役令嬢の華麗なる王宮物語

-ヤられる前にヤるのが仁義です-

藍里まめ

JN178046

STARTS
スターツ出版株式会社

目次

レオナルド
カルディンブルク王国の王太子。愛称レオン。国王に代わって政務を司る人徳者。まっすぐで清らかな心を持つ美青年。
Leonardo
Olivier
オリビア
絶大な権力を有するオルドリッジ公爵家の令嬢。過去のトラウマから「ヤられる前にヤる」をモットーに強くしたたかに生きる。

akuyaku reijo no

悪役令嬢の華麗なる王宮物語

karei naru okyu monogatari

—ヤられる前にヤるのが仁義です—

Character introduction

オルドリッジ公爵

オリビアの父で、有力貴族。オリビアをしのぐ腹黒っぷり。王太子に嫁がせようと、王妃付きの侍女としてオリビアを王城へ送り込む。

クレア

オリビアの母。公爵夫人でありながら、エリオローネ辺境伯として領地を統治。オリビア誘拐事件により、両足不随になる。

王妃

侍女であるオリビアに嫌がらせをするのが日課。王太子とは仲が悪い…?

ルアンナ王女

レオナルドの妹。王妃に似て、意地悪で傲慢。隣国の王子に恋をしている。

悪役令嬢の華麗なる王宮物語
-ヤられる前にヤるのが仁義です-

清らかな王太子は苦手です

カルディンブルク王国の王太子、レオナルドは、執務机に片肘をつき、額を押さえて悩みに沈んでいた。

ひとりきりの執務室内には、まだ微《かす》かに彼女の香りが残っている。

それは在りし日の少女の頃と変わらぬ、日だまりのような温かな香りであった。

彼は純粋で清らかな心を持つ少女が大人になるのを待ち侘《わ》びていた。

いつか大人になった彼女を娶《めと》りたい……その密かな願いは今、根本から大きく揺さぶられていた。

氷のように冷たい瞳に、なにを考えているのか読みきれない無表情さ。そして他人を貶《おとし》めることを躊躇《ちゅうちょ》しない、汚れてしまった心。

「あの頃とはまるで別人じゃないか。なぜ君は変わってしまった？　教えてくれ……」

彼の独り言に答える者はいない。

振り子の柱時計は彼女の過去を教えてはくれず、ただ未来へと時を刻み続けるだけであった——。

＊＊＊

夕暮れ前のひと時、王族一家の居間には、芳《かぐわ》しい紅茶の湯気が立ち上る。

サンドイッチや焼き菓子、数種類のティーフーズをつまみつつ談笑しているのは、王妃と、その娘のルアンナ王女。

長椅子にゆったりと腰掛けている王妃は、四十半ばを過ぎてもスラリとした体型を崩さず、貴族女性のお手本となるべき気品を感じさせる。

母親と向かい合い、ひとり掛けの布張り椅子に座る王女は、私よりひとつ上の十八歳だ。ツンと尖《とが》った鼻に利発そうな赤褐色の瞳をして、背中まである栗色の髪は緩やかに波打つ。

母娘はなかなか整った面立ちをしており、美人と言っても差し支えないだろう。ただし両者とも意地悪な性分である。

ふたりのお茶の時間に給仕するのは、王妃付きの侍女である私と、メイドが二名。

ルアンナ王女のカップが空になりそうなのに気づいて、メイドが運んできた新しいポットを手に取った私はそばに寄った。

「お茶のお代わりはいかがでしょう?」と声をかければ、「ええ、お願い」と王女は微笑む。

それはなんとなく嫌な感じのする笑い方で、気に障りつつも紅茶を注いで下がろうとしたら、足がなにかに引っかかった。

しまったと思っても、もう遅い。「キャッ!」と叫んで尻餅をついてしまう。手から離れて飛ばされた陶器のポットは、人のいない場所に落ち、絨毯《じゅうたん》の上で割れてしまった。

熱いお茶を被らずに済んだけれど、驚きに見開いた私の目に映ったのは、横に出した足をサッと引っ込めて薄笑いを浮かべる王女の姿。

慌ててメイドが駆け寄って、私を助け起こしてくれる。もうひとりのメイドは黙々と、割れたポットを片付け始めた。

私をフォローしてくれるメイドがいる一方で、王妃と王女は怪我や火傷《やけど》はないかと心配するのではなく、立ち上がった私を非難する。

「オリビアさんの不注意のせいで、お母様のお気に入りのポットが割れてしまったわ。グズね。どうしてくれるのよ」と罵《ののし》り、責める王女は楽しそう。

王妃は深いため息をついて、蔑《さげす》むような冷たい視線を向けてきた。

「オルドリッジ公爵は、どうしてこんなにも使えない娘を、わたくしに押し付けるのかしら」

オルドリッジ公爵とは私の父のことで、我が家は王家に次ぐ高い地位にある。

その娘である私が王妃付きの侍女として、城に住み込みで奉公するようになったのは五日前のことだ。

『どうしてこんなにも使えない娘を』と王妃は疑問であるかのように言ったけど、その理由はここにいる全員が……いや、この国の貴族も含めて誰もが勘づくところであろう。

それは王妃の息子である二十四歳の王太子が、花嫁選びを始めたからである。

年頃で、公爵令嬢という高い身分の私は、否応《いやおう》なく花嫁候補に入れられてしまった。

つまり、私を王家に嫁がせ、さらなる威光を得たいと企《たくら》む野心家の父が、私と王太子の仲を近づけ、他の候補者よりも抜きん出るために、侍女勤めを命じたのだ。

オルドリッジ家の力は絶大で、『行儀見習いと社会勉強のために娘をそばに置いてください』と父から直接頼まれたら、王妃とて断ることは難しい。

だからこうして冷たい視線を向け、「なにを突っ立っているの？　早くわたくしにお謝りなさい」と厳しいことを言うのだ。

今朝は私にデイドレスを選ばせておきながら、『気に入らない』と言って、王妃の寝室と衣装庫を五度も往復させられた。

それというのも、私から音《ね》を上げて、実家に帰りたいと言わせようとしていることが窺《うかが》える。

今も私に少しの敬意も払わない王妃に怒りが湧いているが、相手はこの国の貴族女性の中で、最高峰に立つ権力者である。お腹の前で手を揃えて腰を折った私は、「申し訳ございませんでした」と言われた通りに謝罪するしかなかった。

それでも王妃は「表情のない娘ね。謝られた気がちっともしないわ」と鼻で笑い、手の甲を口に当て、喜劇を観ているかのように高笑いするルアンナ王女に関しては、許すとは言わない。

ただ性格が悪いだけであろう。

完全に嫌がらせを楽しんでいるもの。

お楽しみのところ申し訳ないが、私は耐え忍んで泣くだけの弱い娘ではない。

『やられたら、倍にしてやり返せ』というのは、父の教えである。そして私の場合、特に他人の悪意に敏感なところがあって、『やられる前にやる』を信条にしている。

自分と自分の大切な人を守るためには、こちらに危害が加えられる前に、相手に戦意を喪失させるほどのダメージを与えることが大切である。薄汚い陰謀渦巻く貴族社会において、それが生き残る方法であると、私は経験から学んでいた。

王妃のポットを割ったという事実があるため、王妃に対しては形ばかりに謝罪した私だが、「わたくしにも謝りなさいよ」と嘲笑《あざわら》うルアンナ王女には頭を下げない。

茶器やティーフーズが並ぶ楕円形のテーブルに近づき、私が手に取ったのはミルクポットだ。銀製で拳《こぶし》大のポットには新鮮なミルクがたっぷりと入っている。

「紅茶にミルクを入れて差し上げましょう」と言った私は、それを高く持ち上げて、ルアンナ王女の頭上から注いだ。少しではなく、中身の全てを流しかければ、王女は頭から肩までがミルクまみれとなった。

「キャア！　なにするのよ！」と驚き慌てる王女を、今度は私が嘲笑う。

「今は、ルアンナ様が足を出して転ばせたりしませんでしたけど、手元が狂いました。わたくしはグズなので仕方ありません。謝れと言われましたので、謝罪はいたします。王女殿下、大変申し訳ございませんでした」

王妃は目をつり上げていたが、転んでポットを割ったのはルアンナ王女の意地悪のせいだと知り、娘にも厳しい視線を向けていた。

ここには私たち以外に、メイドの目がある。私だけを叱れば、使用人たちの間で

『娘にだけ甘い』と噂が広まることを懸念してなのか、王妃はルアンナ王女と私のどちらを先に叱るべきかと迷っている様子であった。

その隙にと、「わたくしのドレスにもミルクが跳ねましたので、着替えて参ります」と一礼し、そそくさと退室した。

ドレスを汚すようなヘマは、していないけれど。

私がいなくても、給仕係が必要なら他の侍女を呼ぶだろうから問題ないと思う。

王妃付きの侍女は私を含めて三人いて、王女付きはふたりいる。今日の給仕係の当番が、私であっただけなのだ。

王族の居間を出ると、藍色の絨毯敷きの長い廊下が延びている。天井は高く、明かり取りの窓から差し込む夏の日差しが、窓格子の蔦《つた》模様を壁に映していた。

清潔なシーツを積んだワゴンを押し、忙しそうに歩くメイドが、私を見て道を空けて会釈《えしゃく》する。

私は公爵令嬢。敬意を払われて然るべき存在であるはずなのに、どうしてこんなに不愉快な思いをしなければならないのか。

やり返したけど、まだスッキリしない。

王女の顔にクリームパイを投げつけた方がよかったかしら……。

ここは巨大な王城の大邸宅。南棟の三階にあたるこの廊下沿いに、王族の私室が集中している。呼び出しにすぐに応じられるようにと、侍女の個室も近くに配置されていた。

王族の寝室や衣装庫などの前を通り過ぎ、突き当たりを右に曲がる。

その先の三つめのドアが私に与えられた部屋なのだが、そこに辿《たど》り着く前に足を止められてしまう。

正面から優雅な足取りで歩いてきて、私の前で立ち止まったのは、見目麗《うるわ》しき貴公子。この国の王太子である、レオナルド・ハウエル・グラディウス・カルディンブルク様だ。

胡桃《くるみ》色のサラサラとした前髪の下には、南の海を思わせるコバルトブルーの瞳が優しげに弧《こ》を描いている。暑いためか、黒いズボンにブラウス一枚という軽装でも、長身で男らしい立派な体躯と纏《まと》う高貴な気品から、彼が輝いて見えた。

しかし、「やあ、オリビア。どこに行くんだ?」と問う口調も笑顔も、拍子抜けするほどに気さくなものである。

「王太子殿下、ごきげんよう。デイドレスをミルクで汚してしまったので、着替えに戻るところです」

無表情に淡々と説明したのは、打ち解けるつもりはないという意思表示であった。

この人の妻となれば、王妃を母、王女を妹と呼ばねばならない。

あんな意地悪な母娘が家族だなんて、冗談じゃないわ。

おそらく現時点で、数多《あまた》いる花嫁候補者の中でも、公爵令嬢である私は有力だと思われる。だからこそ、なおさら愛想よくすることはできない。王太子に気に入られては困るのだ。

彼が私を拒めば、父とて強引に縁談話を進めるわけにいかないだろう。

私は父の言いつけに逆らえないし、父の手前、王妃も私を追い返すことができずにいるようだから、次期国王である彼から拒否してもらわなければ。

とにかく私は家に帰りたいのだ。

しかしながら、私の思惑とは真逆に、彼はアハハと明るく邪気のない笑い声をあげ、私の頭を撫《な》でた。

「お茶の時間にミルクをこぼしたのか？　オリビアは意外とそそっかしいところがあるんだな。しっかりしてそうな君の些細なミスは、とても可愛らしく思える」

「え……？」と私は目を瞬かせる。

どうやら王太子は、私がお茶を飲んでいる最中に、うっかり服にミルクをこぼしたと受け取ったみたいだ。

仕返しとしてルアンナ王女にミルクをかけたとは知らなくても、十七にもなって、粗相をするのは恥ずかしいことで、貴族女性としてはマイナス評価を受けそうなものである。それなのに『可愛らしく思える』とは、どんな思考回路をしているのだろう。それとも七歳も離れているから、私がまだ小さな子供のように感じるのだろうか……？

理解不能な反応をされてポカンとしてしまったら、彼が瞳を細めてクスリと笑う。男らしくも綺麗な人差し指が伸びてきて、私の唇にチョンと触れた。

驚いた私が両手で口元を覆えば、「半開きの口元が可愛かったから、触ってしまった。ごめん」といたずらめかした口調で言われた。

「な、なにを仰《おっしゃ》って……」

私の鼓動は跳ね、心は落ち着きをなくす。

女性の唇に気安く触るとは、王太子といえども失礼じゃないかしら。

それとも、私を辱《はずかし》めてやろうとしたの……？

口に出さずに彼を非難したが、その直後に違うような気もした。

彼の青い瞳には、一切の濁りがない。笑顔にも不自然さはなく、なにかを企んだ気配は微塵《みじん》もなかった。

それならば、ただ純粋に正直に、『可愛かったから、触ってしまった』だけで、それ以外に理由はないということになる。

私の王城住まいと侍女勤めが始まったのは、五日前だ。父に連れられ、王太子のもとにも挨拶に出向いたら、『困り事があればいつでも俺のところにおいで。君の力になりたい』と言われたことを思い出した。

あの時も、口先だけではなく、本気でそう思っているような印象を受けた。

私につらくあたる王妃の息子で、意地悪な王女の兄であるのに、この人は少しも似てないのね……。

耳の形や髪色が王妃譲りと思われるけれど、面立ちも異なるし、性格は真逆と言ってもいい。王妃を〝黒〟とするなら、彼は〝白〟だ。

私にだけではなく誰に対しても親切で気さくな対応をしているようで、父は『万人に好かれる人徳者で、かつ有能だ』と王太子を評価していた。

政《まつりごと》は私にはよくわからないけれど、現国王は昔から頼りなく、政治を任せられない人だと噂されている。王城晩餐会や式典などで挨拶したことはあるが、中肉中背で、穏和な顔をしていて見た目もどこか頼りない。趣味のバードウオッチングばかりに一生懸命な方だとも聞いた。

それで父のような一部の有力貴族たちが実際に国政を動かしてきたのだが、王太子が成人して政治を担うようになった頃からは、父の出番は少なくなったそうだ。

彼はすぐに君主の才覚を発揮して、国王に代わって政務を司り、今では父らの補佐もほとんど必要ないほどなのだとか。

有能で白い心を持つ王太子……この人は嫌だと、私の心が訴えていた。

少し話しただけで、調子を狂わされる。

私程度のしたたかさでは、操れそうにない人だもの。苦手だわ……。

わかりやすく敵意を向けてくるルアンナ王女と一緒にいる方が、まだ平静でいられる。王女の言動は、私の予想の範囲内に収まるものであるからだ。

五日前と同じように、今も王太子は優しい目をして、「困り事はない？」と聞いてきた。

「はい、ございません。王妃殿下をはじめ、王城の皆様には大変よくしていただいております」

彼のペースに流されまいと気を引き締め直した私は、淡々とした口調に戻して無表情に受け答えをする。

これ以上調子を崩されないように「失礼いたします」と一礼して会話を終了させ、彼を置いて歩き出した。

私のストレートの髪は長く、腰まである。後ろ髪に残念そうなため息がかかった気がしたが、振り向かずにまっすぐに自室へと避難した。

部屋に入ると、ドアに鍵までかける。空気が暑く淀んでいるので、窓を全開にした。するとと微かな塩気を含んだ、いくらか涼しい風が吹き込む。

レースのカーテンが揺れ、私は外の景色を見ながらホッと息をついた。

この城は小高い丘のてっぺんを平らにならして建てられている。

私の部屋の窓は南西に向いており、緑の芝生が美しい広大な前庭が半分だけ見える。丘の下には歴史ある城下街が広がり、さらに奥には港と海がある。ここからでは海は見えないが、風に乗って商船の汽笛《きてき》が小さく聞こえてきた。

窓から離れ、部屋の隅にあるベッドに腰掛けた私は、「ただいま」と声をかける。

その挨拶は、枕の横に座らせている人形に対してのものだ。

緑色のドレスを着た赤子大の人形は、顔は陶器製で、体は綿を詰めた布製である。

ストレートの長い髪はプラチナブロンドで、瞳は琥珀《こはく》色。

それらの色は私と同じで、幼い時の自分とよく似た人形に手を伸ばし、「いい子にしてた?」と問いかけたら、ニッコリと笑ってくれたような気がした。

この子の名前はアマーリア。

幼い頃に母から贈られた私の宝物で、唯一の友達である。

この子を抱いている時は、心が穏やかになり、幸福感を覚える。それは母に愛されていることを、確認させてくれるからであろう。

アマーリアの髪を撫でた私は、人形を腕に抱いたまま立ち上がってキャビネットの前に行く。その上段の引き出しを開けて取り出したのは、母からの手紙だ。

母はオルドリッジ公爵夫人でありながら、エリオローネ辺境伯を名乗っている。

エリオローネ家はその昔、他国の奇襲を受けて滅んだとされていたが、ひっそりと生き延びていた母が父と出会い、その助力を得て領土を奪還した。私が生まれる前のことである。

私が幼い時も今も忙しく、領主として辺境伯領を統治している母には、なかなか会うことができない。それで、ひと月に一度の割合で文のやりとりを何年も続けてきた。

王城住まいが始まって、昨日初めて届いた手紙がこれである。

封筒から出して開けば、そこには私を気遣う言葉が綴《つづ》られ、最後には【つらかったら帰っておいで。心配いらないわ。私がジェイル様を説得するから】と逃げ道を記してくれていた。

私にとって家族以外の人間はみんな敵か、いつ敵になってもおかしくない信用のおけない存在である。なので今は、敵地でひとり、戦っているような心境だ。

もう、すでにつらいわ。でも……。

手紙に書かれている〝ジェイル様〟というのは、父のことである。

当主である父の命令は絶対で、母とてそう簡単に逆らうことは許されない。

だから私が帰れば、母は父と衝突しなければならなくなる。夫婦の間に確かな愛情があることはわかっていても、私のことで不仲になったら……と心配であった。

最愛の母を、そんな目に遭わせたくはない。

手紙を封筒に戻して大切にキャビネットにしまうと、腕に抱いているアマーリアに話しかけた。

「大丈夫よ。もう少し頑張れるから心配しないで。きっとそのうち王太子殿下の方から、花嫁候補を外すと言ってくると思うの。だって私は愛想のいい娘じゃないもの。そうすれば家に帰れるわ。あとちょっとの辛抱《しんぼう》よ……」

それでも私の親友は『本当にそうなるの?』と言いたげな、不安そうな顔をしていた。

私は三倍返しにする娘です

ルアンナ王女にミルクをかけた翌日、まだ太陽が南中していない午前だというのに、私は汗だくになっていた。

それというのは、王妃の嫌がらせのせいである。

ここは王妃の寝室。

朝食後にふた組の来城者と引見《いんけん》した王妃は、『暑くて疲れたわ』と言って、数十分前にここに戻ってきた。寝室だとデイドレスを脱いで、涼むことができるからだ。

王妃は薄いローブ一枚になって、クッションを枕に長椅子に横たわっている。

隣に立つ私は羽根扇を手に持ち、かれこれ三十分ほど王妃を扇ぎ続けていた。

流れる汗は止まらないし、湿って肌に張り付く衣服が気持ち悪い。

「もうよろしいでしょうか?」と尋ねるのは三度目で、「まだ暑いわ。もう少し扇いでちょうだい」と言われるのも同じであった。

この部屋には私たちふたりだけではなく、侍女頭のバッカス夫人もいる。

バッカス夫人は王妃とさほど変わらぬ年齢で、二十五年ほども仕えているのだとか。

王妃に気に入られている侍女頭は、求められる仕事が私とは明らかに異なっている。王妃の向かいのひとり掛けの椅子に座って、冷たいレモン水を飲みながら話し相手となっているのだ。

「それでね、あの女がわたくしの帽子をしきりに褒めて、譲り受けたいと図々しいことを言ったのよ。だからはっきり言ってやったわ。あなたの大きすぎる頭では、この帽子が入らないと思いますわよって」

数日前に王妃は、王家の近縁の婦人を伴って観劇に出向いていた。どうやら、その夫人に対しての悪口のようだ。

バッカス夫人はオホホと耳障りな笑い声をあげ、王妃に同調する。

「王妃殿下の二倍もありそうなお顔をされていらっしゃいますものね。被るというより、頭にのっかるだけでしょう。それも見てみたい気もしますけれど」

侍女頭だから、無理して王妃の悪口に付き合っているのではない。心から楽しんでいるように見える。

二十五年もそばにいれば性格が似てしまうのか、夫人もなかなか意地悪な性分で、私につらくあたるのも王妃と同じだ。今も手が疲れている私に対し、厳しい視線を向ける。

「オリビアさん、もっと強く速く扇いで差し上げてください。王妃殿下は暑がってお
られます」
私は例外として、一般的に侍女は下級貴族の娘や妻がなるものであり、バッカス夫
人の身分は私より遥か下である。
それなのに、なんで私が、こんな人に指示されなければならないのよ……。
しかし王妃を本気で怒らせれば、私の父に迷惑が及ぶかもしれず、それは得策では
ない。
だからバッカス夫人の今の言葉に対する仕返しは、ほどほどにしておこうと思う。
「はい、わかりました。もっと一生懸命に扇ぎますわ」と殊勝《しゅしょう》なことを言った私は、
右手に持つ羽根扇を振りかぶり、バッカス夫人に向けて投げつけた。扇は空を切るよ
うに飛んでいき、見事、夫人の顔面に直撃する。
「ギャッ」と下品な声で叫んだ夫人は、両手で顔を押さえている。指の間から覗く目
は、驚きに見開かれていた。
私も驚いたふりをして、「ご、ごめんなさい！　汗で手が滑りました」と言い訳す
る。
すると鼻の付け根を押さえた夫人が、憤怒《ふんど》の表情で立ち上がる。「嘘、おっしゃい。

わざとでしょう!」と見破られたけれど、慌てず冷静に淡々と言い返した。

「まぁ、失礼ですわ。わたくしはそのような乱暴なことをいたしません」

「オリビアさんなら、いかにもやりそうに見えます」

「そうでしょうか? でしたら、信じていただけるように、次はもっと心と力を込めて扇ぎますわ。こんなに汗だくなのですから、また手が滑って、今度は王妃殿下の方へ飛んでしまうかもしれませんけど、不可抗力です。どうかお許しくださいませ」

バッカス夫人を直撃した扇は、テーブルの上に落ちていた。それに手を伸ばそうとしたら、「もういいわ」と王妃に止められる。

王妃は呆れ顔をして長椅子の上に身を起こし、その口からは重たいため息がひとつこぼれ落ちた。

「稀代《きたい》の美女と言われたあなたの母親は、気が強くてわたくしとは反りが合わなかったけれど、オリビアも同じね。顔も性格も、よく似ているわ」

母と王妃は、若かりし頃一悶着《もんちゃく》あったらしく、今でも折り合いが悪い。

今は母が滅多に王都に来ないため、ふたりが同席する機会はまずないけれど、数年に一度の重要な式典などで、どうしても顔を合わせなければならない時には挨拶程度しか言葉を交わさず、お互いに無用な争いを避けようとしているように感じられる。

もし母を貶めるような悪口を言われたなら、たとえ相手が王妃であっても、私は倍にして言い返したであろう。

でも今は、気が強くて反りが合わないと言われただけで侮辱されたわけではない。むしろ、やられっぱなしでは終わらせない、美しくて頼もしい女性であると褒められた気がして、私は王妃に笑顔を向けた。

「お褒めいただき光栄に存じます。わたくしは母を敬愛しておりますので、似ていると言われるのは誇らしいことですわ」

すると王妃は私を見るのも嫌そうに、目を逸らす。

「わたくしに媚《こ》びない娘は扱いにくいわ……。ここからはバッカス夫人に扇いでもらうから、オリビアはお下がりなさい」

椅子に腰を下ろしてレモン水を飲んでいた夫人は、「え……」と小さな戸惑いの声をあげた。

まさか、扇ぎ役を侍女頭の自分がやることになるとは思っていなかったのだろう。

それを見てほくそ笑んだ私は、「失礼いたします」と腰を落として挨拶してから、堂々と退室する。

これから汗だくにされるバッカス夫人を思えば、いくらかスッキリとした心持ちになれた。

自室に帰った私は、メイドに手伝わせて冷たく濡らしたタオルで全身を拭き清め、ライムグリーンの薄地のデイドレスに着替えをする。するとさらにさっぱりとした気分になれた。

「失礼します」と汚れ物を抱えたメイドが退室したら、ドア横の壁際にある振り子の柱時計が正午の鐘を鳴らした。

侍女の午餐《ごさん》の食事は、十四時からと決まっているので、それまでは王妃に呼ばれない限り、自由時間である。

ドアに鍵を閉めに行き、他人のいない空間に気を楽にした私は、『さて、なにをしよう？』と考える。

アマーリアの新しいドレスを作ろうかしら……。

私の趣味は縫い物とレース編みである。多忙の母に代わり、それを教えてくれたのは、今は亡き祖母であった。

縫い物や編み物をしている間は、母と離れて暮らす寂しさが紛れるから、幼い頃の私はすぐに夢中になり、今ではきっと在りし日の祖母よりも上手であろう。

アマーリアの服を手作りすることは特に楽しく、自作のドレスで着せ替えをするのも趣味と言っていいかもしれない。この部屋にあるキャビネットの下段の引き出しには、びっしりとアマーリアのドレスを収納している。その数は二百着ほどで、全て私の手作りだ。

今日はどんな服を作ろうかしら……と考えつつ、窓辺に向かう。

窓の手前には丸テーブルと、肘掛付きの布張り椅子が二脚置かれている。今朝、部屋を出る前に、その椅子にアマーリアを座らせていた。

外が見えるから、ひとりでも退屈しないのではないかと考えて。

「ねぇ、アマーリア。新しいドレスを作ってあげるわ。あなたは何色が好き？」

久しぶりに心を弾ませて、椅子の背後から歩み寄る。そして、笑顔で椅子の座面を覗き込んだ私は、驚きに目を見開いた。

アマーリアがいないのだ。

「そんな……どこへ行ったの⁉」

確かにここに座らせた記憶はあるけれど、綺麗にメイキングされているベッドカバーや毛布を剥がしてその中を捜す。さらに絨毯に這いつくばってベッドの下を覗き込み、キャビネットの引き出しを全て開け、柱時計の中まで確かめてみた。

どこにもいないわ。ということは……。

誰かが私の親友を連れ去ったとしか思えない。

私が不在の間は必ず施錠しているけれど、掃除係やメイドは、私に鍵を借りて入ることがある。けれども、彼女たちが人形を盗むとは考えにくい。見つかれば職を失う上に、処罰されるから、割りに合わないと思う。

それに盗むなら、宝石や現金、高価なドレスなど、人形より得になりそうなものがこの部屋にはたくさんある。だから使用人が犯人ではないと思ったが、誰かが彼女たちを脅して盗ませた可能性は残されていた。

部屋の中央辺りに立ち尽くし、焦りの中で考えを巡らせていると、背後に紙が擦れたような音がした。

反射的に振り向けば、ドアの下の隙間から、白い封筒が差し入れられていた。

駆け寄って手紙を拾い、解錠してから急いでドアを開けたけれど、廊下の左右を見渡しても誰もいない。手紙を入れた主は、姿を消すのが上手なようだ。

仕方なく部屋に戻ってドアを閉め、白い封筒を見る。

差出人の名前はないが、他には変わったところのない普通の封筒である。

それでも、私の胸はドクドクと嫌な音を立てていた。アマーリアがいないと気づいた直後に入れられた手紙なので、差出人が犯人のような気がしてならないのだ。

開封して、中に入っていた一枚の白い便箋を引っ張り出す。

それを開いた私は、ますます顔を険しくする。

【あなたの大切なお人形は、花を愛《め》でに出かけたわ】

やはり犯人からの手紙であった。

書かれていたのはその短い一文だけだが、私はそれだけでなにもかもを理解した。

手紙を開いた時に一瞬だけ、バニラのような香りを感じたからだ。

バニラをベースに、数種類の花のエッセンスを混ぜた甘ったるい香水を、ルアンナ王女が愛用している。それはおそらく特注品で、彼女だけが使用しているものである。

犯人はルアンナ王女で、昨日、私にミルクをかけられたことへの仕返しに違いない。

きっと掃除の者に命じて人形を盗ませたのであろう。

王女に命じられては、下働きの者が嫌だと言うのは難しい。

だから、悪いのはただひとり、ルアンナ王女よ……。

私の手の中で、手紙がクシャリと握り潰される。それをデイドレスの胸元に突っ込んだ私は、部屋を飛び出した。

アマーリアを助けに行かなくては。少しでも傷つけたら、許さないわよ……。

花を愛でられる場所がどこかと考えて、思い当たったのは王妃所有の温室だ。まだ入ったことはないが、遠目に外観だけは見たことがある。

花が好きな王妃のために、年中何百種類もの花が咲いているのだとか。

そこにアマーリアは連れ去られたに違いない。

この大邸宅は、たくさんの尖塔《せんとう》を備えて内部は複雑な造りをしている。便宜《べんぎ》的に東西南北の棟に分けて呼ばれていて、南棟の豪奢《ごうしゃ》な螺旋《らせん》階段を駆け下りた私は、西棟へと向かう。

はしたなくも走る私に、何事かと使用人の視線が注がれるけれど、それを気にする余裕もない。

アマーリアは唯一無二の親友で、母との繋がりであり、寂しかった幼少期を支えてくれた心の安定剤でもある。

あの子がいないと、私は生きていけないわ……。

西棟の通用口から外へ飛び出せば、空は真っ青で、強い日差しに照らされる。

城壁の内側は一般的な貴族の屋敷が三十棟も入りそうなほどに広大で、尖塔がそびえるこの大邸宅の他にも、兵舎や使用人が居住する別棟、迎賓館に王妃のための離宮もある。正門は南側にあり、大邸宅の裏にあたる北側は森のように木立が茂り、国王が趣味のバードウオッチングを楽しんでいるそうだ。

その森に入る手前に王妃の温室がある。

息を切らせてそこまで駆けていくと、円形でドーム状の屋根をしたガラス張りの建物が、『お入り』と言うかのように、大きく扉を開けて待ち構えていた。

一歩踏み入れば、蒸し暑い空気に顔をしかめたくなる。

王妃の温室は庭師に管理させているはずだが、今は誰もいないようだ。

種類と色形の様々なバラやソルベットにカーネーション。匂い立つ鮮やかな花が見事に咲き乱れる中を、王妃がドレスの裾を汚さずに散歩できるようにと、レンガ敷きの小道がうねるように延びている。

アマーリアを捜してその道を進み行けば、愛しき親友の姿を温室の中央付近で見つけた。そこは円形に開けた空間で、お茶を飲んで休めるようにガーデンチェアとテーブルが置かれている。アマーリアはその椅子に座らされていて、駆け寄った私は人形を腕に抱き、「なんてことなの……」と青ざめた。

着せていた青いドレスが無残にも切り裂かれて、ボロボロになっている。しかしながら慌てて人形の体を確かめると、顔と髪も含めて無傷であることがわかり、ホッと息を吐き出した。

ドレスだけなら着せ替えれば済むことだ。

親友を強く抱きしめた私は、その髪に口づけ、「怖かったでしょう？　可哀想に。でもよく無事でいてくれたわね」と労いの声をかけた。

私と同じプラチナブロンドのこの髪は、母の切った髪で作られている。

大切な母の髪が切り刻まれなくて本当によかった。

安堵したのも束の間、突如温室内にガチャンと金属の錠が下ろされたような重たい音が響いた。

ハッとして、慌ててアマーリアを抱いてレンガの小道を引き返せば、扉が閉められて外から鍵をかけられたことを知る。

「誰かいませんか！」と声を張り上げてみても、ガラスの壁に虚しく反響するだけで、扉を開けてくれる者はいなかった。

これもルアンナ王女の嫌がらせだと気づいた私は、ため息をつく。

それは、王女の意地の悪さに対してというより、自分に対する呆れである。

アマーリアのことになると冷静さを失い、こんな単純な罠にはまった自分を愚かに感じていた。

もっと注意深くならなくては……と反省した後は、どうしようかと考える。

室温調整のための窓は高い位置につけられ、ワイヤーで開閉する仕組みとなっているようだ。いくつもある窓は全開になっているが、手が届きそうにない。ガーデンチェアを踏み台にしても、きっと無理だろうと思う高さだった。

誰かが通るのを待つという選択肢もあるけれど、一時間、いや三十分待つのも苦しいほどにここは暑い。他人の助けを待っていれば干からびてしまいそうな気がした。

「仕方ないわね……」

私のその呟きは、諦めでも泣き言でもない。

ここは王妃の大切な温室なので、壁を壊せば怒らせて面倒くさいことになりそうだけど、仕方ないからガラスを割って外に出る、という意味である。

ドアの横には庭仕事のためのスコップと、鍬《くわ》や鋤《すき》が置いてあった。補修用に隅に積まれているレンガの上に、アマーリアをそっと座らせると、私はスコップを手にする。

鉄のスコップは私の腰までの長さがあり、ずっしりと重たいが、歯を食いしばって振りかぶると、それをドアの横のガラスに叩きつけた。

ガラスの割れる大きな破壊音が温室内に響く。跳ねた破片が私の手の甲を傷つけて、うっすらと血が滲んだ。

顔をしかめたが、傷ついたのがアマーリアではなく私なので、腹立たしさはまだ自制内に収まっている。

私自身に危害が加えられるよりも、アマーリアを含めた私の大切な家族が痛めつけられることの方がずっと苦痛に感じる。年端もいかない少女の頃から、私はそういう性格である。

ガラスは割れたが、まだ出るには穴が小さいので、さらに細かく割っていたら、こっちに向かって走ってくる足音が聞こえた。

「何者だ！」と厳しい声をかけたのは王太子で、湿気に曇るドアの前に立っている。アマーリアを抱え、ガラスを割った場所から私が外へ出ていけば、「オリビア⁉」と驚きに目を見開いていた。

彼は乗馬用のブーツを履き、革の手袋を持っていた。おそらく城内の馬場で馬を走らせていたのだろう。

王太子の執務室は西棟にあるというから、西棟の通用口から屋敷内に戻ろうとしていた途中で、ガラスの割れる音を聞きつけ、何事かと走ってきたに違いない。

事情説明をしなければならない人が増えたことを煩《わずら》わしく思いつつ、「王太子殿下、ごきげんよう」と無表情に挨拶した。

すると彼は拍子抜けしたように目を瞬かせたが、すぐに険しい顔つきに戻して、私の正面に立つと、「ごきげんよう、じゃないだろ。君がガラスを割ったのか？　なぜ？」と詰め寄った。

近づかれた分を下がって、一歩半ほどの距離を置いてから、私は説明する。

「はい。割ったのはわたくしです。理由は割らねば出られない状況に陥れられたからです」

彼はハッとした顔をして、外から鉄のかんぬきが差し込まれた状態のドアを見た。

「誰かが故意に君を閉じ込めたのか」と理解してくれたのは、私が『陥れられた』と表現したためであろう。

「そうか……。責めるようなことを言って申し訳なかった」と権力者らしからぬ殊勝な謝りの言葉をかけてから、彼は人のよさそうな顔をしかめる。

「誰にやられたのか、心当たりはあるか？」

思わず私がクスクスと笑ってしまったのは、その質問が滑稽《こっけい》に聞こえたからだ。

彼は自分の妹が犯人だとは、露《つゆ》ほども思っていない様子であった。

「オリビア？」と怪訝《けげん》そうに呼びかけられて、私は笑うのをやめる。ドレスの胸元に手を入れて取り出したのは、私が握り潰した手紙で、無言で彼に差し出した。

なおも訝《いぶか》しむような目を向ける彼であったが、手紙を受け取り広げて読めば、驚きを顔に浮かべた。

それが妹の字であると、すぐに気づいたようだ。「ルアンナか……」と言って深いため息をついてから、彼は「大変申し訳ない」と私に向けてこうべを垂れた。

身分が下の者に対し、簡単に頭を下げるその態度が理解できず、私は眉をひそめる。

誰に対しても優しく気さくで、清らかな人徳者。聞こえはいいけれど、次期国王となる人なのだから、もう少し威厳を持つべきであると思って謝罪を受けていた。

「妹には人をからかうのが好きなところがあるのは知っていたが、温室に閉じ込めるとはやりすぎだ。俺の方からよくよく注意しておこう。君のもとに謝罪に行くようにも命じるよ」

それで許してあげてと言いたそうな彼はさらに、温室のガラスを割ったのは自分の不注意のせいにしておくと、私の望まぬことを言い出した。その理由は、王妃が私への印象を悪くして、厳しい対応をすることがないように……ということであった。

私は心の中で盛大なため息をつき、『おめでたい人ね』と口に出さずに毒づいた。

王妃にはとっくに嫌われている。毎日つらく当たられていることは、彼の耳に少しも入っていないようだ。

ガラスを割ったのは私ですと申し出ても、私ならいかにもやりそうだと思われるだけで、これ以上印象を悪くすることはない。

ルアンナ王女への対処についても、不十分に感じる。彼から注意をして謝罪させると言われたが、意地悪を楽しむあの王女が反省などするものか。兄の手前、一応謝ったとしても、口だけなのは想像に容易《たやす》い。

もしもどこか一室に幽閉してくれるというなら、今後の被害を防ぐことができてありがたいけど、彼の対処法では王女を懲らしめることなどできはしない。

「心配いらない。この件は俺に任せてほしい。今後二度とオリビアに迷惑がかからないようにする」

透明感のある美しい瞳は、まっすぐに私を映していた。

麗しい面立ちをした王太子である彼に、頼もしい言葉をかけられたなら、年頃の娘であれば誰しも胸をときめかせることであろう。けれども私には娘らしい恋慕の感情が不足しているのか、少しも胸を高鳴らせることなく、呆れの眼差しを向けて断った。

「結構ですわ。わたくしは自分で対処できますので。お気持ちだけ頂戴《ちょうだい》いたします」

すると彼は困ったように眉を寄せ、「どんな対処を?」と問う。

私はなにも答えない。強い意志を瞳に表して、真顔でじっと彼を見つめ返すだけ。

大抵の人は私にこうして見据えられると、後ずさったり目を泳がせたりと、気圧されたような反応を見せる。年配の紳士であってもだ。

しかし彼はさすがは王太子と言うべきか、少しも怯むことはなく、逆にほんの少し爪先を前に出し、私と視線をぶつけていた。

その瞳が、私の真意を読み取ろうとするかのように幅を狭める。

「君を理解したい。俺を信じて頼ってくれないか?」

穏やかな口調で諭《さと》すように彼は言うが、それくらいでは私の心の、固く閉ざされた扉を開けることはできない。

理解されなくていいし、してほしくない。不愛想で、なにを考えているのかわからない可愛げのない娘だから、花嫁候補から外すと言ってほしい。

彼と打ち解けるつもりは、さらさらないのだ。

「わたくしのことなどに、お心を煩わせる必要はございませんわ。どうかご心配なさらず」

無表情に淡々と答えた私は、スカートをつまんで腰を落とし、「失礼いたします」と挨拶する。

彼を置き去りに、大切な親友だけを抱いて西棟の通用口へと歩き出せば、心に黒い靄《もや》が広がり、ルアンナ王女への復讐について考え始める。

このままでは終わらせない。二倍にも三倍にも膨らませてやり返し、怯えさせて泣かせてみせる。

私への戦意を喪失させなければ、似たような意地悪が繰り返されるだけだから。

頭の中に母の声が響く。

『オリビアを解放するなら、あなたの指示に従います』

それは私が九歳になったばかりの頃の、母の声。

あの時の私が弱かったから、母は今、車椅子生活を余儀なくされている。

胸が痛んで、アマーリアを強く抱きしめた。

強くしたたかに。

自分の身は自分で守らなければ。

そうしないとまた、大切な人を傷つけられるかもしれないわ……。


温室に閉じ込められた日から三日後。

外は土砂降りで、屋敷の中まで雨音が大きく聞こえている。

他の侍女たちと一緒に、一階にある食堂で午餐の食事をした後は、私はひとりだけ暇《いとま》を与えられていた。今日の仕事はお終いという意味だ。

王妃は今朝からイライラしていた。それはルアンナ王女を伴って舟遊びに出かける予定であったのに、雨で中止となったからであろう。じめじめと蒸し暑いから、という理由でもあるかもしれない。

しかしその苛つきを、『オリビアの顔を見ていると不愉快になるわ』と私のせいにした。

温室のガラスを割ったことは、王太子と別れて屋敷に戻った後、すぐに王妃に報告に行き、謝罪した。

ルアンナ王女が原因であることは、言わなかった。かばったわけではなく、王妃に私だけが叱られることで、もっと王女への憎悪を膨らませようとしたのだ。

私の中にも、少しは良心がある。豆粒ほどに小さいが、これからの復讐にその小さな良心が『可哀想だからおやめなさい』と言い出さないようにするために……。

王妃に疎《うと》まれ、自由時間をたっぷりと得た私は、自室で椅子に座り、アマーリアの着せ替えをしていた。

王妃に感謝しなくてはいけないわね。私に世話をされたくないと言ってくれたおかげで、やっと復讐作戦を実行する時間ができたもの。

私はオリーブグリーンのデイドレスを着ているけれど、アマーリアには喪服のような黒いドレスを着せた。黒いレースのついた小さな帽子を被せれば、人形の琥珀色の瞳に暗い影が差した。

テーブルに座らせたアマーリアに、私は心からの笑みを浮かべて話しかける。

「その陰気な表情は素敵よ。今からあなたは不吉な予言を与える呪いの人形。演技がとても上手ね」

アマーリアも連れ去られて、ドレスを切られた恨みを抱いているに違いない。

私のやりたいことを理解して、不気味な表情を作ってくれているように感じた。

さすがは私の親友である。

準備が整ったので、アマーリアを腕に抱いた私は自室を出る。

人形と私の体の間には、針金を編んで作られた両手ほどのサイズの小箱が隠されている。その箱は時折カタカタと振動し、気持ち悪いので本当なら体に近づけたくはないのだが、作戦の小道具であるため仕方ない。

その他にも油紙に包んだあるものを、ドレスの胸元に隠し持っていた。

廊下の角を曲がり、奥へと進む。

向かっている場所は王族の居間である。

王妃は午餐の食事の後、『今日は寝室から出ないわ。蒸し暑いもの』と言っていた。

きっとまた薄いローブ一枚の姿で、長椅子に寝そべっているものと思われる。

暑がりなのは、四十半ばを過ぎた年齢のせいかもしれない。

国王と王太子は日中はそれぞれの執務室か公務に出かけていて、居間にいることはない。だから娘のルアンナ王女だけが、侍女を話し相手に居間にいると思われた。

レース編みをしているのではないかと、私は予想する。

私のようにレース編みを趣味としているわけではないようだけど、ここ数日の王女は熱心にテーブルクロスを編んでいる。

あんなに性格が悪くても、年頃で高貴な身分にある彼女は、すでに嫁ぎ先が決まっている。相手は隣国の第二王子で、テーブルクロスは婚約者への贈り物であるのだと、王女付きの侍女から聞いていた。

居間のドアの前に着いた私は、アマーリアと顔を見合わせてほくそ笑む。

それから真顔に戻し、ドアをノックした。

「どうぞ」という声はルアンナ王女のものである。

侍女が一緒にいるかと思ったけど、対応に出てこないところを見れば、部屋の中にはルアンナ王女しかいないことが窺えた。

複数人の目があるより、王女ひとりの方が騙しやすいので、私にとってはその方が好都合である。

開ける許可を与えられても、私は黙ってドアの前で待っていた。

すると中から靴音が小さく聞こえ、「どうぞと言っているでしょう?」という面倒くさそうな声とともにドアが開けられた。

そこに私が立っているのは予想外だったらしく、ルアンナ王女は眉を上げてから、思いきり顔をしかめる。

温室の件について、私はまだ彼女に文句を言っていない。三日後の今、やっと犯人に気づいて問いただしに来たのかと、彼女は考えているのかもしれない。

それとも、黒いドレスを着た人形を抱いて、陰鬱《いんうつ》な表情を浮かべる私が、気味悪く感じただけなのか。

どちらにしても、眉間に皺《しわ》を寄せずにはいられないようだ。

「なにしに来たのよ」とひと言目から喧嘩腰の彼女に、私はアマーリアの顔を向け、重々しい口調で訪室理由を述べた。

「ルアンナ様、今日は足元に不運の兆しが見えますので、どうかお気をつけください」

「は?」

「と、この子が言っております。わたくしにはアマーリアの声が聞こえます。この子はたまに予言のようなことを口にします。王女殿下に危険があっては大変ですので、ご注意を申し上げに来ました」

するとと王女はプッと吹き出し、「予言の人形ですって？」と肩を揺すって大笑いする。それから笑いを収めて、馬鹿にしたように鼻を鳴らした。

「わたくしを怖がらせようとしても無駄よ。そんな子供騙しに引っかかるものですか。それともオリビアさんが子供のように幼い頭をしているのかしら？　お人形遊びをしているくらいですものね」

嘲笑《ちょうしょう》されても私は悔しくない。そんな反応をされるのも、予想の範囲内であるからだ。

笑っていられるのは、今のうちよ。

きっとあなたは怖くなる。

人形に不吉な予言を言わせるのはやめてと、私に泣きつくことになるのよ……。

「話はそれだけ？」

「はい」

「それなら、お下がりなさい。わたくし、レースを編むのに忙しいのよ。くだらない用事で、わざわざドアを開けさせたのだから、閉めるのはご自分でなさい」

私にドアを閉めさせようとするのも、なにもかも私の思い描いた作戦通りに進んでいた。それが面白くて、ついにやけてしまう。

しかし王女はすでに背を向け、部屋の中央に置かれている長椅子に戻ろうとしているので、私の腹黒い笑みに気づくことはなかった。

「失礼しました」と言いながら、私は隠し持っていた針金細工の小箱の蓋《ふた》を開ける。するとと私が放つまでもなく、箱の中に入っていたものがピョンと床に飛び降りて走り出した。

それは一匹のネズミである。

王城であっても、ネズミはお構いなしに入り込むので、捕獲用の籠《かご》はあちこちに仕掛けられている。特に食料貯蔵庫では、毎日のようにネズミが罠にかかる。

捕まえた一匹を、調理場の下働きの男に頼んで、この小箱に入れてもらったのだ。

なぜネズミを欲しがるのか、不思議そうな顔をされたが、私は公爵令嬢で彼はただの使用人。理由を問うような失礼な言葉はなかった。

王女は座って編み物を再開し、まだネズミには気づいていない。

走り回るネズミを残してドアを閉めた私は、その場にしゃがみ込む。

今度はドレスの胸元に隠していた油紙を取り出して広げ、透明でとろりとしたものをドアの前の絨毯に塗りつけた。

それを素早く終えると、足早に引き返す。

廊下の曲がり角まで来て、そこに身を潜めて顔だけ覗かせたら……。

「キャー！」という甲高い悲鳴が、王族の居間から小さく漏れ聞こえた。それはルアンナ王女の声で、ネズミがいることに気づいたためであろう。

ドアを蹴破りそうな勢いで開けて、廊下に飛び出してきた王女は、その直後に「あっ！」と叫んで床に膝を打つ。「なんなの⁉」と振り向き、絨毯にくっついて脱げた靴を剥がしている様子は滑稽であった。

私が絨毯に塗ったのは、トリモチだ。

おかしくてクスクスと笑っていると、くすんだ水色のエプロンドレスを着て木綿の白い頭巾を被った下働きの若い女性が、廊下の奥から現れた。彼女は掃除道具を携えていて、王女の方に向かって進んでいる。

やっと靴を履いた王女を不思議そうに見て、会釈して通り過ぎようとした彼女だったが、運が悪い。王女に捕まり、怒鳴られていた。

「ちょっとあなた、ここの床がベタベタしているわよ。ちゃんと掃除なさい！　それと、居間にネズミが出たわ。わたくしはネズミが大嫌いなのよ。早く退治して！」

私が隠れている廊下の角は、王女から五馬身ほども離れているのだが、大きな声で話してくれるので、反応がよくわかって面白い。

愉快だと思うのは、これで終わりではないことを知っているからでもある。

ネズミとトリモチに続く罠は、もっと早い時間にあらかじめ仕掛けてあった。

怒り心頭の王女は、居間の斜め向かいにある木目のドアを荒々しく開ける。

そこはルアンナ王女の寝室である。

彼女の体が部屋の中に入った直後に物音が響いて、私はニヤリとした。

入ってすぐの床には掃除用の水桶が置いてあったはずだ。それに王女がつまずいた音であろう。ここからは見えないが、桶をひっくり返して水を浴びたことも想像できる。

「水桶を置きっぱなしにしたのは誰よ!」と叫ぶ声も、半開きのドアから廊下に漏れていた。

これで終わりじゃないわ。油断したら危ないわよ……。

薄ら笑う私が心の中で注意を与えると、またルアンナ王女の悲鳴があがった。鈴が落ちた音も微かに聞こえる。

それは、侍女を呼ぼうとした王女が呼び鈴を取ろうとしてベッドサイドのテーブルに近づいたら、床に撒かれたオリーブ油に滑って転んだためであろう。

睡眠時の喉の渇きを防ぐという目的で、オリーブ油を就寝前に飲む人がいる。ルアンナ王女もベッドサイドにオリーブ油の瓶を置いていて、寝る前にひと匙《さじ》飲むのが習慣であるのだと、一昨日、王女付きの侍女から聞き出した。

そのオリーブ油が床にこぼれていたのは偶然ではなく、もちろん私が撒いたのだ。掃除係の者やメイドに、いちいち鍵を借りに来られるのは煩わしいのかもしれないけど、留守中に施錠しないとは不用心だ。

私に、どうぞ入って罠を仕掛けてください、と言っているようなものじゃない……。

寝室を飛び出してきた王女は、血相を変えていた。

少しは人形の予言を信じる気持ちが芽生えたのかもしれない。

彼女はこっちに駆けてきたが、私が見つかったわけではなく、王妃の寝室のドアに視線を向けていた。

まさか本当に予言なのかと、気味が悪くなって、母親に助けを求めたいのであろう。

ちょうど、彼女のドタバタ劇にやっと気づいた王妃が、バッカス夫人とともに寝室のドアを開けて顔を覗かせたところであった。

「お母様！」と呼びかけたルアンナ王女は、その直後にまた転ぶ。

それについては、私はなにもしていない。気が動転して慌てるあまりに、自分の右足に左足を引っ掛けたのは、彼女が愚鈍であるからに違いない。

吹き出しそうになって慌てて口元を押さえた私は、愉快な心持ちで自室へと引き揚げる。

今日のところは、ここまでにしておこうと思う。

続きは明日、アマーリアが新たな予言を与えてくれるわ……。


自室に戻ってから、一時間半ほどが静かに経過した。

時刻は十六時四十分。

私は椅子に座り、繕い物をしている。ルアンナ王女に切られたアマーリアのドレスをなんとか直せないものかと、縫い合わせているのだ。

するとノックの音がして、集中を切られる。

もしや、王妃とルアンナ王女が押しかけてきたのだろうか……?

王女の足元への不幸は偶然ではなく、私の罠であることに気づかれてしまったのかと身構えたが、それにしてはやけに控えめなノックであった。

警戒しつつも立ち上がって応対に出れば、そこには三十歳くらいに見える身なりのよい青年が立っていた。

「オリビア様、突然の訪室をお許しください」と言った彼は、グラハムさん。

王太子の近侍《きんじ》で、挨拶程度の会話は交わしたことがある。濃い茶色の肩まで伸びた髪を後ろでひとつに束ね、紳士的な物腰の真面目そうな人である。

彼は肘を曲げた右腕をお腹の前に添えて腰を折り、律儀なお辞儀を披露してから、用件を話し出す。

「王太子殿下はこれから休憩を取られるのですが、オリビア様もご一緒にお茶をいかがでしょう？　急なお誘いで申し訳ございません。ご都合がよろしければ、と殿下は仰っておいでです。特別にご準備いただく必要もないとのことです」

王族の晩餐は二十時から始まる。それまでにお腹が空くので、十七時前後に菓子や軽食を口にして、お茶を飲む時間が設けられている。

それは王族一家が全員集まってのことではなく、個別で気ままなものである。

王太子からのこの誘いも、そういった日常的なただの一服のお茶に付き合えということのようだ。正式なお茶会ではないのだから、めかし込む必要もなく、気楽な心持ちでおいでと言われているような気がした。

それならば、行ってみよう……とは思わない。気軽に誘ってきたのだから、近侍を介して簡単に断っても差し支えないだろうと考えていた。

一応もっともらしい理由をつけて、断りの言葉を口にする。

「お誘いくださり、光栄に存じます。ですが、今朝から胃の調子がすぐれず、なにも口にできそうにありません。申し訳ございませんが、またの機会にとお伝えくださいませ」

そうは言ったが、次また誘われることがあっても、私は断るだろう。

王太子と親しくなりたくないからだ。

人当たりのよい笑みを浮かべる彼の顔を思い浮かべ、迷惑に思っていた。

「承知いたしました」とグラハムさんは一礼し、あっさりと引き揚げていく。それはまるで、断られることを予想していたかのような反応だ。

私は愛想のいい娘ではない。グラハムさんとはこれまで、挨拶くらいしか言葉を交わしたことはないけれど、それでも私が人と馴れ合うことを好まない性分であることが伝わっているような気がした。

ドアに鍵をかけた私は、繕い物に戻る。

しかし一旦集中が切れると、二十分と続かずに手を置き、窓を見た。

まだ太陽が沈まぬ時間のはずなのに、そろそろ壁の燭台《しょくだい》に火を灯そうかと思うほどに薄暗い。灰色雲からは雨が音を立てて降り続けており、それを見ながら長いため息を吐き出した。

王太子とのお茶は嫌だけど、喉は乾いたわ。私もメイドを呼んで、ここでお茶にしようかしら……。

そう思ったら、またドアがノックされた。

私が呼ばずとも、気を利かせたメイドがお茶を運んできたのではないかと期待し、ドアを開けに行ったが、そこにいたのはまたもやグラハムさんだ。

私がわずかに眉をひそめたら、彼は「何度も申し訳ございません」と謝りを口にして、銀製の四角いトレーを差し出した。

その上にはティーポットと、可愛らしい花柄のカップがひとつ。それと、ラベンダーの生花が添えられた封筒が置かれていた。

「これは……?」と目を瞬かせる私に、彼は落ち着いた声で説明する。

「王太子殿下のお気持ちでございます。ポットにはカモミールティーが入ってございます。どうぞお大事に。胃痛が続くようであれば、城医の診察を受けるようにと仰っておいでででした。では、失礼いたします」

それだけ言うとグラハムさんはすぐに立ち去り、私はドアを閉める。

トレーをテーブルに置いて椅子に腰掛け、心を静かに乱していた。

カモミールティーには、胃痛を和らげる効果がある。お茶の誘いを断るために使った口実を、王太子は疑うことなく信じたようだ。

そのお人好しな性格に呆れる一方で、なぜか心のどこかで嬉しく思う気持ちもある。

ポットからカップにお茶を注ぐと、青リンゴに似たカモミールの香りが、湯気とともに立ち上った。

ひと口飲めば、自然と口元が綻ぶ。

蜂蜜が加えられていて、まろやかな甘みがちょうどいい。

喉が渇いていたので、一杯目をたちまち飲んでしまい、二杯目を入れようとしたが、その前に封筒を手に取った。

これは、お手紙かしら……。

封がされていない封筒から、一枚の便箋を出して広げると、男性的だが荒さはない、美しい文字列が目に映る。

【城に来てからの君は、気を張りすぎているように見える。もっと心を楽にしてほしい。俺は君の味方だ。力になるから、いつでも相談においで】

それを読んだ私は、複雑な気持ちのこもるため息を吐き出した。

気を張って生活しているのは、その通り。

けれどもそれは今に始まったことではなく、九歳の時からである。強くしたたかに生きなければ、大切な人を傷つけられると学んだ、あの日から……。

だから私は、心を楽にすることはできないのだ。

どうやら王太子は、嘘偽りなく善人なのだろう。このお茶には、彼の真心が込められているような味がした。

それでも彼を味方だとは思えない。王妃とルアンナ王女を家族とする彼だから、私が王女をやり込めようとしていることを知れば、止めるに違いない。そして私を軽蔑し、妹になにをするのだと怒りをぶつけてくることだろう。

私の味方は、私の家族だけ。他人を信じるわけに、いかないわ。

何気なくラベンダーを手に取って鼻に近づければ、爽やかでホッと心を緩めてしまいそうな優しい香りがした。

それはまるで、私の頑なな心を溶かしてやろうと、企んでいるかのようだ。

すぐに鼻から遠ざけた紫色の花を、私は睨むようにして見つめる。

ラベンダーの効能にも、痛みを和らげるというものがあったわね。

それとリラックス効果も得られると、かつて読んだ本に書いてあった気がする。

王太子の心遣いをほんの少しでも喜んだ自分を声に出さずに叱りつけ、心を揺らされぬようにと戒《いまし》めていた。

心に癒しを求めていられる状況じゃない。

ルアンナ王女が怯えて泣いて、私に心から謝罪するまでは、徹底的にやり込める。

心に生やした棘《とげ》を折られるわけにいかないのよ……。

立ち上がった私は窓辺に寄って、両開きの窓を半分開ける。すると雨音が一段と大きく耳に届き、手に冷たい雨粒がかかった。

「邪魔しないで……」と呟いた私は、くすんだ景色の中にラベンダーを力一杯放り投げる。

落ち行く紫の花を見ながら、心を黒く染め直していた。


翌日も雨であった。

昨日ほどの土砂降りではなく、木々を濡らす程度のしとしととした降り方である。

王妃は今朝も私に世話をされるのを嫌がって、先日私が温室のガラスを割ったことについて、『自分の部屋で反省していなさい』と命じ、まだ根に持っている様子であった。

これ幸いと私は、自室でゆっくりとアマーリアに黒いドレスを着せている。

そして柱時計が十時十五分を指したら、そろそろ頃合いかと椅子から立ち上がり、アマーリアを抱いて部屋を出た。

この時間、王妃は来城者と引見中のはずである。だからルアンナ王女はひとりか、もしくは侍女と一緒に居間にいて、今も婚約者に贈るためのレース編みをしているに違いない。

ルアンナ王女が隣国の第二王子のもとに嫁ぐのは、政略結婚には違いないが、彼女の望みでもあるようだ。彼女が王子に好意を抱いているという話を、私は数日前に、王女付きの侍女から聞いていた。

その侍女は私と同じ年で、男爵家の末娘である。彼女は能天気なところがあって、不愛想な上級貴族の私にも臆せずに話しかけてくるし、王女の我儘にも嫌な顔ひとつせず対応している。それは長所かもしれないが、お喋《しゃべ》りが過ぎるところは欠点である。

いや、私に王女の情報をペラペラと教えてくれるのだから、それもやはり長所に含めてもいいかもしれない。

今朝の食事の席で、お喋りな彼女は、王女が二カ月かけて編んでいたテーブルクロスが、今日中にも完成しそうだと教えてくれた。

満面の笑みを浮かべて話す彼女に同調したわけではないけれど、私も嬉しく思っていた。

きっと王女は胸を逸《はや》らせていることだろう。完成したそれを愛しの王子に贈れば、お礼の手紙が届くはずであるからだ。

愚かにも恋に浮かれ、胸を高鳴らせてせっせと編んでいる分、完成間近のそれが台無しになったとしたら……ショックも大きいに違いない。

廊下には掃除の者やメイドの姿が数人見える。個室のドアを開けて出てきて、次の部屋へと移り、忙しく働いているようだ。

これから起こることを考えれば私の頬は緩むけれど、使用人の目があるため、ほくそ笑むのは心の中だけにしておいた。

王族一家の居間のドア前で足を止めた私は、室内から漏れる三人分の楽しげな笑い声を聞く。

今日は侍女ふたりをそばに置いて、話をしながらレース編みをしているようだ。昨日ひとりでいる時に、ネズミが出たせいかもしれない。

王女ひとりより、三人を騙すのは難しそうだけど、きっと大丈夫。ほら、もうアマーリアは陰気な表情を作って役に入ってくれている。なんていい子なのかしら……。

ドアをノックすれば、ひとりの侍女が応対に出てきた。私と同じ年でお喋りな方の侍女である。

「オリビアさん、どうなさいました？　王妃殿下はここにはいらっしゃいませんよ」

私は王妃付きの侍女であるから、彼女がそう言った意味はわかる。

「ええ、知っています。王妃殿下は今、一階の応接室で引見中ですわ」と答えれば、彼女は目を瞬かせた。

その視線が私の腕の中のアマーリアに向くと、首まで傾《かし》げて不思議そうにしている。喪服のような黒いドレスを着せた人形をなぜ持ち歩いているのかと、思っているのかもしれない。

そんな反応をするということは、昨日の予言について、王女からなにも聞かされていないのだろう。

私への愚痴や文句を侍女にぶつけなかった理由は、人形の予言をまるっきり信じていないせいなのか。それとも『まさか……』と思っているからこそ、信じてしまわぬように、誰にも話さず忘れようとしているのか。

ルアンナ王女は広い室内の中央に置かれている長椅子に座っていたが、私が来たことに気づくと慌てたように近づいてきて、侍女を押しのけるようにして対峙《たいじ》する。そして用件も聞かずに、「出ていきなさい！」と怒鳴りつけた。

しかし、その瞳は不安に揺れていて、声とは違ってアマーリアを恐れているように も感じた。

昨日のダメージが、王女の中に刻まれているようね……。

にやけたくなるのをこらえて、私は真顔で淡々と王女に言った。

「わたくしがこのまま出ていけば、お困りになられるのはルアンナ様です。この子の注意を聞いておいた方が、災いを回避できるので、よろしいかと思いますが」

すると王女は思いきり顔をしかめて、「予言だなんて信じてないわ。昨日のは偶然よ！」と声を荒らげる。けれども、その後に目を泳がせると、声の勢いを落として、

「わたくしは聞く気はないけど、言いたいなら言ってもいいわよ」と付け足した。

私は吹き出しそうになるのをぐっとこらえて、暗い声で王女に告げる。

「では、言わせていただきます。大事な物がなくならないようにお気をつけください、とこの子が申しております」

「大事な物？　それって、貴金属のことかしら？」

「申し訳ございません。そこまではわかりかねます」

王女は顎に手を添え、自分にとっての大事な物を頭の中に並べている様子である。

「あの、ルアンナ様……？」と戸惑うように声をかけたのは、王女の斜め後ろに立つ侍女である。昨日の一件を知らない彼女は〝予言する人形〟について、もっと詳しい説明を聞きたいような顔をしていた。

しかし振り返った王女は説明ではなく、「あなたたち」と、侍女ふたりに向けて用事を言いつける。

「わたくしの寝室にあるアクセサリーや金細工の小物を衣装庫に移してちょうだい。婚約者のアンドリュー様からいただいたお手紙もね。寝室は使用人が出入りするから危ないわ。衣装庫にはしっかり鍵をかけて、今日は誰も中に入れないように」

部屋の奥で、もうひとりの侍女が椅子から立ち上がり、こちらに歩み寄る。彼女は王女よりふたつ年上の、王城騎士の娘である。

「承知しました」と答えた彼女は、物問いたげな視線を私に向ける。

予言だなんて本当かしら？と思っているようだが、私がなにかを企んでいるとまでは勘づいていないようで、私に会釈すると、横を通ってすぐに出ていった。

お喋りな方の侍女も一緒に、王女の寝室へと入っていく。

これで侍女ふたりを王女から引き離すことができたと、私は心の中でニヤリとした。

「ルアンナ様、この子の話を信じてくださってありがとうございます。お礼に、少しなら抱いてもいいと、この子が申しております」

そんなことを言えば、きっと王女はムキになるはずだと思って口にしていた。

その予想は当たっていて、彼女は慌てたようにしかめ面を取り戻し、不機嫌そうな声で答える。

「不気味な人形を触りたいと思わないわよ。それと、勘違いしないで。人形が予言するはずないでしょう。冬が来れば、わたくしは人の妻となります。あなたのように人形遊びをしていられるほど暇じゃないのよ」

フンと鼻を鳴らした王女は、これから特別講師の授業を受けるのだということを、得意げな顔で付け足した。

それはお喋りな侍女から聞き出していたことなので、私はとっくに知っている。

特別講師とは隣国から招いた王宮女官で、王女に嫁ぎ先のしきたりや風習を教えているそうだ。さしずめ花嫁修業といったところだろう。

我儘で、私に対しては特に意地悪な性分の彼女でも、恋愛事に関しては純粋な気持ちで努力することができるみたい。

いや……純粋とまでは言えないわね。

今しっかり学んでおかないと、嫁いでから困るのは彼女自身である。

自作のテーブルクロスを贈ることについても、王子に喜んでもらおうというよりは、自分のためかもしれない。レース編みの上手な女性は嗜《たしな》み深い淑女だとみなされるから、少しでも印象をよくして安心して嫁げるように、という保身目的であろう。

愛もあると言うのならば、それは否定しないけれど。

「大変、十時半になるわ。わたくし、授業に行かないと」

柱時計に視線を向けたルアンナ王女はそう言って、慌てたように部屋の中央に置かれている豪華な造りのテーブルに駆け寄った。その上に積まれているのは、教本と思しき三冊の本で、それを持つと、ふとなにかに気づいたかのように動きを止めた。

「これも大事なものよね……」と独り言を呟いて、長椅子の上の編みかけのテーブルクロスを手に取り、持ち手のついた籐《とう》の籠に入れて腕にかけた。

ここに置きっぱなしにしてはいけないと思った彼女は、馬鹿ではないようである。

私の狙いはそのテーブルクロスであったため、持っていかれたら悪さができずに作戦が失敗に終わってしまう。

シナリオを崩されかけて困る私であったが、すぐに頭の中で修正し、『まだやれるわ』と自信を持った。

教本を左手に、テーブルクロスを入れた籐の籠を右腕に携えた王女は、ドアの前に佇《たたず》む私の方に振り向いて、眉を上げた。

「まだいたの？　わたくしは授業があると言ったでしょう。あなたはお母様のところへ行って、こき使われたらいいと思うわ」

「そうですね。そうします」と無表情に答えた私を邪魔だとばかりに押しのけて、王女は廊下に出ると居間のドアを閉めた。

そこに水桶と雑巾、箒《ほうき》を手にした若い使用人女性が現れる。隣の部屋の掃除を終えて出てきたと見える彼女は、ルアンナ王女に気づくとビクリと肩を揺らした。

怯えているようなその顔には、見覚えがある。昨日、私が仕掛けたトリモチの罠にはまって転んだ王女に、『ちゃんと掃除なさい！』と叱られた、気の毒な下働きの者である。

ついていない彼女は、今日もまた王女に呼びつけられ、説教を受ける目に遭う。

「今日も水桶を置きっぱなしにしたら、承知しないわよ。オリーブ油もこぼさないでちょうだい。あなたのせいでわたくし、昨日は何度も転んでしまったんですからね！」

彼女のせいではないのに可哀想ね……と心で呟く私は、王女の真後ろで薄ら笑う。

王女は完全に私に背を向けており、注意が足りない。籐の籠は蓋がついていないので、レースのクロスと、それに繋がる白い糸玉、かぎ針が見えている。

もとは大きかったであろう糸玉は、両手ですっぽりと包める程度まで小さくなっていて、二カ月かけてテーブルクロスを編んだ彼女の苦労が窺えた。

その残りわずかな糸玉に私がそっと手を伸ばし、籠の中から取り出しても、王女は気づかずに不運な使用人をまだ叱り続けている。

「今度なにかしでかしたら、クビよ。わかったら真面目に掃除なさい！」

可哀想な使用人は、怯えながら「はい」と返事をすると、逃げるように王女と私の脇をすり抜け、別の部屋のドアの内側へと消えていった。

王女のフンという鼻息が聞こえる。

彼女はきっと、私がまだここに立っていることに気づいていないと思われる。

「まったく使えない子ね」と独り言をブツブツと呟きながら、振り向くことなく、廊下を足早に歩き出した。

この先の角を曲がって、さらに進んだ先には螺旋階段がある。そこに向かっているのだ。

特別講師の授業は、一階の西棟の図書室内にある個室で行われると、お喋りな侍女は言っていた。

ここからだと階段を二階分下りて、西棟までの結構な距離を歩かねばならない。

時間にすると、三、四分ほどかかるだろうか。

さて、どこまでほどけるかしら……?

廊下をずんずんと勇んで進む王女の籠から、白い糸がまっすぐに伸びて、私の横にある居間のドアに繋がっていた。ドアノブには二周巻きつけた糸玉がぶら下がっており、それが小さくなる気配はない。

ほどけているのは、王女が編んだ完成間近のテーブルクロスの方であった。

アマーリアと顔を見合わせクスクスと笑いながら、私はゆっくりと自分の部屋へ引き返す。

王女の寝室の隣にある彼女専用の衣装庫からは、侍女ふたりの楽しげな笑い声が漏れている。

貴重品の移動を終えても、すぐに出てきて次の仕事に取りかからないのは、職務怠慢ね。これが私に仕える侍女であったなら、すぐにクビにしてあげるところだわ。

どんどんほどけるテーブルクロスに、最初に気づくのは誰だろうと考える。

廊下に糸が伸びていることを不審に思った使用人が、その糸を辿っていって、王女を呼び止めるかもしれない。または、雑談を切り上げ、廊下に出てきたふたりの侍女が、ドアノブに引っかかっている糸玉を見て、慌てて王女を追いかけるかもしれない。

それとも……ルアンナ王女は図書室に入ってから、特別講師の指摘で、やっと知ることになるのかしら？

二カ月かけて編んだ大事なテーブルクロスがすっかりほどけてしまったことに……。

自室に戻ってきた私は、窓辺の椅子に腰掛け、アマーリアを膝にのせて満面の笑みを向けた。「やったわ。二回目の予言も大成功よ！」と声を弾ませたら、急にアマーリアの顔が陰った。

それは一瞬のことで、どうやら窓の外を鳥が一羽飛んでいき、その影が顔に映ったようである。

驚いたわ。アマーリアの瞳が悲しそうに見えたから、私のしたことに反対しているのかと思った……。

ハッとしたことで、作戦成功の喜びが消えてしまった。

胸に手を当てれば、清く正しく、そして弱くて愚かだった少女の頃の自分が、心の奥底で静かな寝息を立てている音が聞こえる。

眠らせたのは、強くしたたかな今の私で、消し去ろうとしても消えてくれないから、九歳の春に眠らせたのだ。

その少女が目覚めるのではないかと怖くなった。

かつての純真だった自分なら、他人を罠にはめようとはしなかったことだろう。もし偶然にルアンナ王女のテーブルクロスをほどいてしまったとしても、罪悪感に押し潰されていたはずで、それを考えれば息苦しさも覚えた。

たまらず立ち上がり、救いを求めるように窓に手を伸ばして、勢いよく開け放つ。

いつの間にか雨は上がっていて、薄雲を纏った夏の太陽が、城の緑や城下町の赤茶色の屋根瓦を柔らかな光で輝かせている。

深呼吸をして空に目を遣れば、アマーリアの顔を陰らせたと思われる白鳩が一羽、飛んでいる。群れからはぐれてしまったのか、家族を捜しているかのように、うろうろと空を彷徨《さまよ》っていた。

「あなたも家族を求めているの？　私も帰りたいわ。唯一信じられる家族のもとに……」

急にどうしようもない心細さに襲われた。

信じられぬ者ばかりの王城にいればこそ、余計に心を強くしなければならないのに、弱い少女が心の奥底で目覚めの合図を待っている気がする。

不安を覚えた時にはいつもそうしているように、アマーリアを強く胸に抱きしめる。

「私はもう愚かな少女ではないのよ」と自分に言い聞かせ、気持ちを立て直そうと努力していた。

予言する人形作戦を始めてから、十日ほどが経つ。

夏はもうすぐ終わろうとしていた。

二回目の作戦は私の望み通りに終結し、ルアンナ王女はひどく落胆していた。

彼女がテーブルクロスの異変に気付いたのは図書室に着いてからで、中心部分の少しを残し、ほぼ全てがほどけてしまっていたそうだ。編み直す気にもなれないほどに落ち込んだ王女は結局、婚約者への贈り物を諦めたようである。

それについての話は、『最近のあの子は注意が足りないところがあるわ。嫁ぎ先でうまくやっていけるのかしら……』と王妃がバッカス夫人を相手に愚痴をこぼしていたことで、私は知った。

注意不足はその通り。それ以降もルアンナ王女は見事に私の策にはまって、災難続きである。ある日は頭から泥水を被ったり、別の日には幽霊を見たり、人前で放屁をしたとひんしゅくを買ってしまう日もあった。

私から『気をつけて』と言われたことが、そのまま現実となることに、王女はすっかり怯えて最近は随分と大人しい。けれども、まだ泣きついてくるほどではなく、

『人形の予言なんて、あるものですか』という主張は崩さない。

なかなか根性があることは認めてあげるけど、今日仕掛ける罠はどうだろう。

これには耐えられずに、泣き出すのではないかしら……。

今日の私は王妃の侍女としてではなく、オルドリッジ公爵令嬢として仕事をしてきた。王都の外れを流れる大河に跳ね橋を架ける工事が進められていて、それがついに完成し、竣工式に出席したのだ。

王太子自らが指揮を執り、尽力した公共事業だというその橋を、私は今日初めて目にしたのだが、国内では類を見ない豪壮かつ近代的なもので、式典も立派であった。

私の母は足を悪くして以来、式典や宴などはできるだけ避けている。辺境伯として領地の管理はしっかりと行っているけれど、王都にやってくることはほとんどない。そのため今回のような公式行事には、公爵夫人でもある母に代わって、娘の私が父に伴われて出席する。

そうするようになったのは九歳の時からで、私自身も望んでいることである。

大勢の貴族がいる場は常に気を張っていなければならないから好きじゃないけど、お母様の役に立てるなら、どこへでも喜んで向かうわ……。

今日の正午過ぎに行われた橋の竣工式にも、そのような気持ちで列席し、半刻ほど前に王城に帰ってきたところであった。

時刻は十六時半。

温室のガラスについての王妃の怒りが解けたので、私はまた侍女として使役される日々を送っている。

今日は私の当番で、王妃のお茶の時間を世話しなければならない。その前に予言の人形作戦を実行するべく、黒いドレスを着せたアマーリアを抱いて部屋を出た。

廊下を歩いてルアンナ王女の寝室の前に差し掛かれば、ちょうど王女が出てきたところであった。

私を見るなり大きく肩を揺らし、彼女は「ひっ!」と乾いた悲鳴をあげる。

一緒に出てきたお喋りな侍女も、今は私を映す目に怯えが見て取れる。

王女に災いが降りかかれば、それをフォローする侍女も大変な目に遭うので、間接的な被害者と言ってもいいかもしれない。

「ル、ルアンナ様……」と声を震わせて、思わず王女の後ろに隠れた侍女とは違い、王女は怖がりながらも私に対峙する。そして「こ、今度はなんなのよ!」とかろうじて語気を強めて虚勢を張った。

無表情を貫く私は、淡々とした口調で話しかける。

「王女殿下、ごきげんよう。随分とおめかしなさって、今日は一段とお綺麗ですわね。竣工式は終わりましたのに、どちらへお出かけですか?」

王女は上品な薄ピンク色の訪問着に、大粒ダイヤのネックレスを下げている。縦巻きの長い髪は美しくサイドを結い上げて、宝石のついた髪飾りをつけ、いつもより少々濃いめの化粧をしていた。

そんなにめかし込んでどこへ行くのかと問いかけたが、彼女の予定は把握済みである。彼女もこれからお茶の時間で、王妃とではなく、婚約者の王子と語らうのだ。

橋の竣工式には隣国の王子も招かれていて、ルアンナ王女は久しぶりに会えた喜びに、式典の間中、頬を染めていた。

今夜、王子はこの城に泊まるそうで、国王一家の晩餐の席にも招待されている。その前のお茶の時間は、ルアンナ王女とふたりきりで……という計らいがなされているそうだ。

お喋りな侍女はもう私に話しかけてこないので、これについての情報源も王妃とバッカス夫人の会話である。今朝のお召し替えの時間に、ふたりがルアンナ王女の結婚について嬉しそうに話しているのを、私は盗み聞きしていた。

私の問いかけに、ルアンナ王女は警戒を顔に表して、王子とお茶を楽しむとは教えてくれない。

「どこだっていいでしょう。オリビアさんには関係ないわ」という尖った言葉からは、不吉な予言で邪魔されたくないという気持ちが、ひしひしと伝わってきた。

残念だけど私は、『そうですか』と見逃してあげるようなお人好しではない。

心の中でニヤリとし、新しい予言を王女に与えた。

「これから隣国のアンドリュー王子とお茶の時間なのですね。アマーリアが私にそう言っています。王子殿下は臭いのがお嫌いなので、気をつけて、とも申しております」

すると王女が目を見開いてから、鼻のつけ根に皺を寄せて睨んできた。その忠告を侮辱と受け取ったようで、「わたくしが臭いとでも言いたいの⁉」と声を荒らげる。

それに対して私は努めて冷静に、会話を誘導する。

「いえ、ルアンナ様からはバニラの甘い香りがいたします。でもバニラは人によって好みが分かれますから。王子殿下が甘いものがお好きならよろしいと思いますわ」

私の頭には、竣工式に出かける前に聞いた使用人同士の会話が流れている。

『甘くないお菓子をと言われてもなあ』

『塩辛い焼き菓子を作ればいいってことか？　美味しくないだろうに、難しいことを言ってくれるわい』

それは一階の北棟にある厨房で、調理人の男ふたりが話していたことである。

開けっぱなしのドアの横でそれを聞いていた私は、その後に厨房に足を踏み入れて、『それは誰のためのお菓子なの？』と問いかけた。突然、私が現れたことに驚かれたけれど、彼らは『隣国からお越しの王子殿下です』と姿勢を正して教えてくれたのだ。

アンドリュー王子は、甘いお菓子を好まない。バニラはお菓子にもよく使う香料であるから、やめた方がいいのでは……ということを、企みに勘づかれないよう遠回しに伝えれば、王女はハッとした顔になる。そうかもしれない、と思った様子であった。

「今、何時？」と彼女は、後ろに隠れている侍女に問う。

「ええと、十六時四十分頃かと思います」

「大変！　五分で支度し直さないと、アンドリュー様をお待たせしてしまうわ！」

そう言った王女は、侍女を連れて衣装庫に駆け込んだ。

今着ている訪問着には、バニラを調合した特注の香水を振りかけてしまったから、ドレスを着替え、もっと一般的な誰もが好む香水を振りかけようと、考えているはずである。

無人の廊下で「不用心ね……」と呟いた私は、クスリと笑う。

最近の王女は寝室に鍵をかけて用心するようになっていたというのに、私と鉢合わせてすぐに会話が始まったものだから、それを忘れている。

難なく王女の寝室に入り込んだ私は、まっすぐに鏡台に歩み寄る。

白く塗装されたロココ調の鏡台には、香水のガラス瓶が五つ並んでいた。ひとつはいつもつけているバニラの香りがするもので、他はバラ、ザクロ、木蓮《もくれん》、龍涎香《りゅうぜんこう》である。どれが一般的かといえば、この中ではバラの香水に違いない。

そう判断した私は、バラの香水瓶の蓋を開ける。着ているオリーブグリーンのデイドレスの胸元から取り出したのは、それよりももっと小さなガラスの小瓶。親指ほどの大きさで、コルクの栓を抜けば、ツンと魚の発酵臭がした。

この中には、ある調味料が入っている。

アンチョビは片口鰯《かたくちいわし》を数カ月間塩漬けし、その後にオリーブ油に漬けたものだ。油漬けする前の魚の汁……魚醤《ぎょしょう》は調味料として使われていて、私はそれを厨房の調理人からもらってきた。

パスタと和えたり、ソースにして白身魚のムニエルにかけたりと、アンチョビは美味しい食材で、魚醤も旨味を加える大切な調味料である。

けれども、こんなのを振りかけた人が近くにいたら、どうかしら?

魚の発酵臭がするなんて、逃げたくなるわよね……。

バラの香水瓶に数滴の魚醤を垂らしたら、鏡台の上を元通りにして、素早く寝室から出る。音を立てないように注意深くドアを閉め、何食わぬ顔をして、王女と話していた時に立っていた位置に戻った。

そこに青いドレスに着替えた王女が、衣装庫から駆け出てくる。

「急いで。時間がないわ。鏡台からバラの香水を持ってきてちょうだい」

王女に命じられた侍女は、すぐに寝室からバラの香水瓶を持ってくる。

受け取った王女は香りを確かめることなく、ドレスの袖と腰、最後に胸元に振りかけた。そして瓶を侍女の手に押しつけるようにして返すと、「行ってくるわ」と早口で言って、はしたなく廊下を階段に向けて駆けていく。

今、王女の頭にあるのは、王子を待たせて不機嫌にさせてはいけないという、その一点のみであろう。彼女の走る後ろ姿を見れば、もう匂いの問題は解決したと思っているような気がした。

王女がまだ魚臭に気づいていないのは、解決済みという思い込みの他にも、もうひとつある。走れば風は後ろに流されるから、彼女の鼻には届いていないのだ。

おかしいと気づくのは立ち止まった時であり、その時にはもう、応接室のドアをノックしてしまっていることだろう。

王子はきっと、甘いバニラのお菓子より、アンチョビ入りのパスタを好むとは思うけれど、香りも気に入ってくれるかしら？　魚臭いと言われなければ、いいわね……。

「あれ？」と呟いたのは、私の斜め前に立つ、お喋りな侍女である。

微かに漂う魚醤の香りを感じたようで、王女の姿が廊下の曲がり角の向こうに消えてから、キョロキョロと辺りを見回している。臭いの発生源を探しているようだ。

そして、彼女の後ろに静かに佇む私と視線が合ったら、ビクリと肩を揺らした。

「オ、オリビアさん、まだそこにいらしたのですね。私、ええと……そうだわ。ルアンナ様の脱いだお召し物を片付けないといけないので、失礼します」

そそくさと衣装庫に逃げ込んだ彼女は、中に入ると鍵まで閉めている。

最初は無愛想な私に対しても、格好のお喋り相手ができたとばかりにペラペラと話しかけてきたというのに、随分と嫌われたものね。

煩わしくなくて、そのくらいがちょうどいいわ……。

私も急ぎ足で、自室へと引き揚げる。

アマーリアに留守番をしてもらって、仕事に戻らなければ。

王妃のお茶の時間の給仕当番が今日は私なので、ゆっくりとルアンナ王女の泣き顔を想像してはいられなかった。

それから十分ほどして、王族一家の居間にて、王妃のお茶の時間が始まった。

ルアンナ王女がいないため、バッカス夫人を話し相手として席に座らせ、王妃はお茶を飲む。

目の前の丸テーブルには白いレースのテーブルクロスがかけられて、ふたりはそれぞれひとり掛けの布張り椅子に腰掛けている。

三段の銀製のティースタンドには、下からサンドイッチ、スコーン、ケーキと果物の皿がのせられていて、見た目も美しく美味しそうな香りも漂っている。

それらは給仕係の私の口に入ることはなく、私はふたりのカップにお茶を注ぎ、使用済みの小皿を取り替えるだけであった。

「それでね、あの跳ね橋は上がるまでの時間がたったの五分しかかからないのよ。相当な重量を吊り上げる鉄のワイヤーの強度は、今までの三倍ほどもあって、それを造らせるために――」

今日の王妃は上機嫌である。

新しい跳ね橋がいかに技術の粋を凝らした立派なものであるかを自慢して、竣工式も素晴らしかったと、参加していないバッカス夫人に得意げに話して聞かせる。

橋の完成をまるで自分の手柄のように語る王妃に、夫人は笑顔で相槌《あいづち》を打ち続けているが、私は心の中で毒づいていた。

ただ式典に参加しただけで、なにもしていないくせに、よく自慢できるわね……。

橋の計画立案から建設までを指揮したのは、王太子である。

下臣に命じた後は丸投げではなく、彼が中心となって動いていたのだと、今日久しぶりに会った父が私に話してくれた。そして、私の心を動かそうとするかのように、『どうだ、王太子殿下は頼もしいお方だろう。お前の伴侶に相応《ふさわ》しい男は、世界広しといえども、殿下以外にいない』とニヤリとしたのだ。

父が野心家であることは、物心ついた時から知っている。

私を王家に嫁がせようと企むのは、オルドリッジ家の力をさらに高めたいからである。しかし父親として、娘の幸せを願い、この結婚話を進めたがってもいるようだ。

滅多に他人を褒めることのない父が、王太子のことは手放しで称賛する。

政に関して有能な彼を頼もしいとみなしているようだが、私はそうは思えない。

次期国王が、あんなに優しく気さくでいいものだろうか。裏があるようには見えない善人ぶりに、調子を狂わされるから、私は彼が苦手である。

でも、今日の式典での彼は、立派で頼もしく見えたわね……。

挨拶のために壇上に立った彼は、王族の正装である軍服を身に纏っていた。濃紺のズボンの上の白い上着は、金の肩章や斜めがけした赤帯の大綬《だいじゅ》、飾緒《しょくしょ》や勲章で飾られて、金のサーベルを腰に携えた姿は私の目にも凛々《りり》しく映った。

普段は威厳が足りないと感じるほど気軽に声をかけてくる彼だけど、然るべき時には実に王太子らしく振る舞うことができる。

そういうことなのかしら……。

すぐ横にはバルコニーに繋がるガラスの扉があり、広大な前庭が一望できる。

物思いに耽《ふけ》りつつ、緑の芝生や綺麗に刈り込まれた低木、噴水などを眺めていたら、「オリビア、なにをぼんやりしているの」と王妃に声をかけられた。

「次はミルクティーを淹れてちょうだい」

ハッとした私は、式典での王太子の勇姿を頭から追い払い、急いでワゴン上のポットに、紅茶の茶葉を多めに入れる。

ミルクティーには濃いお茶が合うので、抽出時間も長めにして蒸らしていると、廊下がバタバタと騒がしくなる。誰かの走る足音が、この部屋に近づいてくるのだ。

王妃もバッカス夫人も、何事かと眉をひそめてドアを見つめ、私は微かに口の端をつり上げる。

そろそろ来ると思っていたわ……。

ドアをバタンと開けて飛び込んできたのは、ルアンナ王女。

その頬は涙に濡れて、絶望の淵に立たされているかのように悲しげな目をしている。

「ルアンナ、一体どうしたというの⁉」と驚いている王妃に、ドアの前で足を止めた王女は掠れた声で言った。

「お母様、ごめんなさい。わたくし、アンドリュー様に嫌われてしまいました。変な臭いがするって。この臭いはなんですか？って……。もし破談になったら――」

それ以上の説明ができずに、王女は両手で顔を覆って泣き崩れた。

慌てて王妃とバッカス夫人が駆け寄る。夫人はこの話が漏れないようにと、急いで開けっぱなしのドアを閉め、王妃はしゃがみ込んで娘の肩を抱く。

「安心なさい。ルアンナの輿入れは国家間の約束事ですもの、なんと言われても今さら予定を変えられないわ」

娘を落ち着かせようとしながらも、王妃はスンスンと鼻を鳴らして首を傾げている。

「あら、本当に臭うわね。魚が腐ったような臭いはなにかしら？」

私はおかしくてたまらない。

ルアンナ王女は愛しの王子に嫌われて、深く傷ついている……それは私の企み通りの展開で、『私に敵意を向けるからこうなるのよ』と心の中で嘲笑った。

それを表情に出さないよう口元を引き結んで、王妃のカップに濃い紅茶を注ぎ、温かいミルクをたっぷりと加えて、「王妃殿下、ミルクティーをお淹れしました」と声をかけた。

「今、それどころじゃないわよ！」と王妃は声を荒らげて睨んでくるが、ルアンナ王女は私の声に弾かれたようにこちらを見て、立ち上がった。

どうやら私がここにいることに今気づいたようで、怯えの感情を目に表しつつも、駆け寄ってきた。

私の前まで来ると、彼女は両膝を絨毯に落とし、胸元で指を組み合わせて、祈るように懇願する。

「オリビアさん、お願いです。もうこれ以上は耐えられないわ。呪うのをやめてと、あなたのお人形に伝えてください」

王女が、自分より身分の低い私に対し、跪《ひざまず》いて泣いて頼む姿は、私を満足させる。

すっかり心を折られた彼女は、二度と私に悪さしようと思わないことだろう。

それが予言する人形作戦の狙いであったから、目的を達成したことで、安堵感が胸に広がっていく。

しかし、よかったわと思っても、まだ許してあげない。王妃が眉をひそめて見ているので、事情説明も兼ねて、彼女の悪業をここで暴露する。

「アマーリアのせいだと言うのですか？　あの子は優しい子。ルアンナ様が災いを回避できるようにと、ご注意申し上げただけですわ。ドレスを切られたことを怒ってはおりませんし、わたくし諸共、温室に閉じ込められたことについても恨んでおりません」

ドアの前で立ち上がった王妃は目を見開いて、ルアンナ王女は私の足に縋りつく。

「あのことは本当にごめんなさい。今は深く反省しているわ。もう二度と、あなたとあなたのお人形にいたずらしないと誓います。ですからどうか、許してください……」

慈悲を請う王女の姿は愉快だが、私のスカートに涙や魚の臭いをつけないでほしいと、顔をしかめる。

予言する人形について、なにも知らなかった様子の王妃は訝しげな目に私を映しながら、ゆっくりとこちらに歩み寄る。

けれども、私になにかしたのかと追及するのではなく、娘を立たせて自分と向かい合わせると、「意地悪を楽しむのはやめなさい」と叱った。

「最近のルアンナは、嫌なことばかり起こると嘆いていたわね。その原因はあなたの中にあるようよ。お嫁入り先でそのようなことをすれば、身を滅ぼすことになります。

もう可愛いいたずらでは済まされない大人なのですから、しっかりしなさい」

厳しい声で娘を叱咤《しった》した王妃は、それからため息をついて「まったく、誰に似たのかしら……」と嘆いている。

国王は頼りないほどに温和で、影が薄く、人を貶めたりしそうにない人柄である。だから、間違いなくルアンナ王女は王妃に性格が似たのだろう。

いたずらこそしないが、王妃の私に対する使役の仕方は、嫌がらせのようなものである。自分のことを棚に上げて、よく言うものだと呆れていた。

「ルアンナが向こうの皆様に好かれないと、我が国との友好関係にもヒビが――」

深く刻まれた眉間の皺を見れば、王妃の説教はしばらく続きそうな気がした。

私は喉の渇きを感じて、未使用のカップに紅茶を注ぎ、立ったままそれを口にする。

母娘に背を向けてバルコニーの外を眺めれば、西の空がうっすらと赤みを帯び、城下街を暖かな色で包もうとしていた。

あの街並みの中に、私の家の町屋敷もある。

帰りたい……と、心が叫んでいた。

俺を信じなさい

ルアンナ王女が泣いて許しを求めた日の翌日のこと。

隣国の王子も帰り、王城にはいつもの夕暮れが訪れていた。

時刻は十九時を過ぎたところで、二十時からの国王一家の晩餐のために、厨房は忙しくなる頃だろう。

そして私はあと半刻ほどしたら王妃の寝室に行き、イブニングドレスに着替えるのを手伝うのだ。

それまでは少しの自由時間を与えられ、自室でレースを編んでいた。

悪巧みをすることもなく、家族を恋しがるのでもなく、ただ黙々と白い糸で模様を描く癒しのひと時は、ノックの音に邪魔された。

王妃がなにか雑用を言いつけるために、メイドに呼びに来させたのかしら……。

そう予想してため息をつき、ドアを開けに行けば、そこには王太子の近侍のグラハムさんが立っていた。

またお茶に誘うつもりかと嫌な気持ちがしたが、もうすぐ晩餐で、お茶の時間はとっくに過ぎていることを思い出す。

近侍の用件を予想できずに首を傾げれば、彼は真面目な顔で口を開いた。

「王太子殿下がオリビア様をお呼びでございます。執務室まで今すぐに来るように、とのご命令にございます」

ああ、そういうことなのね……。

前回は無理強いせずに、優しくお茶に誘ってきたけれど、今は命令と言われた。

私への態度を硬化させたのは、おそらくルアンナ王女から予言する人形の話を聞いたためであろう。

王妃は、破談はあり得ないと言っていたが、そうであっても、隣国の王子がルアンナ王女への印象を悪くしたのは事実である。彼女の婚姻は国家間の大事であるため、実質的にこの国の最高権力者である兄に、妹が報告しないはずがない。なぜ王子に嫌われたのかを話せば、予言する人形についても説明が必要になるのだ。

王妃に関しては、昨日、私は叱られはしたが、悪事に気づかれることはなかった。

呪いの人形とはなにかと問われ、アマーリアの声が聞けることを説明したのに、王妃は鼻で笑って馬鹿にするだけで、怪しむことはなかったのだ。

ルアンナ王女の身に降りかかったいくつもの災いは、怖がって気にするから、予言に沿うような行動を自ら取ってしまうのだと娘に諭し、私に対しては、世迷言《よまいごと》を言って王女を怖がらせるのはやめなさいと叱るに終わった。

とはいっても、要約すればそれだけの内容の説教を、一時間ほど続けられたが……。

しかし王太子は、母親より勘が鋭いようである。私がなにかを企んだと察して、問いただそうとしているのではないか……そんな気がしていた。

思い出していたのは、温室のガラスを割った直後のこと。駆けつけた王太子に事情を説明したら、妹を謝罪に行かせると言われたが、私はそれを断った。

『自分で対処できます』と言って。

その時の彼は、私の心の中を読もうとするような目をしていた。

青く透き通る瞳には、ルアンナ王女に仕掛けた数々の罠を見破られている気がして、私の頬は強張る。

悪事を働いたことが王太子に暴かれたら、私を城に送り込んだ父に、迷惑をかけることになるかもしれない。それを考えれば心に緊張が走った。

けれども焦っているわけではなく、その可能性を考えていなかったわけでもない。

王太子に見破られたら、それはそれで私の利益に繋がるとも思っていた。

その利益とは、彼に嫌われて、花嫁候補から除外されるということである。

父の立場が悪くなることを懸念していたからコソコソと動いていたが、それがなかったとしたら、ルアンナ王女をやり込めたことを自ら彼に打ち明けていたであろう。

つまりは、王太子に気づかれてしまったが、それもいいかと思っていた。

命令という言葉に彼の怒りの程度を推し量りつつ、「わかりました。今すぐ参ります」と私は真面目な顔つきで答えた。

そしてベッドの枕元に座らせていた、黄色のドレス姿のアマーリアを腕に抱くと、自室を出る。

廊下で待っていたグラハムさんが、「人形をお持ちになるのですか?」と不思議そうに問う。近侍の彼は、王太子がなにについて私を問い詰めようとしているのかまでは知らないらしい。

「ええ、必要なのです。この子に関することで、王太子殿下がお呼びになられたのだとわかっておりますので」

そう答えたら、グラハムさんはますます解せないといった顔をしたが、公爵令嬢である私にそれ以上質問を重ねて煩わせることはせず、「ご案内いたします」と先立って歩き出した。

女性である私を気遣って、ゆっくりと進む彼の背を見ながら、私は王城内を進み、数分かけて西棟の二階にある、王太子の執務室前までやってきた。

美しい木目の重厚なドアをグラハムさんがノックすると、「どうぞ」と王太子の声が中から聞こえた。

私の鼓動は落ち着いていて、今は、父にかける迷惑を心配する気持ちは限りなく薄まり、口元は緩やかに弧を描いている。

彼に気づかれても構わないという考えは、ここまで歩く間に、これは願ってもない好機だという方へ急速に動いていた。

王太子とは、これまで数回、廊下で鉢合わせたことがあるけれど、私はなるべく会話を広げないように、挨拶程度で切り上げ、微笑むことさえしなかった。

姿や面立ちが稀代の美女と呼ばれた母に似ている私だが、愛想がなければ女は可愛くないと思われるものであろう。

それなのに王太子はなぜか、私を好意的な目で見て嫌ってくれない。

そろそろ、この娘は駄目だと思わせて、花嫁候補から除外してくれないと、私が困ることになる。

王城勤めが始まって半月ほどが経ったので、父が次の段階として王太子に私を強く勧めるかもしれず、もし婚約が決まって公にされたなら、私は家に帰るという望みを失ってしまうのだ。

ならば、この好機を逃すまい。

たとえ父に迷惑が及んだとしても、今日こそ王太子に嫌われなければ……。

ドアを開けたグラハムさんは、「オリビア様をお連れしました」と王太子に報告している。

「ご苦労様。中に通してくれ。グラハムは下がっていい」

主人と近侍の簡単な会話の後に、私は「失礼いたします」と一歩入室し、グラハムさんは廊下に出ていく。背後でドアが閉められた音がした。

ふたりきりだと意識すれば警戒心が膨らみ、鼓動が速まりそうになるけれど、『大丈夫。私ならうまくやれるわ』と心に言い聞かせて、平静を保つ努力をする。

王太子の執務室は、私の部屋の二倍ほどの大きさで、華美な装飾は施されず、機能的で落ち着いた色合いの調度類が配されていた。

壁を埋める書棚には、数カ国の言語を背表紙に刻んだ書物がびっしりと並び、奥には火の入っていない暖炉と、休憩用の長椅子とテーブルがある。振り子の柱時計は私の右横にあり、部屋の中央には大きな執務机がどっしりと構えていた。

彼は執務机に向かっている。私が来るまで仕事をしていたようで、右手に羽根ペンを持ち、左手は書類の束の上に置かれていた。

西向きの窓からは夕日が差し込み、室内にあるもの全てを暖かな色に染めているが、ペンを置いた彼は怒っているような厳しい顔をして私に命じる。

「オリビア、こっちに来なさい」

その声にもいつもの朗らかさはなく、私の願い通りに彼は、不愉快な思いを抱いているようである。

どうせなら感情を露《あら》わにして、怒鳴りつけてもらいたい。性根の醜い娘だと私を罵って、今すぐ実家に帰れと命じてほしいわ……。

「はい」と返事をして、私は足を前に進める。

革張り椅子に深く腰掛ける彼と、執務机を挟んで向かい合う。

幅を狭めた青い瞳が私を映し、指を組み合わせた両手を机上に置いた彼は、低く伸びやかな声で早速、私の悪事を暴きにかかった。

「呼び出したのは、ルアンナのことで確認したいことがあるからだ。君が今抱いている人形を、妹は予言する呪いの人形だと言って怯えていた。どういうことかと聞いたら――」

さすがはこの国を治める王太子と言うべきか。

彼は『足元に災いの兆しが』という最初の予言から、香水に魚醤を混ぜたことまで、ルアンナ王女の身に降りかかった不幸の全てが私に仕組まれた罠であると見破った。

それはただの推論ではなく、裏付け調査を行った上でのことである。

私が厨房の下働きの者からネズミをもらったり、調理人に魚醤を分けてもらった事実を掴んでいて、証拠としてそれらを提示された。

おそらく王太子は、問い詰めても私が白ばくれると思って、証拠集めをしたのだろう。それを突きつけて罪を認めさせても、見苦しく言い訳するのではないかとも思っていそうである。

正義感溢れるその瞳には、私への非難の感情が浮かんでいて、改心させなければという強い意志が感じられた。

「以上のことから俺は、温室での件の仕返しに、君がルアンナを罠にかけたのだと考えている。なにか反論はあるか？」

私に弁解の機会を与えてくれた彼だけど、言い逃れはさせないという気概が厳しい表情に表れている。

犯した罪をつまびらかにされても、私は少しの動揺もなく、「その通りにございます」と即答した。

「ルアンナ様が二度とわたくしに悪さをしないようにと、徹底的に叩きのめそうと思いました。この人形は予言などいたしません。全てはわたくしの企みでございます。申し訳ございませんでした」

両手をお腹の前に揃えて、腰を折る。

深々と下げた頭を戻したら、意表をつかれたように瞬きをしている彼が目に映った。あっさりと罪を認め、言い訳を一切しなかったことが想定外であったのだろう。

私はさらに彼の予想を裏切る言葉を続ける。

「わたくしは性根の醜い娘です。ルアンナ様に対してだけではなく、実家では気に入らないメイドをいじめて追い出したこともあります。貴族の集まりの席で、わたくしを睨んだ令嬢には、ひどい侮辱の言葉を浴びせて泣かせたこともありました」

私の告白に彼の瞳が微かに揺れる。

程度はわからないが、衝撃を受けた様子であった。

「なぜそんなことを？」と問う声には、戸惑いが感じられた。

「自分が優位に立つために、他人を貶めるのはわたくしの常であります。敵になる可能性のある者には、傷つけられる前にこちらから危害を加えるようにと考えております」

わざわざ貴族令嬢としての価値を下げるようなことを暴露したのは、嫌われたいという思いからである。

「どうぞ、わたくしを軽蔑なさってください」と言って話し終えたら、彼は頭を横に振った。

その顔には、私が期待する嫌悪感ではなく、悲しみが表れている。

廊下にまで聞こえそうな深いため息をついた彼は、おもむろに立ち上がると、執務机を回って私の横に立った。

肩を掴まれたのでビクリとしたが、乱暴しようというのではなく、向かい合わせの姿勢にされただけ。「いつから君はそうなった？」と問う青い瞳には、無表情な私の顔がまっすぐに映り込んでいた。

「生まれた時からですわ」と冷たく答えれば、「違う」となぜか断言される。

「かつての君は、純粋で清らかな心を持っていた。俺はそれを知っている」

なにを言っているのかと、失礼にも眉をひそめたら、私の肩から手を離した彼は静かに語り出した。

「君は忘れてしまったかもしれないが、俺ははっきりと覚えているんだ。あれは俺が十五歳の時。オルドリッジ領の君の住む屋敷を訪ねて――」

彼の昔話を聞いて、すっかり忘れていた思い出が、私の中に蘇《よみがえ》る。

今から九年前、私が八歳のあどけない少女であった晩春に、高貴な身分の少年が我が家にやってくることになった。父の案内のもと、オルドリッジ領を視察するということで、屋敷にふた晩滞在する説明を事前に祖父がしてくれた。

その上で祖父は私に注意する。

『お越しになるのは王太子殿下だ。決して粗相のないようにな。子供だからといって、失礼は許されないぞ』

『はい』と頷きながらも、私の心には来客への興味が大きく膨らんでいた。

王太子は七つも年上だけど、十五歳はまだ子供と言える年頃である。もしかしたら一緒に遊んでくれるかもしれないと、密かに期待していた。

その頃の私はまだ社交界を知らず、オルドリッジ領から出たことはない。

母の辺境伯領は、取り戻してまだ数年で、政情が安定していないからと連れていってもらえず、王都にあるオルドリッジ家の町屋敷も見たことはなかった。

遊び相手は人形のアマーリアと幼い弟で、正直言うと毎日の生活に退屈さを感じていたのだ。

そのため王太子の到着をワクワクと心待ちにしていたら、祖父からの注意は薄れていく。ついにやってきた美しい少年が、『やあ、君がオリビアだね。僕はレオナルド。レオンと呼んでいいよ。仲良くしよう』と気さくに挨拶してくれたことも、祖父からの注意を心に留めなかった原因であったかもしれない。

すっかり嬉しくなった私は、王太子が父と話をしていない時は、まとわりついてしまう。そして、午餐の食事を取るために、視察から一時帰宅をした彼のもとに走り、自室から持ってきた鳥籠を見せてこう言ったのだ。

『レオン様、ご覧くださいませ。この小鳥は私のお友達なの。いつも可愛らしい鳴き声を聞かせてくれるわ』

その小鳥とは、十日ほど前に庭で出会った。モズに襲われたのか、片足を失い、羽根も傷ついて飛べずに、ミモザの木の下に落ちていたのだ。

可哀想に思った私は傷の手当てをして、小さな鳥籠に入れた。餌《えさ》を十分に与えられ、傷が癒えると、小鳥は羽根をばたつかせてよく鳴くようになった。それを私は喜んでいるのだと解釈していたのだが……小鳥を見た少年はこう言ったのだ。

『放しておやり。この鳥は飛びたがっているよ』と——。

目の前に立つ王太子は、あの頃の少年よりもずっと男らしく逞《たくま》しい体つきをしている。

彼は八歳の少女の面影を探すような目つきで、私の顔に視線を彷徨わせていた。

それに居心地の悪さを感じて睨むように見てしまったが、彼は私の無礼を咎《とが》めず、思い出を語り続ける。

「俺が放しておやりと言ったら、君は泣きそうな顔をしたんだよ。羽根の傷は癒えたが、片足がないから餌を取れずに死んでしまうかもしれないと言って」

そのエピソードも、彼に言われて思い出す。

あの頃の私は、小鳥一羽に心からの同情を寄せ、一生懸命に世話をしていた。

放てば小鳥は生きられないと拒否したら、少年は優しい笑顔で、幼い私でも納得するような諭し方をしてくれた。

『大丈夫。城には白鳩の群れがよく飛んでくるけど、その中に片足のない鳩がいるんだ。仲間と一緒に餌をついばみ、元気に大空を羽ばたいているよ。とても幸せそうに』

片足がなくても、狭い籠の中より、大空を飛べることの方が鳥にとっては幸せである。それを教わった私は、帰宅したばかりの彼に連れられて庭に出て、小鳥を空に返したのだ。

嬉しそうに飛んでいった小鳥を見ながら、『私が間違っていたのね。閉じ込めてごめんなさい』と涙すれば、彼は頭を撫でてくれた。

『君は小鳥のためだと思っていたのだから、悪くないよ。そして間違いに気づいたら、素直に放してあげた。オリビアはいい子だよ。とても綺麗な心をしているね』

彼にかけてもらった言葉が嬉しくて、幼い私の涙はすぐに引っ込み、満面の笑みを向けたことを、何年かぶりに思い出していた。

しかし、あの時の温かな感情が、今の私の中に蘇ることはない。

そんなこともあったわね……と冷めた思いで、過去を振り返っただけである。

王太子は、私の顔に彷徨わせていた視線を、柱時計の方に流した。

きっと今の私の中に優しかった少女の面影を見つけられず、諦めたのであろう。

それならば、昔話を終わりにしてくれないかと思ったが、どうやらひと休みしただけのようで、形のよい唇がまた思い出を語り出す。

「幼い君がくれたミモザの花は、とても綺麗だった——」

彼が二泊の滞在を終えて、王都に戻ろうという日の朝のこと。私は庭師と一緒に雨上がりの庭に出て、ミモザの枝を切ってもらった。

黄色く丸いたくさんの花を房状に垂らし、ミモザは満開であった。それを両腕一杯になるほど切ってもらった私は、リボンで束ねて、少年のもとに走る。

馬車で三日もかかるという王都までの長旅も、綺麗な花と一緒であれば、イライラせずに穏やかな心持ちでいられるのではないかと考え、彼に贈るつもりでいたのだ。

優しい兄のように接してくれた彼に、感謝の思いを形にして伝えたい、という気持ちもあった。

前が見えないほどの花束を抱えて急いで屋敷内に戻れば、玄関ホールでは彼が従者とともに帰り支度を始めていた。

マントを羽織った彼に私は花束を渡してお礼を言い、指を組み合わせて道中の無事を祈る。それを止めたのはメイドで、慌てた顔をして私に近づき、周囲にも聞こえる声で耳打ちしたのだ。

『オリビア様、ドレスの裾に泥が跳ねております』

指摘されて視線を落とせば、ライムグリーンのドレスの裾には、あちこちに泥汚れがついていた。雨上がりの庭には大きな水溜りがあり、花束を抱えていたため足元がよく見えず、避けて歩くことができなかったせいであろう。

『早くお召し替えを』と促すメイドに、私は『これくらい平気よ』と首を横に振った。間もなく少年がここを発つので、着替えている時間が惜しいと思ったのだ。

しかしメイドは許してくれない。『オリビア様が汚れていては、私たちが旦那様に叱られるんですよ』と嗜《たしな》められてしまったのだ。

あの時のメイドは、二年後に私が難癖つけてクビにしてやった。働き口を失っては家族を養えないと泣きついてきたが、その後は知らない。公爵令嬢である私に意見する使用人など、いつ敵になるかわからない危険な存在である。

心の冷たさを視線にも表して、王太子を睨んでいたが、彼は柱時計だけを見つめているので効果はない。懐かしそうな目をして、記憶の中から幼い私の言葉を引っ張り出してくる。

「君はすぐにメイドに謝っていたね。『あなたたちがお父様に叱られていいとは思ってないの。すぐに着替えるわ。ごめんなさい、どうか許して』と言ったんだ。俺はそれを見て、君に仕える使用人は幸せだと思ったんだよ」

あの時のメイドは、謝った私にこう返した。

『許すだなんて、そんな……。オリビア様は、いつも私たちにお優しくしてくださいます。ありがたくて涙が出ますわ』

確かにあの時点では、仕える対象のお嬢様が私でよかったと、メイドは思っていたことだろう。クビにされるまでは。

王太子の悲しげな視線が、私に戻される。彼の右手が私の左手の甲を掴み、手のひらを彼の頬に押し当てるから、驚いて鼓動が跳ねた。

なにをするのかと非難の目を向けたら、「冷たい手だ」と、彼は独り言のように呟いた。

「ひと回り小さかった時のこの手は、日だまりのように温かかったのにな……」

悲嘆に暮れるような彼を見て、私は疑問を持つ。

もしかして、世間知らずで優しく、愚かな少女だった頃の私を、王太子は見初めていたのだろうか？

私が成長するのを待ち、大人になったら娶ろうと考えていたのではあるまいか。

王太子とは、この王城勤めが始まってからの再会ではない。私は九歳の時から、母の代理として父に連れられ、他貴族と交流してきた。大きな舞踏会や、毎年、年末に開かれる王城晩餐会には必ず参加して、彼とも挨拶程度の会話を交わしていた。

私を想い続けていたのなら、もっと早くから、それなりのアプローチがあってもよさそうなものだけど……。

そう考えたが、積極的に私に近づくことができない彼側の理由に思い当たった。

彼は一介の貴族青年ではなく、いずれは国王となる身なのだから、ひとりの令嬢にかまけるわけにいかない。そんなことをすれば、私を娶ろうとしているのだという噂があっという間に広まることだろう。我が娘を王太子妃にしたいと望む貴族は大勢いて、年端もいかぬ私を排除しようと企む悪しき輩《やから》も出てくる可能性はある。

優しく人柄のよい彼のことだから、敵意が私に集中しないようにと、他家の令嬢たちと同じ曲数のダンスを踊り、必要以上の会話をしないように心がけていたのだと推測できた。

となると、私を王太子に近づけようとして、城に送り込んだ父の策略は、彼にとっては願ったりであったと思われる。王城内で私に刃を向ける愚か者はそうそういないだろうから、身の危険を心配せずにアプローチすることができるのだ。

残念ながら、想い続けた可愛らしい令嬢は、私が心の奥底に眠らせて、二度と目覚めることはないけれど……。

彼の気持ちを読んだ私は、それならば一層可愛らしさのない態度で接しなければならないと、顔をしかめてみせた。

掴まれている手を振りほどいて、冷たい声で彼に願い出る。

「わたくしに、実家に帰るよう、ご命令ください。殿下がわたくしをお気に召さなかったという理由があれば、父とて諦めがつくと思います」

彼は即答せず、なにかを考えているように眉を寄せた。

私の父の機嫌を損ねずに私を返す、うまい言い方を考えているのだろうか。

これでやっと家に帰れると気を緩めかけていた私であったが、彼の口からは期待する言葉をもらえなかった。

「それは駄目だ。君を帰したくはない」

「どうしてですの⁉」

私に対して募らせていた想いは、今回のことで崩れ落ちたはずなのに、なぜ解放してくれないのか。

驚きに目を丸くして、納得できずに理由を尋ねたが、彼は口を閉ざしてしまう。

男性にしては長い睫毛を伏せ、青い瞳を隠すから、その心を読み取ることができない。

私に背を向けた彼は、執務椅子へと戻りながら、「下がりなさい」と命じた。

「今度、オリビアをお茶の席に招待しよう」とも言われ、私は顔を曇らせる。

なぜ、そうなるのよ……。

心の中に彼への不満が膨らんでいく。

しかし下がれという命令に背くことはできず、スカートをつまんで腰を落とし、退室の挨拶をする。

「このたびは、ルアンナ様への悪しき行い、誠に申し訳ございませんでした。お茶のお誘いは、また胃の調子を悪くしてお断りするかもしれませんが、どうかお許しくださいませ。では、失礼いたします」

呼び出されている間にすっかり日が落ちて、西向きの窓から見える空は、紫と群《ぐん》青《じょう》色の二色の層ができていた。

入室した時から灯されていた壁の燭台や、机上のランプがあるため、室内は暗くはない。ただ、夜の気配はそこかしこに漂っていて、彼を闇の中に引きずり込もうとしているような気がした。

執務椅子に座り、机上に片肘をつき、額を押さえる彼は微動だにしない。悩みに沈む高貴な身分の青年は、一枚の絵のように美しく目に映る。

綺麗だけど、期待外れで、不愉快さを覚えるような絵だわ。なぜ帰れと言ってくれないのかしら……。

ドアの前で、もう一度会釈してから退室する。

廊下の壁の燭台も、執事が灯して回った火が入り、足元に不安はない。

夜の廊下を足早に進む私は、王妃の寝室に向かっていた。

どうしてくれるのよ。晩餐前のお召し替えを手伝わねばならなかったのに、時間が過ぎてしまったじゃない。

バッカス夫人に髪を結わせている王妃にたっぷりと嫌味を浴びせられ、罰として面倒くさい雑用を命じられる予感がしていた。

王太子に呼び出されてから二日が経つ。

午餐の食事を取り、南棟の三階に戻ってきた私は、王族の居間から出てきたルアンナ王女とばったり鉢合わせた。

彼女の腕には教本がある。きっとこれから特別講師の授業を受けるために、図書室へ向かうところであったのだろう。

けれども、「ひっ!」と悲鳴をあげた彼女は、閉めたばかりのドアを開け、居間に戻ってしまう。

今、アマーリアは私の部屋で留守番をしていて、この腕の中にいないというのに、怯えすぎではないかしら。

いい気味だと思って廊下に佇み、ほくそ笑んでいたら、またドアが開いて今度は王妃が出てきた。

「オリビア! またルアンナを怖がらせたのね」と私を睨みつけ、声を荒らげた。

「なにもしておりません」と淡々と返しても、王妃は信じてくれない。

「嘘おっしゃい。あんなに怯えて可哀想に。また人形の予言とやらを与えたのでしょう。もうおやめなさい！」

王妃は今でも、私が人形を使って悪事を働いていたことに、気づかぬままである。

ただ怖がらせるようなことを言って、楽しんでいるだけだと捉えているようだ。

ということは、息子である王太子から、なにも聞かされていないのだろう。

もしかして、王妃と王太子は、仲が悪いのかしら……？

ふと湧いた疑問に、私は考え込む。

そういえば、城内でふたりが会話している姿を見たことがない。

しかしそれは、王太子が政務に忙しいからであると思われる。

彼は王族の居間にいることがほとんどないようだし、それは国王も同じである。

もっとも国王は政務より、趣味のバードウオッチングに忙しいようだが。

どちらにしても男性と女性では一日の過ごし方が大きく異なるのだから、仲が悪いと考えるのはいささか短絡的であろう。

考えていたために返事をしそびれていたら、「なんとかおっしゃい！」と王妃にまた怒鳴られた。

我に返った私は、怒ってばかりの王妃にうんざりしながら、無表情で冷静に受け答えをする。

「お気づきになりませんか？　わたくしは今、人形を連れておりません。アマーリアがいないのに、予言もできませんわ」

もっともな指摘をされた王妃は、「それもそうね」と目を瞬かせて、怒りを鎮めてくれる。

その背後に、コソコソと部屋から出てきたルアンナ王女が見えた。人形を連れていないから予言ができないという私の声を聞いて、少しは安心したのだろう。

それでも私と視線を合わせるのは怖いようで、俯き加減に母親の陰から出た後は、一目散に階段のある方へと逃げ去った。

そんな王女の後ろ姿を見送っている王妃は、ため息をつく。きっと、人形を怖がる娘を情けなく思い、嫁ぎ先でうまくやっていけるのかと心配しているのだと思われる。

王妃の母親心など、私はこれっぽっちの興味もない。怒りが解けたようなので、この場を離れて自室に戻りたいと思い、私から話しかけた。

「王妃殿下、午後はなにをいたしましょう？　なにもなければ、わたくしは自室におりますので――」

用事を思いついた時にメイドを使いに寄越すか、呼び鈴を鳴らしてほしいと言おうとしたのに、「やってもらいたいことがあるわ」と途中で言葉を遮られてしまった。

「今日は気分が滅入っているのよ。居間と寝室に花を飾れば、少しは晴れやかな心持ちになるでしょう」

つまり、花瓶や花を用意する役目を私に与えたいらしい。

花瓶はいいとして、花は温室から摘んでこなければならないので、「庭師を呼んで参ります」と答える。

今、温室にどんな花が咲いているのかを一番よく把握しているのは庭師である。王妃と相談の上で摘んでこさせるのが適切であると思われた。

けれども王妃に「駄目よ。オリビアに摘んできてもらいたいのよ」と言われてしまう。

「種類はあなたに任せるわ。気分を明るくするような花を摘んでくるのよ。わたくしが気に入らない花を選んだら、やり直しさせますからね」

気分が滅入っているという割には、口の端をつり上げてニヤリとし、この命令を楽しんでいるように見えた。

また嫌がらせをするつもりね……と、私は声に出さずに嘆息する。

昨日もそうだった。

公爵令嬢でもあるこの私に、寝室の掃除をしなさいと、王妃は命じたのだ。

王城には下働きの者が数百人、メイドや従僕は二百人ほどいるというのに、なぜ貴族の私が掃除をしなければならないのか……。

その理由は、嫌がらせのひと言に尽きる。

一昨日は、王太子に呼び出されていたため、王妃の晩餐前のお召し替えに私は遅刻した。それがあったせいで、昨日今日と、いつもよりひどい扱いをされている。

今日だって、言われなくても、なにを企んでいるのかは想像に容易い。

具体的に花の種類を指示しないところを見ると、摘んで戻った私に『この花は今の気分と違うわ』と言うつもりなのだろう。そして温室と居間を何度も往復させて、クタクタに疲れさせる気なのだ。

それならば、こちらにも考えがある。

「わかりました」と承諾し、私は王妃に背を向けて階段の方へと進む。

その歩調はひどくのんびりとしたもので、時間制限を設けられていないのだから、ゆっくりやろうと考えていた。

そうね、休憩しながら、一往復に一時間くらいかけようかしら？

そうすれば、多くても三往復くらいで済むだろう。

西棟の通用口から外へ出るのに十五分もかけ、やっと温室へ……ではなく、その前を素通りし、木立の中に分け入った。

城壁の内側の、国王がバードウオッチングを楽しむための小さな森である。

晩夏とはいえ、今日のような雲ひとつない晴天ならば、日差しは強く肌を刺す。

それが森の中に入ってしまえば柔らかな木漏れ日に変わり、散歩するにはちょうどいい気温に感じられた。

日陰の涼やかな風は緑の香りを含み、私の長い髪を後ろへなびかせて、それも気持ちよかった。

アマーリアも連れてきてあげればよかったわ。でも、ふたりで散歩を楽しんでいたら、温室の花を摘むのを、忘れてしまいそうね……。

王妃にはこれ以上ないくらいに嫌われているのだから、今さら不機嫌にさせたところで、なにも変わらない。嫌がらせの程度が少々上がるかもしれないが、それをこうして適度な使役になるよう、自分で調整すればいいのだ。

小鳥のさえずりが、あちこちの梢から聞こえる。それに癒されながら森の中ほどまで来たら、私の頭上にある小枝から、なにかがポトリと肩に落ちてきた。

反射的に払い落として足元を見れば、それは緑色をした靴の長さほどの蛇《へび》であった。

私の悲鳴が木立の中を駆け抜ける。

激しい恐怖が湧き上がり、制御できないほどに心を乱され、慌てふためいた。

しかし、足がすくんで逃げることができない。

九歳の春から私は蛇が苦手で……いや、その程度の言葉では不足があるほどに嫌いである。蛇は恐怖と嫌悪の象徴だと言ってもいいくらいに、私を震え上がらせるのだ。

「やめて、来ないで……ああ、お母様！」

蛇を見ると、心はあの時に戻されてしまう。

ブルブルと全身が震えて、視界が涙で滲み、呼吸もうまくできない。

苦しくなって倒れそうになったら、どこからか走り寄る足音が聞こえてきて、後ろに傾く私の体は、誰かの胸に抱きとめられていた。

「オリビア、なにがあった⁉」

周囲を警戒するように問いかける声は、王太子のもの。

普段の私ならこの逞しい腕から全力で逃げ出すところだが、今は藁《わら》をも縋る思いで振り向いた。

彼のブラウスの胸元に顔を埋めるようにして、蛇から隠れようと身を寄せる。抱きしめてもらってもまだ震えは止まらず、恐怖に油汗が滲んでいた。

彼は何度も私の名を呼び、「なにを怖がっているんだ。誰かに狙われたのか？　教えてくれ」と緊迫した声で問う。

しかし、「へ、蛇が……」と掠れた声で私が答えたら、「は？」と拍子抜けしたような声を出す。

足元に這う蛇を見つけた様子の彼は、「これか……」とため息交じりに呟いて、急に腕の力を緩めた。

慌てた私が自分から腕を回してしがみつくと、彼はクスリと笑って私の背中を撫で、優しい声をかけた。

「大丈夫だよ。毒のない小さくて可愛い蛇だ。ほら、もう茂みの向こうへ逃げていった。君の足元にはいない」

蛇が近くにいないと教えてもらい、私はやっと恐怖の中から抜け出した。

しかし、強い緊張が解けた反動で、今度は全身の力が抜けて崩れ落ちそうになる。

驚いた彼がすぐさま私の腰と背中を支えてくれたが、自力で立てそうにない私はぐったりと体を彼に預け、濃い疲労感のために浅い呼吸を繰り返していた。

「オリビア……これほどの恐怖を感じたとは、尋常じゃないな。小さな蛇を、なぜそこまで怖がる？　なにか事情があるのか？」

ニョロニョロと動く細長い生き物が嫌いだという女性は少なくないと思うけど、それだけではない事情があるはずだと、彼は察したようだ。

その推測は当たっている。私の蛇嫌いは、少女の頃の恐怖体験に由来するものだ。

けれども、その話を打ち明けることにはためらいがあった。

「話せば長くなりますので……」と遠回しに拒否したら、「構わない」と言われてしまった。

「執務室の窓から外を眺めていたら、君が森に入ろうとしている姿を見つけて追ってきたんだ。少し話したいことがあってね。だから時間は気にしなくていい。君の話を聞かせてもらおう」

どうしようかしら……。

王太子と親しくするつもりはないのだから、語り合う必要はない。

しかし、弱点を知られてしまっては、それを口外しないように約束させねばならない。

私の心の傷を見せておいた方が、約束させるのに説得力が生まれる気がする。

仕方ないわね……。

話す方が私にとって利となることだと判断し、「わかりました」と答えたら、急に足元がふわりと浮いた。横抱きに抱え上げられたのだ。

目を丸くして驚き、「おやめくださいませ！」と逞しい肩を押して抵抗したが、彼はそのまま歩き出してしまう。

「ふらついて歩けないんだろ？　俺に触られるのが嫌でも、今は我慢しなさい」

「そ、そういうことではございませんわ。このまま屋敷内に入れば、人の目が……」

他人に抱き上げられていることに抵抗がないとは言えないが、不思議と彼の腕の中は嫌ではなかった。

それよりも、誰かに見られることを懸念する。

私と王太子が仲睦まじくしていたなどと噂されれば、数多いる花嫁候補者の中で、抜きん出た存在だとみなされてしまいそう。もし父の耳に入ったら、強気に縁談話を押し進めるに違いなく、私はいつになっても家に帰れないことだろう。

そう思って焦っていたのだが、彼は屋敷ではなく、森をさらに奥へと進んでいるようだ。「どこへ行きますの？」と問えば、「人の目が届かない場所の方がいいんだろ？」と彼はチラリと私に視線を落として答える。

そして連れていかれた場所は、ポッカリと丸く開けた明るい空間で、木々に囲まれた中に東屋《あずまや》が一棟あった。

白く塗られた六本の柱に、鶯《うぐいす》色のドーム型の屋根をのせ、低い柵には蔦を這わせている。その中にベンチとテーブルが置かれている。

彼の腕に抱かれたまま近づいていくと、白木のベンチは少々不格好で職人が作ったものではないと思われた。丸テーブルもとても素朴なもので、豪奢で荘厳な王城には相応しくない東屋であった。

彼は柔らかな口調で言う。

「父上が趣味で作ったものだ。この森で過ごすことが多い方だから、ご自分の休憩場所として。小鳥の巣箱や餌台も手作りなさる。俺には真似できないことで、父上の手先の器用さを尊敬している」

その説明で、ここがどんな目的で作られた場所なのかはよくわかったが、国王を尊敬していると言った彼の言葉に疑問を抱く。

国政を息子に任せっきりにして、こんな遊びにかまける父親を、本当に慕っているのかしら?

見上げれば、拳ふたつ半ほどの距離に、麗しき青い瞳が輝いている。

近すぎる距離を意識して、思わず弾んでしまった鼓動を宥《なだ》めつつ、嘘偽りのない眼差しをしていると感じていた。

国王は頼りない方だと、貴族はみんな、ヒソヒソと陰口を叩いている。それなのに王太子は、父親として敬愛しているようだ。

その点は、私と似ている。

オルドリッジ公爵である父は、腹黒い策略家だと他貴族に言われていることを、私は知っている。絶大な権力を維持するために、これまで数々の貴族を蹴落としてきたからであろう。

エリオローネ辺境伯であり、公爵夫人である母のことも、よく思わない人が多い。

エリオローネ家はその昔、他国の侵略を受けて滅んでしまったと思われていた。母だけが町娘としてひっそり生き延びていたのだが、その出自を卑《いや》しいと言う貴族がいる。それに加えて、父の花嫁争いはなかなかに熾烈《しれつ》なものであったらしく、母は敗者である令嬢たちから今でも嫌われているそうだ。

そのように敵が多く、他貴族に疎まれる存在である両親だが、私は敬愛している。

特に母ほど努力家で、まっすぐな心を持った人は他にいないと信じている。

誰になんと言われても、家族を愛する心は揺るがない。私と彼は、そこが同じなのね……。

東屋の中のベンチで、私は降ろされた。

ここだと足元は草地ではなく木目の床なので、蛇が出てこない気がして安心できた。けれども、ベンチはふたり掛けのもので、隣に彼が座れば、腕や腿《もも》のあたりが触れ合って、落ち着くことはできない。

少々身構えてしまう私に対し、彼は長い息を吐き出して、穏やかな笑みを浮かべていた。胡桃色の前髪が風にサラサラと流れて、精悍《せいかん》な額を覗かせる。

美々《びび》しい青年ね……と客観的に観察していたら、青い視線が私に向いて、真面目な声で促された。

「さあ、聞かせてもらおうか」

「はい……」

話すと決めているけれど、思い出すのは心の傷口を開くような作業であり、私は苦痛に顔をしかめる。

それでもゆっくりと打ち明けた。

九歳の春、弱くて愚かな少女であった私のせいで、母が死の淵に立たされた時のことを――。

日が昇ったばかりの朝早くに、私は自分の部屋で目が覚めた。

いつもならメイドが起こしに来るまで夢の中にいるのに、自分で目覚めることができたのは、赤子の泣き声がしたからだ。

私には六歳になるウィルフレッドという弟がいるのだが、もちろん彼の泣き声ではない。

母は一昨日、三人目の子を産んだばかり。その子も男の子で、妹を期待していた私は密かに残念に思っていたけど、父は満足げな様子であった。

ウィルフレッドは長男として父の跡を継ぎ、いずれオルドリッジ公爵を名乗る予定である。そして生まれたばかりでまだ名前を考え中の次男は、母の跡を継ぎ、エリオローネ辺境伯となる。弟ふたりの将来は父によって、すでに決められていた。

私もあと十年ほどすれば、どこかの貴族の家に嫁ぐことになり、それは公爵令嬢として生まれたさだめである。

父に幼い頃から言われてきたことなので、当たり前のように思い、そこに悲しみや寂しさは感じない。むしろ私の将来の旦那様は、どのような方なのかと、今から興味を持って想像を膨らませていた。

去年、視察に訪れたレオン様は、優しくて頼りがいのある素敵な方だったわ……。

麗しい少年の顔を懐かしく思い出していたが、七つも年の差があるから、彼は私の未来の旦那様ではないだろう。

私が年頃になった時にはきっと、すでに他の令嬢を娶られていると思われる。

残念だけど、仕方ないわ……。

白いシルクの寝間着を脱いで、メイドを呼ばずにひとりで着替えを始める。

ふと思い出してしまった優しい少年に想いを馳せたが、それは胸を切なくさせるほどではなく、気持ちはすぐに母と赤子に戻された。

泣き声がやんだから、きっと乳を与えているところだろう。

母親というのは大変な役目なのだと、末の弟が生まれて初めて知った。

ウィルフレッドが生まれた時は、私もまだ三つの幼子で、まったく覚えていない。

母は乳母を雇うのを嫌がって、三人とも自分で育てていた。夜中に何度も起きて乳を与え、おしめを取り替え、満足に眠れないのがつらそうである。

体調を崩すのではと心配しても、私にはなにも手伝えることがない。

赤子がもう少し大きくなれば、遊んであげることくらいはできるのに……。

母を気遣い、自分の無力さを残念に思いつつも、母が家にいてくれる今を幸せに思っていた。

母は忙しい人だから、オルドリッジ領のこの屋敷に、こんなに長く滞在していることは、私の記憶の限りではない。

領主として辺境伯領を立派に統治する母。その頼もしい姿を尊敬しているけれど、本当はもっとそばにいて甘えさせてほしかった。

もう九歳になったというのに、いつまでも母を恋しがる私は、駄目な娘かしら……。

着替えたデイドレスは菜の花の色をして、胸元には小花の刺繍が施されていた。

それを見て、私は自分にできることを思いつく。

裏庭で花を摘んで、母に贈ろう。

産気づいてからずっと家の中にこもっている母に、春の香りを届けてあげよう。

そう思い立ったら心が弾み、枕元に座る親友のアマーリアに「ちょっと待っていてね」と声をかけてから、部屋を飛び出した。

廊下を元気に、でも早朝であるため足音には気をつけて走り、北側の通用口から裏庭に出る。

薄雲を被った太陽は東の空低くにあり、朝靄がかかっていた。

風はひんやりとして肌寒く、なにか羽織るものを取りに戻ろうかと思ったが、少しの時間だからと足を裏庭に進めた。

手入れの行き届いている裏庭は、背の高い鉄柵に囲われて、日増しに緑を濃くする芝生が美しい。鉄柵沿いには整備された花壇が長く延びており、色とりどりのチューリップが花を咲かせていた。

花壇の前に立った私は、チューリップを見て、「これじゃないわ……」と呟いた。

綺麗だけど、これを切って持っていっても、レンガに囲われたこの花壇しか思い浮かばない気がする。私が母に届けたいと思ったのは、部屋の中にいても春の景色がパッと広がって見えるような、もっと開放感と自然みのある花である。

私が着ているドレスのような、お日様色をした菜の花やたんぽぽがいいと思うわ……。

残念ながら、それらの花は庭師が雑草だとみなして抜いてしまうので、裏庭には生えていなかった。

私は鉄柵の向こう側を見る。朝靄に隠れてよく見えないが、この先には町があり、町の周囲はオリーブや小麦畑が広がっている。

町外れまで行けばきっと、私の欲しい花が咲いているだろう。

ここを出て探しに行こうかと思ったが、すぐに諦めた。

私が外出する時は、護衛やお供の者がぞろぞろとついてくる。今までひとりきりで鉄柵の向こうに行ったことがなく、勝手なことをすれば父にひどく叱られることはわかっていた。

仕方ないから、チューリップで我慢するわ……。

そう思った時、町の方から、石畳みの道を歩いてくる靴音が聞こえた。

朝靄の中から現れ、鉄柵越しに私の前に立ったのは、焦げ茶色のマントを羽織り、フードを目深に被った見知らぬ男であった。

年の頃は四十くらいだろうか。口髭を生やした強面の顔に似合わぬ笑顔で、猫撫で声で話しかけてきた。

「おはようございます。あなた様は公爵令嬢のオリビア様でいらっしゃいますね？」

「ええ、そうよ。あなたはどなた？」

町の男性だろうかと思っていたが、この町の住人で私に名を尋ねる者はいない。なぜなら、みんなが領主の娘である私を知っているからだ。

旅人かしら？と思って首を傾げた私に、彼は驚くことを言う。

「私は、オリビア様の未来の旦那様にお仕えする者でございます」

「え……!?」

私にはまだ婚約者はいない。

オルドリッジ領から出たことがなく、王都の社交界にも姿を見せていないというのに、いずれ私を嫁にもらいたいという申し出はすでにいくつも父のもとに寄せられているらしい。しかし父は、それらを全て断っている。きっと求婚者の家柄や財力などが、父の求める水準に達していないせいであろう。

ニコニコと話しかける男に、私は一歩近づく。

「わたくしには婚約者がおりません。なにかをお間違えではないかしら？」

目を瞬かせてそう答えれば、男は腰を落として私に視線の高さを合わせると、他に誰もいない裏庭で内緒話をするようにヒソヒソと打ち明けた。

「実は――」

男の話によれば、未来の旦那様だという人物は、数年後に私に求婚するつもりでいるらしい。その人は父が断るはずのない高貴な地位にあり、青い瞳に胡桃色の髪をして、私より七つ年上の少年であるという。数年後に求婚する日まで待つことができず、ひと目会いたくて今日は忍んで来たという話であった。

「まぁ！」

私の鼓動は高鳴り、頬が熱くなる。

それらの特徴から、お忍びで来たという少年がレオン様ではないかと思ったのだ。

「あ、あの、その方のお名前は？」と期待を込めて尋ねたが、男は教えてくれない。

「お会いすればわかりますよ」と言って、ニヤリと口の端を上げただけであった。

その少年はすぐ近くに停めている馬車内で、私を待っているとも言われた。

レオン様に私もお会いしたい。すぐ近くなら、黙って出かけてもいいわよね……。

胸を弾ませる私は、自分から裏門の錠を外して敷地の外へ出た。

そうしたら……。

男が突然、私の体を後ろから捕らえ、布を口元に押し当てる。

驚いた私が悲鳴をあげようとして息を吸い込んだら、景色がグニャリと曲がり、体から力が抜けていく。

騙されたのだと気づくこともできずに、愚かな私は意識を失い、そのまま連れ去られてしまったのだ——。


そこまで話して、私は一度、意識を過去から今に戻した。

森の中の東屋には、変わらず涼やかな風が吹いており、私が口を閉じれば、小鳥のさえずりがよく聞こえてきた。

愚かだった、あの時の自分が憎らしい……。

大きく息を吐いて隣に顔を向ければ、王太子が沈痛な面持ちで私をじっと見ていた。

責任を感じているような声で、「君がさらわれたのは、俺が原因なのか」と呟いたから、私はきっぱりと否定した。

「いいえ。騙されて連れ去られたのは、わたくしが愚かだったせいです。それ以外に原因はありません」

切なげな微笑み方をする王太子は、「優しいことを言うね」と目を伏せ、そんな彼に私は眉をひそめる。

彼を気遣って言ったわけではない。これは私の問題で、むしろ彼に関わり合ってほしくないからこそ、そう言ったのだ。

目を開けた彼は憐《あわ》れむように私を見ながら、「それからどうなった?」と続きを催促する。

連れ去られて、その後は……。

私がいなくなったことは、起こしに来たメイドが最初に気づき、屋敷は大騒ぎになったそうだ。父は町中に捜索の兵を出し、自らも手がかりを探して方々に馬を走らせたと後に聞いた。

母も私の身を強く案じてくれたが、赤子の世話があるので屋敷からは出られない。

そのように心配して待っていた母のもとに、私を連れ去った犯人から手紙が届いた。

それには、母ひとりで町外れの廃屋まで来いと書かれていて、制限時間内に来なければ娘の命はないと、母を脅したのだ。

捜索に出ている父に相談する余裕はなく、母は産後の体で私を助けに、ひとりで馬を走らせた。

そして……。

そこからはつらすぎて、詳細までは語ることができない。

廃屋に囚われていた私は、目が覚めて騙されたことに気づき、怯えて泣いていた。

喉元に突きつけられた刃の冷たい感触を、今でも覚えている。

そこに母がひとりで助けに現れて、男にこんな要求をされた。

『娘を助けたければ、毒蛇に自分を噛みつかせて死ね』

男の狙いは私ではなく、最初から母の命であったのだ。

母はためらいなくその要求をのみ、男が用意していた毒蛇の入った籠に足を入れ、私を逃がした。

廃屋を出た私は、助けを呼ぼうと必死に町の方へ走り、途中で捜索の兵に見つけてもらった。

間もなく母も救出されたが、悪しき輩の姿はもう、そこにはなかったそうである。

蛇の毒に侵された母は意識がなく倒れていて、それから生死の淵を三日三晩彷徨った。幸いにも命を落とさずに済んだけれど、両足が麻痺して、今でも立つことができない。愚かな私のせいで、車椅子生活を余儀なくされているのだ。

心を守ろうという意識が働いて、感情を込めずに淡々とした説明になっていた。

「王太子殿下もご存じかと思いますが、我が家に敵意を持つ貴族は大勢おります。犯人の男は逃げた後に、遺体となって領内の川で発見されました。きっと雇われ暗殺者であったのでしょう。首謀者について、両親は心当たりがあるようですが、残念ながら証拠がなく、なにもできずにおります」

その首謀者が誰なのか……両親は私にも教えてくれず、歯がゆいところである。

教えてくれたなら、必ずや復讐するのに……。

悔しさや悲しみ、愚かな自分への嫌悪感。様々な負の感情が、過去を語ったことによって一気に押し寄せてきた。

こうなってしまったら、苦しくて、心乱さずにはいられない。

毒蛇が入った籠に足を入れた時の母は、死を覚悟した顔をしていた。その光景が鮮明に記憶の中にこびりついて、今でも私を恐怖に陥れる。

『お母様、おやめください！』と必死に叫んだ自分の声も耳に残っている。

『今のうちに、早く逃げなさい』と苦痛に耐えながら、私に命じた母の声も……。

「わたくしが愚かで弱い娘であったから、母は――」

それだけ口にするのが精一杯で、目には涙が溢れ、母への懺悔《ざんげ》の思いに押し潰されそうになっていた。

呼吸は速く浅くなり、嗚咽《おえつ》が漏れる。

お母様、ごめんなさい……。

助けられて屋敷に戻った夜、父に初めて頬をぶたれた。その頬の痛みより、死の淵を彷徨う母に寄り添い、涙を浮かべる父を見ていることの方がずっと痛かった。

あの時の父に教えられたことは、家族以外の者を信じてはいけないということである。夢見がちな少女をやめて、自分を守るためにしたたかに、強く賢くなりなさいとも言われた。

その教えを、私は守って生きている。

もう二度と、大切な人を失う恐怖に泣くことがないように……。

咽《むせ》び泣きながらも、私は信念を口にした。それはこれまで何度も心の中で唱えてきた言葉で、今も自分に言い聞かせるために言う。

「自分の身は自分で守る。そうしなければ大切な人を誰かに傷つけられてしまうわ。

私に敵意を向ける者を、やられる前に叩きのめすのよ！」

声を大きくして宣言した私は、その直後に「キャッ」と悲鳴をあげた。

王太子に肩を強く抱き寄せられたからだ。

乱暴されるのではないかと恐れ、その胸を押したが、「俺を信じて身を任せなさい」という誠実な声に、抵抗する力を失った。

「オリビア、よくお聞き。今までよくひとりで戦ってきた。その努力だけは認めよう。だが、棘だらけのマントに心を包んで、触れた者を傷つけるのはもうやめるんだ。それは間違ったやり方だ」

伸びやかで力強い声が、耳元に響く。思わず信頼して頷きそうになるような、頼もしい声色であるが、私は彼の教えを受け入れない。

「間違っていても、身を守るためにわたくしができることは、これしかないのです」

そう言って反論すれば、また諭される。

「大丈夫。オリビアはもう、自分の身を自分で守らなくてもいい」

「え……？」

「これからは俺が君を守ると約束しよう。誰にも君を傷つけさせはしないし、君の大切なものも失わせない」

私の打ち明け話に心から同情してくれたことは感じ取れる。

この腕の温もりは優しく、とても誠実だ。

けれども彼は他人である。

私の心は他者への不信感に真っ黒に塗り潰されているので、にわかには信じることができず、彼の言葉の裏になにか企み事があるのではないかと探ってしまう。

そうしたところで、見つけられたものは、彼の人柄のよさと清らかさだけではあるけれど……。

彼のブラウスの胸元に頬を当てた姿勢で、心が揺さぶられるのに耐えていた。

信じてはいけないと言い聞かせ、「わたくしは守られることを望んでおりません」と拒否すれば、彼の腕の力が緩んだ。

私を離した彼は、なぜか開いた右手を顔の前に持ち上げる。

生意気なことばかり言ったから、ぶたれるのでは……そう感じて身構えたが、彼は邪気のない笑みを浮かべているので、どうやら違うようである。

「俺の右手をよく見ていてごらん」

なにをする気かと怪訝に思う私の目の前で、彼は空を掴むようにして、手首をクルリと回した。

その手が私の前に差し出され、拳がゆっくりと開かれたら……。

「えっ⁉」と私は目を丸くした。なにも持っていなかったはずなのに、その手のひらには銀のバラの髪飾りがのっているのだ。

「魔法……？」と呟けば、彼が笑顔で否定する。

「可愛いことを言うね。これは奇術というんだ。ある旅回りの大道芸人の一座に、奇術師がいてね。子供の頃、その人に教わった」

奇術師とは、帽子から鳩が出てきたり、ステッキから花が飛び出したりと、不思議な見世物をする人のことである。話に聞いたことはあるけれど、実際に目にするのは初めてで、純粋な驚きと興味が湧いていた。

涙はすっかり引っ込み、思わず口元を綻ばせたら、「じっとしていて」と優しい声で言われた。

男らしくも綺麗な指先が、私の横髪を梳《す》く。

それにも驚いて心臓を波打たせたが、不思議と逃げようという気は起こらず、そのまま動かずにされるがままになっていた。

髪を耳にかけられて、そこに銀の髪飾りが留められた。

「オリビアの髪色とよく合っている。これは君に贈ろう。君に笑顔の花が咲くように」

そう言われて、気持ちはまた過去に戻される。それは苦痛の伴うものではなく、温かで優しい記憶であった。

視察を終えてオルドリッジ邸を発とうとしていた彼を、私は玄関先まで見送りに出ていた。寂しい気持ちを隠すことができず、目にうっすらと涙を浮かべてしまう。すると馬車に乗り込もうとしていた彼が、足を下ろして、私のもとに戻ってきてくれた。その手には、どこで摘んだのか白いバラの生花が一輪持たれていて、『ミモザのお礼だよ。君にも笑顔の花が咲くように』と言って、私の横髪に挿してくれたのだ。

あのバラは数日で枯れてしまったけど、嬉しかった思いは、その後もしばらく私の心を温めてくれた。純粋な少女をやめようと決意するまでは。

今、彼は、あの時と同じような言葉をかけて、バラの髪飾りを留めてくれた。

封印したはずなのに、少女の頃と同じ喜びがこの胸に広がり、私はつい笑顔を向けてしまう。

「ありがとうございます。嬉しいですわ！」

素直なお礼の言葉までが口をついて出て、ハッと我に返った私は、口元を片手で押さえて目を泳がせた。

彼のそばにいると、調子を狂わされる。

心の奥深くに眠らせた愚かで弱い少女の気持ちが蘇りそうで、動揺してしまう。

それに加えて、優しい少年に惹かれたあの時の、砂糖菓子のような甘い気持ちまで……。

心なしか頬が熱い気がして、俯いた。

赤くなって恥じらっているのだと、悟られないために。

彼はクスリと余裕のある笑い方をしただけで、私の頬の赤みやうろたえていることについては触れなかった。「森を抜けてきた風は清らかだ。気持ちがいいな……」と木々を見つめて言い、一拍置いてから言葉を付け足した。

「いずれ君は、この風のような心を取り戻すことができるだろう」

それは、予言……？

俯かせていた顔を上げても、視線は合わなかった。

彼は悩みが解消されたようなスッキリした顔をして、形のよい唇の端は嬉しそうに上がっている。

私の真似をして予言してみせたのかと思ったが、その言葉の色は、私のものとは決定的に異なっている。

言うなれば、純白のレースのように汚れのない、希望に溢れた予言であった。

『明後日の午後は、仕事の予定を入れていない。久しぶりに秘密の場所に出かけようと思ってね。そこに君を連れていきたい』

それは二日前、森の東屋から屋敷に戻る途中で、王太子に言われたことである。

午餐の食事を他の侍女と一緒に取った後、私は自室にて出かける準備をしていた。

鏡台の椅子に座って髪を梳《と》かし、耳の上あたりに彼から贈られた銀のバラの髪飾りを留めつつ考える。

秘密の場所とは一体、どこへ連れていこうとしているのだろう……。

懸念しているのは、私と彼が連れ立って出かければ、それを目撃した者の口から、私が花嫁候補者の中で最有力だという噂が広まることだ。

しかし、その心配の一方で、〝秘密〟なのだから、人目につきにくい場所であろうとも考えられる。

家々がひしめくこの王都に、そのような場所があるのかは、知らないけれど……。

時刻は、王太子が迎えに行くと言っていた約束の十四時五十分になる。

鏡台前から離れた私は、リボンやフリルで贅沢に飾られた訪問着にデザインを合わせた、鍔広《つばひろ》の帽子とレースの日傘を持ち、窓際の椅子に座らせたアマーリアに「行ってくるわね」と声をかけた。

その直後にドアがノックされ、「オリビア」と呼びかける王太子の声がした。

きっと迎えには近侍を寄越すのだろうと思っていたため、彼の声を聞いた私は目を瞬かせる。

出だしから彼の気さくさに戸惑い、急いでドアを開ければ、今度は「え？」と言ってしまうほどに驚かされた。

ブラウスに黒のズボンとブーツ。それだけの軽装で、彼は一体どこへ出かけるつもりなのだろう。

すると、私の方こそ間違えているのだと教えられる。

「普段着でいいと伝えるように言ったんだけど、俺の近侍は忘れてしまったのか。すまないが、帽子も日傘もいらない。とても素敵なそのドレスも脱ぐことになる」

「ぬ、脱ぐのですか⁉」

目を丸くした後に、彼の下心を懸念して眉をひそめたら、「違う」と苦笑いされた。

「なにも心配いらない。こっちで用意した衣装に着替えてもらうだけだ。さあ、行こう。時間がなくなってしまう」

帽子を脱いで日傘も部屋に残し、私は彼と並んで長い廊下を進み、南棟の螺旋階段に向かった。

階段を下りながら秘密の場所について尋ねても、「着くまでそれも秘密だ」と冗談めかした答えが返ってきて、私の心は休まらない。

こちらの予想を裏切ってばかりの彼は、一階に着いても足を止めず、地下へとさらに下りていった。

なぜ玄関に向かわないのかと、新たな疑問に眉を寄せつつも、聞いたところで『秘密』と言われそうな気がして、私は黙って彼の後に続いた。

彼がやっと足を止めたのは、城の最下層である地下二階。廊下の燭台に明かりが灯されていても薄暗く、ひんやりと空気が冷えて、人の姿もない寂しい場所であった。

私がこの階に足を踏み入れたのは初めてのことで、きょろきょろと辺りを見回していたら、その様子が不安げに見えたのか、「怖い？」と彼に問いかけられた。

人気《ひとけ》のない薄暗い場所を恐れたのは幼い少女の頃まで。今は幽霊も信じないし、厳しい入城検査のある王城内には、悪しき輩が潜んでいるとは思えない。

「少しも怖くありません」と強気に答えたら、クスリと笑った彼が私を横に並ばせて、「こっちだ」と薄暗い廊下を奥へいざなった。

地上階と同じく藍色の絨毯敷きの廊下に、金装飾の施された飾り柱。柱の間の壁にはずらりと絵画が飾られ、まるで画廊のようだ。

　豪華にしつらえていても、日の当たらない場所は好まれないものらしい。彼の説明によれば、この階にある応接室や遊戯室は滅多に使われることはなく、ワインの貯蔵庫になってしまっている部屋もあるそうだ。

　廊下の角をふたつ曲がって進んだ先は、行き止まりになる。

　そこで彼はズボンのポケットから、見慣れぬ形の鍵を取り出した。軸が角ばって、王家の紋章である双頭の鷲が彫り込まれた立派な鍵である。

　それを使って突き当たりの扉を開けた彼は、私の背に手を添えて、中へ入るように促した。

　そこは六角形の小部屋だった。布張り椅子がふたつのテーブルセットと、燭台がひとつ。それと暖炉がある以外に調度類はなにもない。ただ装飾性は高く、天井はドーム型で天使のフレスコ画が描かれ、壁紙も柱も技巧を凝らして飾り立てられていた。

　使用目的のわからない不思議な部屋には、もうひとつ首を傾げたくなるものがあった。彫刻の美しい立派な丸テーブルの上に、粗末な服が畳んで置かれているのだ。

　男性用と女性用の二着があり、先ほど着替えをすると言われたことを考えると、もしかしてこれに……。

戸惑う私の隣で王太子は、普通の調子で指示をする。

「その衣装に着替えをして。俺は一旦廊下に出ている。君の後には俺も着替えるから」

「あ、あの――」

呼びかける私の声は届かなかったのか、彼はドアを開けて廊下に出てしまった。

テーブルに視線を戻した私は、恐る恐る衣装を広げてみた。

ブラウスと呼んでいいのかわからない生成りの長袖の上衣に、くすんだ水色のスカート。それに日焼けして生地が傷んだエプロンと、木綿の頭巾もある。

農民の娘が着ているような衣装一式に、私は顔を曇らせた。

石鹸の香りがして清潔なものであるようだけど、それにしたって公爵令嬢である私に、こんな粗末な服を着ろと言うなんて……。

非難の気持ちを抱えながらも仕方なく着替えをし、その後は私が廊下に出て、代わりに彼が室内で着替えをする。

それが終わり、私たちは再び室内で向かい合った。

彼は襟がVの字に開いた七分袖の貫頭衣《かんとうい》に、枯葉色のズボンとそれより濃い色のベストを身につけている。

同じ農民風の衣装を纏っていても、自分より、彼の姿の方に眉をひそめてしまった。

いずれ国王となる高貴な身分の方が、こんなボロを着てはいけないでしょう……。

私たちが着替えた理由はおそらく、お忍びで農村地帯まで出向くからだろうと推測できたが、ここまでする必要があるのだろうか。

戸惑う私に彼は素敵に微笑み、生成りの貫頭衣の袖を撫でて言った。

「こうして庶民の服装をすれば、彼らの心に寄り添える気がするんだ。そんなことくらいで苦労を知った気になるなと、言われてしまうかもしれないが」

庶民の心に寄り添う？

その言葉を不思議に思う私は、自然と首を傾げていた。

なぜ貴族が庶民の気持ちを知る必要があるのか。私にはそれが理解できない。

疑問は口に出さずとも伝わったようで、彼は補足してくれる。

「領民を幸せにできない領主にはなりたくない。民がいてこその領主だ。俺はいつも彼らに感謝している」

青い瞳は力強く輝いて、それが偽りの綺麗事ではなく、本意であることが伝わってきた。

『民がいてこその領主』

その言葉に私はハッとする。以前、母も同じことを言っていたのを思い出したからだ。

あれは確か、七年ほど前のこと。

母がオルドリッジ領の屋敷に数日だけ帰ってきたことがあって、家族での団らんのひと時に、他の領地で起きた農民の蜂起《ほうき》について私が話題に出した。

半月ほど前に他家の晩餐会に父と私が出席し、隣の席に座った伯爵男性が領内で起きた反乱をたった三日で収束させたと、武勇伝のように語っていたのだ。

私とは反対側の彼の隣に座っていた婦人は、彼の素早い鎮圧行動を褒め称え、同時に蜂起した民を悪党のように非難した。領主に楯突くとは、処刑されて然るべきだと。

ほとんどの貴族はそのような考え方の持ち主で、私もそのうちに含まれている。

その時点では、『土地を与えられて生かしてもらっているというのに、少しの増税で不満を持つとは、無礼千万な農民ね』と思っていたのだ。

それを母に言ったら、私は厳しく叱られた。そして母は、自分が身分を隠して貧しい町娘として暮らしていた時のことを、詳しく話してくれたのだ。

そこの領主は暴君で、どこの領地よりも高い税率を課し、領民は慢性的な飢えに苦しんでいたのだという。孤児院には孤児たちが溢れ、一部の金持ち以外は病気になっても医者にかかる金もなく、亡くなる子供も多かったのだとか。

『私たち貴族は、領民が働いてくれるから不自由なく生きていけるのよ。民がいてこその領主。反乱が起きるということは、彼らの意見を聞かずに横暴な統治をした領主が悪いの。オリビア、民に寄り添う心を忘れてはいけないわ』

十歳の私は、母にそう諭された。

父の治めるオルドリッジ領も、母の辺境伯領も、豊かな農地を有し交易も盛んで、領民からは陳情はあっても苦情があったという話は聞いたことがない。

幸せに暮らしている民しか見聞きしたことがなかった私だからこそ、貴族に不満を言う者たちを悪く思ってしまったのだということも、母は理解した上で叱ってくれた。

あの時、深く反省したはずだったのに、粗末な服を着せられたことに嫌悪するとは、知らず知らずに、また考え方が愚かな領主たちと同じになっていたのかもしれない。

敬愛する母と同じことを言い、その教えを思い出させてくれた王太子に、私は城に来て初めて親しみと好感を覚えていた。

彼の言葉を心に留めようと真面目な顔を向け、「よくわかりました」と頷いた。

その後では、この農民風の衣装への捉え方も変わる。

機能的で動きやすく、軽やかな服だ。レースのついたドレスでは麦の穂を刈り取ることはできないし、土にまみれて汚れても、これなら簡単に洗えてすぐに乾きそう。

これは生活に適した服であり、このような格好で働く民に、私たちは支えられている。

粗末だなんて、言ってはいけないわ……。

不満に思ったことに対して反省の弁を述べれば、「オリビアは素直ないい子だ」と王太子が目を細める。

かつて小鳥を空に逃がしてあげた八歳の私にも、彼はそのように褒めたような気がする。

今の私は素直とは程遠い性格をしているはずなのに、おかしなことを言うのね……。

それについては納得できず、不躾《ぶしつけ》にも首を傾げた私だが、彼は気分を害することなく、「さあ、準備ができたから出発しよう」と声を弾ませた。

そして、なぜかドアではなく、六角形のこの部屋の暖炉に向かう。

なにをしているのだろうと私が見つめる先で、彼は暖炉の横の飾り柱に両手をかけて力を込める。すると柱が横に移動し、体を横にすれば人ひとりが入れそうな空洞がポッカリと現れて、私は目を丸くした。

これは隠し通路かしら……。

「オリビア、おいで。怖がる必要はない。俺を信じて」

彼は安心を与えるような穏やかに低く響く声でそう言って、頼りがいのありそうな片腕を私に向けて伸ばした。

「はい」と私は歩み寄り、彼の手に右手を重ねる。そうしたら、ワクワクと心が高ぶるのを感じた。

常に心を乱さず冷静に。人の優しさを疑い、したたかに生きてきたはずの私が、今は彼を信じて暗闇の中に足を踏み入れていた。

ふと幼い頃を思い出す。

こんな私でも、かつては胸を高鳴らせることがよくあったような気がする。

屋敷にこもって、厳しい家庭教師から勉強を教わるだけの退屈な日々の中、自室の窓から見える空に珍しい鳥や、変わった形の雲を見つけては、なにか素敵なことが起こる前兆かもしれないと胸を弾ませていたのだ。

そうだ、私はそういう娘だった。

懐かしいこの気持ち。根拠もないのに、素晴らしい出来事が私を待っているはずだと純粋に信じるこの感覚。

そんなもの……今の私には邪魔な感情なのに、思い出させないでよ。愚かな少女には、もう二度と戻りたくないのだから。

彼への不満というよりは、自分への叱咤として心に呟き、隠し通路の中を横歩きに数分進むと、開けた場所に出た。

石を積み上げた壁に、低い天井。人工的に造られた洞窟のような場所で、空間はさらに奥へと延びている。

ぼんやりと辺りが確認できるのは、ランプを携えた男性がふたり、私たちを待っていたからだ。

ひとりは王太子の近侍のグラハムさんで、私たちが現れると、「殿下、オリビア様、お待ちしておりました」と姿勢よく頭を下げた。

もうひとりの青年は、石畳の地面に片膝をつく。

「私はダウナーと申します。王太子殿下の護衛を務めております。オリビア様、以後お見知り置きを」

彼の年齢は二十七、八といったところか。ツンツンと尖った茶色の短髪で、頑強そうな体をしている。

ふたりとも私たちと似たような農民風の格好をしているので、外出に同行するようである。

ふたりきりでないことに、ホッとしていた。護衛の存在は心強い。

道中でなにかがあった場合に、女の私では王太子を守ることはできないからだ。

その後は、木箱に車輪をつけたような不思議な乗り物に乗せられた。よく見れば石畳にはレールが敷かれていて、それが暗闇の奥へとまっすぐに延びている。

「鉱山で石炭や鉱石を運ぶのに使われるトロッコだ。外に出るまでこれで移動する」

と王太子が説明してくれた。

トロッコの先頭には私、その後ろに王太子、グラハムさんと続き、最後尾は護衛のダウナーさん。

私たちはしゃがんでいるがダウナーさんだけは中腰で立っていて、片足を木箱からはみ出させて鉄製の枠にのせている。その手は、井戸の手漕ぎポンプのような金属製の取手を掴んでいて、「発車します」と言うなり漕ぎ出した。

どうやらそれが動力となっているようだ。レールの上をガタゴトと動き出したトロッコは、すぐにスピードを上げ、風を切って走り出す。

トンネルの中は緩やかな下り坂になっているようで、どんどん加速していった。

子供の頃は、父に馬に乗せてもらったことが何度かあったけれど、こんなに速く走らせなかったし、これほど揺れもしなかった。

速度に加え、暗闇に吸い込まれてしまいそうな感覚にも怖くなる。

それで木箱の縁に両手でしがみつき、固く目を閉じていたら、突如、二本の逞しい腕に後ろから抱きしめられ、「キャア！」と控えめな悲鳴をあげた。

それは王太子の腕で、薄い布地を通して私の背中に、筋肉質の胸の温もりが伝わってきた。

心臓を跳ねらせて目を開けたら、私の耳に優しい声が響く。

「着くまでこうしていよう。スピードに慣れたら、オリビアもきっと楽しめるはずだ」

着くまで、どれくらい？

彼の腕の中にいると、トロッコに対する恐怖は半分ほどに減った気がするけれど、波打つ鼓動を制御できなくて困る。

彼には蛇に遭遇してしまった時にも抱きしめられた。父と祖父以外の男性で私を抱きしめたのは、彼だけである。

意に反して頬が勝手に熱くなり、戸惑いと羞恥《しゅうち》の中に落とされていた。

恥ずかしがっている顔を、見られたくないわ。

ここが、頼りないランプの明かりだけの暗闇でよかった……。

それから二十分ほどが経ったろうか。

下り坂が今度は上り坂に変わり、トロッコは速度を緩めて無事に停車した。

やっと王太子と体を離すことができて、私はホッと息をつく。

手を取られてトロッコから降りるとそこは、乗り込んだ王城の地下と変わらぬ石積みの、ポッカリと開けた空間だった。しかし随分と長い距離を走っていたので、きっと王城のそびえる丘は下りて、家々の建ち並ぶ都の外れの方か、もしかするとその先の農村地帯に入っているのかもしれない。

近侍の持つランプに照らされる王太子が、人のよさそうな笑みを浮かべて「どう？楽しめた？」と感想を求めてきた。

密着する体が気になってそれどころではなかったのだが、そんな恥ずかしいことは言えないので、「少しだけ楽しく思いました」と私は答えた。

すると彼は「少しか。それなら、もっと君を楽しませてあげないと」とニコリとし、

「次は地上に出るよ」と私の手を取って暗闇を奥へと歩き出す。

そこには鉄の枠組みに木のステップを敷いた螺旋階段があり、四人でステップを上って、ダウナーさんが開けてくれた鉄製の蓋のようなドアから地上に出る。

ここは森の中。真っ暗な地下から出てすぐは随分と眩しく感じたが、木々が茂り、地面に届く光量は少なめだ。薄暗い森を見渡しても目印となりそうなものはなく、井

戸のようなこの出入口も下草に紛れてわかりにくい。

ここから離れたら、私ひとりでは戻ってこられない気がしていた。

私が不思議そうに出入口を見つめていると、王太子は「わざと見つけにくくしてある」と話し、その理由も教えてくれた。

「今通ってきた地下通路は、有事のための避難路だ。存在を知っているのは、王族とごく一部の者だけ。たったの数人だ」

有事とは、万が一、王城が敵に攻め込まれた時のことだろう。

六角形の小部屋の隠し通路から、この森に出るまでの道は、王家の血を絶やさないために必要な機密事項。

たった数人しか知らないという秘密の道を、どうして私に教えてくれるのか……。

その問いは投げかけられないままに、「行こう」と歩き出した彼の隣をついていく。

置いていかれたら迷子になってしまうので、他のことに気を回している余裕はなかった。

少し歩くと、森の中に道が現れた。

いや、道と言っていいのかわからない土の地面なのだが、下草が生い茂っていない分、歩くのが楽になった。

「オリビア、大丈夫？　疲れたらおぶうから言いなさい」と時折声をかけてくれる王太子に、そんなことをされては困ると首を横に振って断りながら歩くこと十分ほどで、景色が開けた。

遠方に見えるのは、灰色の岩山。その山裾の平野にはブドウ畑が広がり、緑の中に民家が点在している。

華やかに栄える王都の先の北側には、ワイン用のブドウ畑が広がっていると父に聞いたことがあったので、やっと地理的な感覚を掴めた思いでいた。

風がブドウの葉を揺らし、甘酸っぱい香りを届けてくれる。手入れに勤しむ農民たちの姿が、畑の中にちらほらと見えていた。

働く彼らの姿に王太子は目を細め、声はかけずとも「ご苦労様」と独り言を呟いていた。

さらに進めば道幅はいくらか広くなり、板壁の簡素な建物が六棟建ち並ぶ場所に差し掛かった。

どうやらここが村の中心部みたい。建物のうち一棟は教会で、他は診療所と、日用品や食料を売る店のようだ。行き交う人は女性と子供が、たったの五、六人。子供たちは遊びに夢中で、女性は買物に忙しそう。

私たちに目を留める人がいないということは、農村の風景に溶け込んでいるこの衣装のおかげに違いなかった。

「今日も特に問題はなさそうだ」と王太子が顔を綻ばせて言うと、斜め後ろを歩くグラハムさんが答える。

「ブドウの生育も順調ですし、ここはいつも平和でよい村です。これも殿下のお力ですね」

「いや、俺はほんの少しの力添えしかできない。豊かな大地を守り、たくさんのブドウを実らせているのは、彼らの日々の努力に他ならない。村人に感謝しよう」

「はい」

まるで視察中のような会話が交わされるのを、王太子の隣で耳にしながら、私は不思議な気持ちにさせられていた。

お供を大勢引き連れての仰々しい視察ならともかく、王太子が農民になりすまして、お忍びで出向くなんて聞いたことがない。臣下の貴族に命じて視察させ、王族は報告を聞くだけなのが普通なのだ。

けれども、気さくでお人好しの彼なら、そうやって自らの足で各地を歩いて回ってもおかしくはない。

王族らしからぬ変わった言動を取る彼だけど、豪華な椅子に座って動かない君主より、素敵に思えるわ。どうしてかしら……。

山に向けて緩やかに傾斜をつける土の道。村の中心部からさらに先に数分歩けば、ブドウ畑も途切れて、草地が広がっていた。

その中にポツンと一軒だけ、群れからはぐれたような民家が見える。家の裏手には囲いの中に馬とヤギが数頭放たれていて、のんびりと草を食《は》んでいた。

こんなに歩いたのは久しぶりのことなので、疲れてきていた私の息は弾んでいる。

「オリビア、あの家まで行けばもう歩かなくて済む。もう少し頑張るんだ」

王太子の励ましに頷いて、目的地はあの家なのかと思っていた。

しかしその家の前に着くと、そうではないとわかる。風雨にさらされ傷んだ木のドアをノックした王太子は、「馬を貸してください」と声を張り上げた。

歩かなくて済むという意味は、ここから馬での移動になるためらしい。

すぐにドアが開いて、口が見えないほどに白い髭を生やした老人が出てきた。皺だらけの鼠色の帽子の鍔を上げて、白濁した瞳に王太子を映すと、ホッホと変わった笑い方をした。

「お前さんたちかね。三カ月ぶりくらいかの。もう来んかと思っとった」

「少し忙しくしていたんですよ。今日は久しぶりに時間が取れたから、山の向こうの親戚の顔を見に行こうと思って」

上手に身分を隠して会話する彼に老人は頷いて、それから視線を私に向けた。

「今日は見かけん嬢ちゃんを連れておるの。どなたかな？」

肩を震わせて片足を引いたのは、なんと答えていいのかわからなかったからだ。

使用人以外の庶民とは、これまでに会話したことがなく、王太子のように上手に素性を隠して話せる自信もない。

口を開いた途端に貴族だとばれてしまいそうな気がしていたら、私の腰に彼の腕が回されて、下げた足を戻された。

「俺の妻のオリビアです。恥ずかしがり屋の口下手で、勘弁してやってください」

妻だと紹介されて、「えっ」と声をあげて彼を見た。すると『話を合わせて』というようにウインクを返される。

動揺しながらも会釈だけすると、皺だらけの手で顎髭をしごく老人は、またホッホと笑った。

「そうかい。べっぴんな嫁さんをもらってよかったな。子供がたくさんできるといいの」

こ、子供!? 未婚の身なのに、そんな話をされると恥ずかしいわ。

顔が赤くなっていないかと心配になり、思わず頬に手を当てる。

困らされる私を救ってくれたのは、後ろに立つグラハムさんだったが、「レオン、早く行かないと時間がなくなる」と、今度はその言葉遣いに面食らう。

もちろん身分を隠すためであることはわかっているけれど、近侍が主君を呼び捨てにするなんて……。

どうやら調子が狂って困惑しているのは私だけのようで、王太子は「そうだな」と平然と返事をし、老人に銀貨を二枚渡して、馬の準備を頼んでいる。

老人が戸口から離れて馬のいる家の裏手へと歩いていったら、王太子は「どうした?」と戸惑う私に問いかけた。

「い、いえ。殿下、どうかお気になさらないでくださいませ」

小声で答えた私を、彼はいたずらめかした声で「こら」と叱る。

「聞かれるかもしれないから、かしこまった返事は駄目だ。もっとくだけた言葉遣いにしなさい」

そんなことを言われても、庶民のような話し方をしたことがないため言葉に困る。

目を泳がせるしかできない私をクスリと笑い、彼は私の肩を抱き寄せた。その行為に心臓を跳ねらせたら、響きのよい声で耳元に囁かれる。

「俺の妻を演じてもらわないと。『あなた、なんでもないのよ』これが正解だ。言ってごらん?」

「そんなこと言えませんわ!」

「だったら、レオンでもいい」

弓なりに細められた青い瞳に、至近距離から顔を覗き込まれる。

ためらいながらも「レ、レオン……」と振り絞るように口にしてみた私だが、その後に「様」を付け足してしまった。

王太子を呼び捨てにするような育てられ方はしていない。少女の頃にはレオン様と呼んだ記憶はあるが、成人した今、そう呼ぶのにも十分にためらいがあった。

動揺して顔が耳まで熱くなり、つい顔を背けたら、プッと吹き出す声を後ろに聞いた。振り向けばそれはグラハムさんで、さらに彼の後ろではダウナーさんもこらえきれないといった様子で、屈強そうな肩を揺すっている。

王太子は「君の心を解きほぐすには、もう少し時間が必要だな」とため息交じりに呟いてから、彼らにつられたように明るい笑い声をあげていた。

私の反応は、そんなに笑われるほどおかしなものかしら?

彼と話していると、なにが常識なのかわからなくなりそう。

調子が狂って困るばかりだから、これ以上私に難しい要求をしてこないで……。

しばらくして、鞍《くら》をつけた白馬が一頭と、赤茶の毛色をした馬が二頭、民家の前に連れられてきた。

白馬には王太子が軽やかな身のこなしで跨《また》がり、私に「おいで」と片手を差し出した。

ダウナーさんがどこからか踏み台を持ってきてくれて、それに上った私は支えられるようにして、王太子の前に横座りする。

グラハムさんとダウナーさんもそれぞれ赤茶の馬に跨り、出発しようとしたら、老人がなにか思いついたようにポンと手を叩き、「ちょっと待ってくれんかの」と家の中に入っていった。

すぐに戻ってきた老人は手のひら大の丸いチーズを持っていて、「わしが作ったヤギ乳のチーズだ。お前さんたちの結婚祝いにくれてやろう」とホッホと笑った。

私を残して馬から飛び降りた王太子は、そのチーズを笑顔で受け取っている。

「ビセットじいさん、ありがとう。今、皆で分けて食べるよ」

その言葉に心の中で『え……』と呟いたのは、彼が村外れに住む老人の名前まで記憶していたからでも、結婚祝いと言われたからでもない。チーズを受け取り、食べようとしていることに対してだ。

申し訳ないが、私は食べる気がしなかった。皿にものせず、紙にも包まずに手掴みで持ってこられたチーズは、どんな方法で作ったのかもわからない不衛生なものに思えたのだ。

それだけではない。

ビセットじいさんと呼ばれた老人が、もし刺客だったとしたらどうするのか。

一見して平和でも、貴族社会は薄汚れた思惑が蠢《うごめ》いていて、謀反《むほん》を企む者がいないとも限らない。王族である彼はよくよく注意しなければならない立場にあるはずだ。老人に怪しい言動は見られなくても、誰かに金で雇われ演技をしている可能性だってある。

もし、そのチーズが毒入りだったら……。

私がヒヤリとしているのは、それを心配してのことだった。

しかし、止める間もなく王太子は手で割ったチーズのかけらを口に放り込んでしまう。そして「うん、美味しい！」と顔を綻ばせていた。

「ビセットじいさんのチーズはいつ食べても絶品だ」という言い方からは、これまでに何度も口にしたことがあるみたい。

「そうじゃろう。わしのヤギにはよい草を食べさせているからの。うまい乳からは、うまいバターやチーズができて当然じゃ」

王太子は馬上のグラハムさんたちにもチーズを分け与え、彼らもためらいなく口にして、「美味しいですね」と感想を述べた。

なんの危険もなさそうな、和やかな会話と皆の笑顔。それを見て、私はやっと緊張と心配を解くことができた。

本当にただの馬貸しのおじいさんなのね。疑って悪かったわ。

そう思う一方で、疑う気持ちは自分の身を守るために必要なことだとも考えていた。愚かな少女の頃の私は、それが欠けていたから簡単に騙され、結果として母から足の自由を奪ってしまったのだ。

もう二度と、他人を信じない。

私ほどではなくても、貴族ならば誰もが警戒心を持って然るべきなのに、どうして王太子殿下は、ビセットさんを信じることができるのかしら……。

馬上で眉をひそめていると、王太子は私にもひとかけらのチーズを差し出した。

「オリビアもお食べ。とても美味しいよ」

そっと促すような穏やかな彼の微笑みの前では、『遠慮します』と言えなかった。

一瞬の戸惑いの後に恐る恐るそれを受け取り、口に入れてみる。すると、不衛生に思えて嫌だったはずなのに、咀嚼《そしゃく》してすぐに「本当に美味しいわ。こんなチーズは初めてよ！」と驚き感嘆していた。

お世辞や場の雰囲気に合わせようとしたのではない。

口に広がる濃厚な旨味。それでいてさっぱりと食べやすく、ヤギ乳の独特な臭みは一切ない素晴らしいチーズに感動していた。

そんな私の様子に嬉しそうに目を細めた王太子は、飛び上がるようにして馬上に戻り、手綱を握る。

手を振って私たちを見送る老人に、「ビセットじいさん、ありがとう」と彼は言い、私も自然と「ありがとうございました」といつになく明るい声でお礼を述べていた。

馬を歩かせる王太子のクスリと笑う声が、耳元に聞こえる。

意味ありげな笑い方に思えて、視線を合わせようとした私だが、「飛ばすよ」と言われて馬が走り出したから慌ててしまい、彼の瞳を覗くことはできなかった。

「俺の体にしがみついていなさい」

そんな恥ずかしいことは……と拒否できない状況にいた。手綱を持つ彼の両腕の中に入っていても、大きく揺れる馬の背で、横座りをしてバランスを取るのは難しい。落ちそうな気がして、焦って彼の胴に両腕を回して掴まっていた。

そうすると、どうしても感じてしまう。

男らしい筋肉の質感や、温かく脈打つ彼の鼓動。汗の香りもするけれど、それは少しも不快ではなく、むしろ爽やかな香水のように私の鼻孔をくすぐっていた。

私、どうしたらいいのかしら。

ドキドキと高鳴る鼓動が苦しくて、私らしくないおかしな気持ちになりそうよ。

苦手なはずの彼なのに、頬を寄せているこの逞しい胸がなぜか心地よくて、もっと速く走らせても構わないとさえ思い始めていた。

そうすれば、ぎゅっとしがみついていられるから……。

馬は山道に入る。木々が茂っているのは、山の下の方だけで、すぐにゴツゴツとした岩肌がむき出しの、荒涼とした寂しい景色になる。

王太子がビセットさんに山越えするようなことを話していたため、暗くなる前に戻ってこられるものなのかと少々心配していたのだが、山の中腹まで行かないうちに彼は馬を止めた。

草が岩の隙間に生えている以外、見るに値するものはなにもない山道で彼は馬を降り、私も降ろされる。

白馬の手綱は、赤茶の馬に跨っているダウナーさんに渡されて、彼は器用に二頭の馬を操り、来た道を引き返そうと馬の向きを変えていた。

グラハムさんが「それでは殿下、夕暮れ時にお迎えに参ります」と言ったのを聞いて、私は動揺する。まさか、ここからは歩いて山を登れと言われるのかと思ったのだ。

けれどもそうではないようで、彼らが去った後に王太子は「秘密の場所はすぐそこだ」と、ポケットから真鍮の鍵を出して私に見せた。

「こっちだ」

私の手を引いて歩き出した彼は、大きな岩の裂け目の前で足を止めた。私を安心させるような柔らかな笑みをくれてから、体を横にして岩の隙間に長身の体を潜り込ませる。

中は細い通路のように、道が奥へと続いているようだ。

秘密の場所はこの先にあるのね。一体、どんなところなのかしら……。

まるで子供のような純粋な好奇心に突き動かされ、私も彼に続いて岩の隙間に入っていく。緩やかにうねる細道を横歩きして、すぐに行き止まった。

ここは私たちふたりが並んで立てるほどの広さがあり、正面の岩壁には金属製のドアがついていた。錆《さび》の目立つそのドアには、頑丈そうな錠がぶら下がっていて、鍵を開けた王太子はニコリと笑い、「目を瞑《つぶ》って」と私に指示した。

理由がわからないままに目を閉じたら、ドアが開けられた音がする。手を引かれて三歩前に進んだら、後ろにドアが閉められた音がして、それからやっと「目を開けていいよ」というお許しをもらった。

ゆっくりと瞼を開いた私は、その直後に息をのむ。

なんて美しいの……。

山の岩肌が丸く落ち窪んだような空間は、民家が五棟ほど入りそうな広さで、そこは緑が溢れ、色彩豊かな野の花が咲き乱れていた。六階建てくらいの高さのある絶壁からは水が流れ落ちて小さな滝となり、舞い上がる水飛沫で虹ができていた。小川は野原をまっすぐに流れて、行き止まると岩の隙間へと消えるように吸い込まれている。

野原の奥にはこぢんまりとした平屋の建物が見える。白塗りの壁に蔦が這い、赤瓦の三角屋根が可愛らしい。その周囲にはリンゴや胡桃の木が植えられていた。

小鳥のさえずる声が聞こえ、花畑の中にピョンと跳ねた白い影はウサギのようだ。まるで童話の挿絵のような景色が目の前にあり、その完結された美しさに、私は静かに感動していた。

「ここは楽園かしら……」と呟けば、隣で彼が「違う」と否定する。

「この場所は自然の地形を利用して、百年ほど前に造られたそうだ。城が攻め込まれた際に、王族が身を潜めるために。楽園とは程遠い意味を持った場所なんだ」

静かな声でそう言った彼に振り向けば、なぜだろう。微笑んでいるはずの瞳が悲しげに見えた。

有事の際に逃げる自分を想像しているからなのかと思いつつ、端正な横顔を見つめていたら、視線が合う。

形のよい唇は意志を持って引き結ばれ、急に真顔になる彼。

口を開けばすぐに柔らかな笑みが戻されたが、「なにが起きても、俺はどこにも逃げない」と付け足された言葉は、きっぱりと力強く響いて聞こえた。

そよ風が王太子の胡桃色の前髪を揺らす。心地よい日差しを浴び、平和な小鳥のさえずりを聞きながら、私は眉をひそめて彼に意見した。

「恐れながら申し上げます。お血筋を絶やさぬことが、王太子殿下の使命であられるはずです」

万が一の際に、彼が逃げずに敵兵に命を取られたら、王家が滅んでしまうかもしれない。それなのに、どこにも逃げないなどと、おかしなことを言う彼を諭したつもりでいた。

フッと口元を緩めた彼は、不愉快そうにせずに「正論だ」と私の意見を受け止めてくれる。

前髪をかき上げ、水色の空を眩しそうに仰ぐその姿は麗しい。農民風の質素な服装をしていても、貴族的な気品と風格はどうしても表れてしまっていた。

「オリビアの意見はもっともだが、それでも俺は逃げない。王家を守るために家臣たちが死んでいくのを、安全な場所から眺めていることはできそうにない」

臣下の者を思いやる優しいお心は素晴らしいと思うけれど、そんなの綺麗事だわ……。

彼の考え方にどうにも納得できず、私の顔はしかめられたまま。

それに気づいた彼は苦笑して、頭巾を被っている私の頭をよしよしと撫でた。

「そんな顔をしないで。大丈夫。外交はうまくやっている。国内の貴族関係も表立った衝突はない。もしなにかが起こりそうなら、剣が交わる前に俺が解決する。だから、オリビアは安心して笑顔でいなさい」

彼の両手の親指が私の口角を押し上げ、無理やり笑みを作らせようとしてくる。

そんな不躾で親しげな行為は、家族にだってされたことがなく、うろたえることしかできない私を彼は楽しそうに笑った。

「ここは俺にとって、息抜きのための場所。心を楽にしてもらいたいから、君を連れてきたんだ。あそこへ行こう。いいものを見せてあげよう」

私の腰に手を添えて、彼は奥に立つこぢんまりとした建物の方へ移動する。

近づいてみると少々傷んではいるが、出窓やアーチ型のドアが可愛らしく、技巧を凝らして建てられたものだとわかる。

屋敷の中へ案内されるのだと思っていたけれど、そうではなく、脇に立つ胡桃の木の下で足を止められた。

見上げれば胡桃の実はまだ青く、収穫にはふた月ほども早そうだ。

この木のどこが、いいものだと言うのだろう?

不思議に思う私の前で彼は指笛を鳴らし、それから幹に片腕をついた。するとリスが二匹駆け下りてきて、彼の腕を伝ってその肩にのった。

落ち着きなく肩や腕の上を動き回るリスの、フサフサとした尻尾が首や頬を掠めると「くすぐったい」と彼は笑った。

その光景に私は目を丸くしている。

リスは本来、警戒心が強い動物だ。子供の頃、我が家の庭に住み着いていたリスと遊びたかったのに、近づけばすぐに逃げられて、残念がったことを思い出していた。

随分と人懐っこいリスね。それとも、彼にだけ懐いているのかしら……。

驚いている私に彼は「餌付けしているんだ」と説明してくれて、自分の腰に手を伸ばした。そこには拳大ほどの布袋が提げられている。

「オリビア、両手を出して」

そう言われて両手を揃えて差し出せば、私の手の上で布袋が逆さにされた。

手のひらには、ヒマワリの種が山盛りになる。

すると二匹のリスが私の腕に跳び移り、頬袋に種を詰め込み始めた。

たちまち頬がパンパンに膨らむが、小さな口から種がこぼれても、まだ詰め込もうとしている欲張りな姿に私は笑ってしまう。尻尾が私の腕をしきりに撫でるから、くすぐったくもあった。

無邪気な声をあげて笑う私を、目を細めて見守る彼は、ヒマワリの種を一粒つまむと、その殻を割って自分の口に放り込んでみせた。

「リスのように、この口一杯に種を入れたら、君は俺のことも笑ってくれるか？」

おどけた調子でそんなことを聞くから、頬を膨らませた彼を想像して、私は吹き出してしまう。

すると彼も肩を揺らし、ふたり分の明るい笑い声が岩壁に反響していた。

こんなにも大声で笑ったのは、何年ぶりかしら。きっと、思い出せないくらい昔のことね……。

心を楽にしてもらいたい、と彼が望んだ通りになりそうなのを感じていた。

笑ったことがきっかけで、私の心の扉が一時的に開かれたように思う。

鍵をかけて閉じ込め、眠らせていたはずの幼い少女の気持ち。濁りのない明るさや、素直に喜ぶ心が、目を覚ました気がしていた。

それは童話の世界のように不思議な、この場所のせいだろうか？

ここでは煩わしい貴族関係を心配する必要も、公爵令嬢らしく振る舞う必要もなく、蹴落とさねばならない敵もいない。

彼と私のふたりきりなのだから。

私が失礼なことをしても、彼は咎めることなく、むしろ楽しそうな顔をするだろう。

目覚めた少女の頃の純粋さが、勢いよく私の中に広がっていく。

どうしましょう。止められないわ。

ああ、お父様。

今だけ、ここにいる間だけにしますから、どうか楽しむことを許してください……。

その後はウサギと戯《たわむ》れ、彼が取ってくれた甘みの少ない不格好なリンゴを丸かじりして、ちょろちょろと流れる小川のそばの花畑の中にふたりで座り込む。

赤やピンク、橙《だいだい》のポピーの花を摘んで花冠を作る私を、彼は目の前で寛いだ姿勢で嬉しそうに見守っていた。

「できました。ご覧ください！」と声を弾ませる私に、花冠を受け取った彼は「とても上手だ」と褒めてくれる。それから私の被っている頭巾を外して、髪に手を伸ばす。結わえていた髪紐を解かれて、頭に花冠がのせられた。

「とても愛らしい」

その言葉と、弓なりに細められた青い瞳に、頬が熱くなるのはどうしてなのか。

舞踏会に行けば、多くの青年貴族たちが私の容姿を褒めちぎってダンスを一曲と誘ってくる。他の宴や式典で会う男性貴族たちにも、まるで決まった挨拶であるかのように、『お美しく成長されましたな』と声をかけられる。

男性に容姿を褒められることなど、これまでたくさんあったはずなのに、胸が高鳴るなんておかしいわ……。

「あ、ありがとうございます。殿下……」

照れくさくなり、目を逸らして小声でお礼を口にすれば、「レオンと呼びなさい」と、また難易度の高い指示を与えられた。

ますます頬を火照《ほて》らせる私を、彼は優しく静かな声で諭す。

「恥ずかしがる必要はない。ここには俺たちしかいないのだから。ふたりきりの時には、名前で呼んでほしい」

そう言われても、彼を呼び捨てることに、まだ抵抗感がある。

馬を借りた際にもそうしたように、「様をつけてもよろしいでしょうか？」と困りながら尋ねれば、彼は「駄目」といたずらめかした調子で言ってから、クスリと笑った。

「と言いたいけど、無理強いもできないし、それでいい」

私の胸がドキドキと弾むのは、恥ずかしさのせいだけではなさそうだ。

彼を名前で呼ぶことを許される女性は、王族以外ではおそらく私だけ。その特別感がくすぐったくて、なぜか喜びに似た感情が湧いていた。

「レオン様」と口にしたら心に花が咲き、二度目に呼んだら自然と顔が綻んだ。

「レオン様……」

三度目には花冠が頭から落ちる。彼が私を抱き寄せたからだ。

小さな叫び声をあげた私は、彼の胸に頬をつけている。背中には二本の逞しい腕が回されて、私の心臓は大きく波打ち、動けずにいても心の中は慌てていた。

けれども「君は純粋だ」と耳元で囁かれたら、乱された心はいくらか落ち着きを取り戻す。そんなことはないと、否定したくなったためだ。

「この心は黒く汚れていますわ。自分が常に優位な立場にいられるよう、これまでに多くの人を蹴落としてきました。レオン様の方こそ純粋です。わたくしには、そのような汚れのない考え方はできません」

自分をけなしたつもりはない。純朴な少女の頃の私にすっかり戻ったと勘違いをされて、求婚されては困るからそう言ったのだ。

しかし彼は「そうだろうか？」と穏やかな声で疑問を投げかける。

「君はただ、怖がっているだけだ。安心を与えてあげれば、きっと無垢《むく》な笑顔を見せてくれるはずだと、俺は信じている」

私は未《いま》だ彼の腕の中で、私よりゆっくりと刻まれる心音を聞きながら、眉を寄せていた。

やっぱりレオン様は、あの頃の私に戻そうとしているのね。

それは、無理よ。すっかり黒く染まった心は、もう白くはならないのよ……。

納得できずにいる私の耳に、深みのある低い声が静かに忍び込む。

「君の心は黒ではない。まだ何色にも染まっていないよ。願わくば、俺の色に染まってほしい。無理やりではなく、こうして触れ合い話をしているうちに、自然とそうなってくれたら……」

彼の言葉には、洗脳する力でもあるのだろうか。

彼の色に染められて、同じように清らかな目で物事を見てみたいという願望が、顔を覗かせていた。

新たに芽生えた気持ちは、したたかに腹黒く生きるという意志とせめぎ合う。

困らされた私は、レオン様の胸を軽く押して体を離した。

この不思議な空間で、さっきまで無邪気でいられたはずなのに、今はまた表情を消してしまう。動揺を悟られたくなかったのだ。

「水が飲みたいです」と言ったのは、喉が渇いているからではなく、話題を変えるため。

レオン様は頷いて立ち上がると、私を連れて滝のそばまで進んだ。

小さな滝に架かっていた虹は消えていた。太陽がだいぶ西に傾いて、夕暮れが近いからだろう。

滝の横の岩壁に小さな亀裂があり、そこから清水が湧いていた。

「川の水も飲めるけど、ここから手で汲むと一番綺麗な水が飲める」

彼はそう教えてくれて、片腕で私の腰を抱えるように支えてくれる。

足元は苔《こけ》が生えて滑りやすく、足を踏み外せば小さな滝壺に落ちてしまいそう。

水深は足首ほどと浅くても、濡れるのは嫌なので、「気をつけて」と彼に言われた通り、注意を払って湧き水に手を伸ばした。

両手ですくってひと口飲めば、美味しさに目を丸くする。

井戸水よりずっと口当たりがよく、夏でも冷たくて、三度もすくって喉を潤した。

お礼を言って滝のそばを離れると、「俺も飲もう」とレオン様は言った。

彼が足を一歩、踏み出したら……足を滑らせて「わっ！」と驚きの声をあげている。

とっさに伸ばした彼の片手が、岩壁の突起を掴んだため、滝壺に足を入れずに済んだけれど、肩や腕、頭までもが滝の水を被り、足を濡らす以上の惨事が起きていた。

「レオン様、大丈夫ですか!?」

「ああ。君に気をつけてと言っておきながら、俺がやってしまった」

自嘲気味に笑う彼は、濡れた前髪をかき上げる。

形のよい額が露《あら》わになれば、私は美しさよりも男性的な精悍さを感じていた。

なぜだか落ち着かない気持ちになり目を逸らしたら、「着替えてくる」と彼はひとりで、建物の方へ歩き出した。

私は小川のそばの、花冠を作った場所まで戻り、草地に腰を下ろす。

日差しは柔らかく、心地よい風が私の長い髪をなびかせていた。

自然の音しか聞こえない、秘密の場所。

静かに凪《な》いだ心で、冠をもうひとつ作ろうかと、赤いポピーに手を伸ばしたら、彼が戻ってきた。

「オリビア」と名を呼ばれて振り向けば、ゆっくりと刻まれていた鼓動が跳ね上がる。

レオン様は上半身に衣服を身につけておらず、裸だったのだ。

小さな叫び声をあげた私が両手で顔を覆ったら、彼は苦笑する。

「すまない。着替えがなかったんだ」

建物の中に着替え一式が置いてあるそうだが、確認をせずに数年間しまいっぱなしにしていたため、カビが生えていたり、ネズミにかじられたりして、着られる状態ではなかったということだ。

「失礼な格好だが、濡れた服が乾くまで裸でいさせてくれ。乾く前に夕暮れになって、迎えが来そうだけどな」

困ったように話す彼の言葉に、仕方ないことだと納得して頷いた。

それでも家族以外で男性の裸を見たのは初めてのことなので、どうしても恥ずかしく思ってしまう。

目の遣り場がないわ……。

一瞬だけ見てしまった彼の半裸は、ほどよい筋肉がついていた。均整が取れて美しく、肌は滑らかで、その面立ちと同じように麗しいという印象を受けた。

そうだわ。美術品を鑑賞しているような気持ちになればいいのよ……。

そうすれば平常心を保てるのではないかと考えて、顔を覆っている手を外したが、頬の火照りは引かず、弾んだ鼓動も落ち着いてくれそうにない。

やっぱり恥ずかしくて、目を瞑ってしまった私に、「そんなに照れるなよ」と無理なことを言う彼が、隣の草地に腰を下ろした気配がした。

「後ろを向いているから。それで我慢しなさい」

配慮の言葉にそっと目を開ければ……驚いて息をのんだ。

鼓動が大きな音を立てたのは、背中の筋肉美に心を乱されたからではなく、古傷を目にしたためだ。

右の肩甲骨から斜めに腰のあたりまで、刃物で切られたような傷は、赤茶色の線となり盛り上がっている。すっかり癒えたものであっても痛々しく目に映り、彼の裸を恥ずかしがる気持ちなど、どこかへ消え失せた。

「これは一体、どうなさったんですか⁉」と驚きを口にすれば、彼は肩越しに顔だけ振り向いた。「ん？　ああ、傷のことか」と、なんでもないことのように答える。

「八歳の時に、暗殺されかけてね。大丈夫。今はもう、痛くないよ」

「あ、暗殺ですって⁉」

彼は二十四歳なので、八歳ということは十六年前になる。その頃の私はまだ乳飲み子で、そんな大事件が王都で起きたことを今まで知らずにいた。

ショックを受けた私が「誰が、どうして……」と独り言のように呟けば、彼はこめかみのあたりを人差し指でかき、迷っているような顔をした。

「知りたいのなら話すのは構わないが、君を怖がらせたくないからな……」

「どうかお話しください。聞かずにいては、気になって眠れなくなりそうです！」

思わず伸ばした手が彼の裸の肩に触れ、ハッとして顔を熱くし、手を引っ込める。

私ったら、なんてはしたないことを……。

クスリと笑った彼は、体ごと私に向き直った。

「顔を見て話したい。後ろ向きじゃなくても許してくれ」

直に肌に触れてしまった後では、それくらいのことで恥ずかしがるのは、おかしな気がしてきた。意識しなければ問題ないと自分に言い聞かせ、「はい」と頷いて、彼の話を聞こうと背筋を伸ばす。

レオン様は片膝を立て、その膝の上に頬杖をつき、どこか遠くを見るような目をして話してくれた。

それはこんな話だった――。

八歳の頃の彼は勉強と馬術、剣術の稽古に一日の多くの時間を割いていた。

ある夏の暑い昼間のこと。城内の兵舎に隣接する訓練場にて、レオン様はベイルという名の兵士から剣の稽古をつけてもらっていた。

ベイルは十年ほど前に入隊した青年で、年齢は三十一歳。実直で優秀な彼は小隊を率いる軍曹を務め、他の兵士や王族からも信頼が厚く、レオン様も剣の師として彼を慕っていたそうだ。それなのに……。

一時間の剣術の稽古が終わった直後に、それは起きた。剣を鞘に収め、背を向けたレオン様に、突然ベイルが奇声をあげて斬りつけたという――。

そこまで聞いて、私は憤った。真面目に仕えるふりをして周囲を欺《あざむ》き、何年も暗殺の機会を狙っていたのかと思ったのだ。

「なんてひどい男なの……」と怒りに震える声で呟けば、レオン様に首を横に振られる。その青い瞳に怒りは微塵も感じられず、「ベイルは悪くない」と切なげに顔をしかめていた。

暗殺未遂犯が悪くないとは、どういうことなのか……。

怪訝な目を向けてしまった私に、彼は頬杖を外してその手を差し出してくる。

不思議に思いながらも私の左手を重ねると、軽く握られた。

たちまち鼓動が速まるのを感じ、私は続きの話を冷静に聞こうと努力する。

「その頃のベイルは――」

レオン様は記憶を手繰り寄せているような口調で、その兵士について語る。

もとは肌艶がよく、しなやかな筋肉を持つ美丈夫であったのに、急にやつれてなにかを思い悩んでいるような様子であったそうだ。彼の変化に気づいた上官が声をかければ、暑さのせいでよく眠れない日々が続いているとベイルは答えた。そのため、夏が過ぎれば彼の体調も戻るだろうと、周囲はさほど心配しなかったらしい。

しかし、暗殺未遂事件が起きてしまった。

「彼は心を病んでいたんだ」とレオン様は悲しげに言った。

「週に二、三度は顔を合わせていたというのに、俺は城医に診察させることはおろか、仕事を減らすように指示することさえしなかった。もっと親身になって心配していたなら、事件を起こさせずに済んだかもしれない。愚かだったと今でも悔いている」

彼の口から漏れたため息には、心からの後悔が滲んでいた。

彼が王太子という身分であったからこそ、心を病んでいても減刑には繋がらず、ベイルは処刑されてしまったと切なげに言う。しかも、刑を軽くすることができぬのならば、なるべく苦痛の少ない方法にしてほしいと、病床から国王に願い出たというのだから、呆れてしまうほどの清らかさである。

なぜそんな考え方ができるのかと、私は不思議な心持ちでいた。

その頃の彼はまだたったの八歳の少年で、気づけないことがあって当然である。

ましてや一兵卒の心の病だなんて……。

自分を殺そうとした兵士に対して、今でも自責の念に囚われているとは、どこまでお人好しなのだろう。

「愚かだなんて、そんな……。レオン様はまだ幼い少年でしたのよ？」

年齢を理由に、彼が心を痛める必要はないと説得しようとしたら、「君も少女の時の過ちを悔いているじゃないか」と切り返される。

私が愚かにもさらわれたのは九歳の時で、確かに彼と似たような年頃である。

けれども、剣の指南役という、信じきっても仕方のない者にやられた彼とは違い、私は明らかな不審者に騙されたのだ。一緒にすることはできない。

「わたくしの場合は、誰から見ても明白な非があります。愚か者というのは、かつてのわたくしのためにあるような言葉です。レオン様は、愚かとは違いますわ」

首を横に振り、繋がれている手を強く握り返したら、どこまでも透き通る聖水の如き瞳に見つめられた。そして、「俺の背中の傷より、君の心の傷の方が深そうだ」と話題を私のことにすり替えられてしまう。

「俺も傷つけられたのがこの身ではなく、大切な人であったなら、もっと後悔が深かったのかもしれないな。それは、相手を思いやる心をなくすほどの後悔に違いない。そう考えれば、君が間違った方へ変化してしまったのを責めることはできない」

私の黒い心に理解を示すようなことを言った彼だが、その瞳は澄んだままである。

「だが」と語気を強め、一昨日の東屋でのように、私を諭しにかかる。

「オリビアは、そのままで終わってはいけない。もとの穢《けが》れなき心を取り戻してくれ。君が心安らかに笑っていられるよう、俺が守るから」

どうして私の鼓動は跳ねるのか……。

守られることを望んではいないはずなのに、心が勝手に喜んでいる。

しかし、頬の筋肉を意識的に緊張させて、笑顔を見せまいとしていた。

まだ他人である彼を、完全に信用することはできない。

信じれば騙され、私も家族も危険な目に遭う。

そのセオリーから抜け出せない心は、じっと見つめてくる青い瞳を怖がっていた。

嬉しがる心と、恐れと不安。

複雑な感情を抱えて困惑する私は、動揺を悟られまいとして、顔を俯かせた。

「レオン様は優しすぎますわ」

非難の言葉を、この話の締めくくりとして返せば、「君は勘違いしている」と彼は少々不愉快そうな声を出す。

怒らせたのかと、俯かせていた顔を戻したら、彼は片方の口角をつり上げて笑った。

腹黒そうなその笑い方は、父や私には似合っていても、真っ白な心を持つ彼には相応しくない。

目を瞬かせた私の前で、彼は長い睫毛に縁取られた瞼を閉じた。透き通る青い瞳は隠されて、どこか楽しんでいるような声色で話す。

「俺は聖人じゃない。時には強引に、優しくない方法で、欲しいものを手に入れたりもする。こんなふうに」

目を開けた彼の雰囲気が変わって見えるのは、気のせいだろうか……。

瞳が甘く艶めいて、私は鼓動を跳ねらせる。

けれども彼の思惑を探るより、他のことに気を取られてしまう。どこから取り出したのか、彼の左手にはいつの間にかゲーム用のカードがあったのだ。

突然、カードゲームがやりたくなったのかしら……。

いいえ、違うわ。これは奇術を披露しようとしているのね？

それを察し、私は喜んでその手を見つめる。

今も横髪に留めている、銀のバラの髪飾りを取り出してみせてくれたのは、本当に不思議で魔法のようであった。

今日は、なにを見せてくださるのかしら……と、期待に胸が弾む。

カードは四枚あり、ハートとダイヤとスペードのエースが三枚と、ジョーカーが一枚だ。ニッと笑う彼は、今度は右手で、なにもない空中から羽根ペンを取り出した。

ワクワクして見守る私の前で、ハートのエースの余白に【手を繋ぐ】と文字を書き込んでいる。同様に、ダイヤには【頭を撫でる】、スペードには【手の甲にキス】と書いて、四枚のカードの表面を私に向けた。

「あの、もしかしてこれは……」

戸惑う私に彼は、やや強引さを感じる力強い口調で言う。

「始めよう。裏にしたカードの中から君が一枚引くんだ。選んだカードに書かれていることを、俺にされるというゲームだ」

やっぱりと思い、身構える私であったが、三枚のエースに書き込まれたことはそれほど難しいことではない。手を繋ぐのも、頭を撫でられるのも、すでに彼にされたことがあるし、手の甲へのキスは、男性が女性に対して行う挨拶だ。

それでも引っかかりを感じている理由は、ジョーカーにはなにも書き込まれていないからである。

「ジョーカーを引いたら、どうなるのでしょう?」と緊張しながら尋ねれば、彼はまたニヤリと意地悪な笑い方をしてみせる。

「君にキスをする」

「頬にですか?」

「いや、唇に」

驚いて「できません!」と慌てる私に、「君ができないではなく、俺にされるんだ」と彼は言って四枚のカードをシャッフルしている。裏にしたカードを扇状に広げて片手に持つと、「さあ、選びなさい」と低い声で私に命じた。

どうして急に強引なことを……。

けれども、その強引さはどことなく芝居がかっているような、無理をしているような気もしなくはない。

もしかして、私が優しすぎると非難したことが気に障ったのかしら?

彼の思惑を探りたかったけれど、深く考える暇もなかった。「選ばないとペナルティを与える。それも唇へのキスだ」と言われてしまったからである。

四枚のカードに手を伸ばし、どれにしようと私は迷う。

十秒ほどかけて選んだのは、向かって右端のカードだ。

落ち着かない心に、『大丈夫よ。ジョーカーを引く確率はたったの四分の一だもの』と言い聞かせる。

カードに指をかけている私に彼は、努めて平静な顔をして「見てごらん」と言った。

ゴクリと唾を飲み込んで、引いたカードの表を確かめれば……それはハートのエースである。

安堵の息を吐き出すと、心に余裕が戻ってきた。

勝負事のように感じていたので、「わたくしの勝ちのようです」と微笑んだら、ニッと笑った彼に「カードをよく見なさい」と言われた。

手の中のハートのエースに、もう一度視線を落とした直後に、私は「えっ⁉」と驚きの声をあげる。

【手を繋ぐ】と書かれていたはずなのに、【唇にキス】と文字が変わっているのだ。

「どういうことなの⁉」

彼の奇術であることはわかっていても、目を丸くして純粋に驚いてしまう。

すると彼は残りの三枚のカードの表面も見せてくれた。

ダイヤもスペードも、書き込んだ文字が同じように変化していて、つまりはどれを選んでも、唇にキスを受けることになっていたようだ。

顔が熱くなるのを感じながら、「ずるいですわ！」と抗議したが、「だから言っただろ？」と彼は笑う。

「俺は優しくない。オリビアは勘違いしていたんだ」

明るい笑い声も、弧を描く青い瞳も、気さくで人のよい彼らしさのあるものに戻っていた。そこに腹黒さは微塵も感じられず、思いやりのある言葉をもらう。

「空が真っ赤に燃えている。きっとドアの外で、グラハムたちが待っているはずだ。もう行かなくては」

空を仰いだ彼の瞳も、茜色に染められている。

いつの間にか夕暮れになり、帰る時間となったようだ。

唇にキスを受ける話はどうするのかと目を瞬かせれば、「また今度にしよう」と言われた。

「その時にはもう少し、君の心が俺に向いているといいが……」

つまり、私の心がレオン様に向くまでは、キスしないということみたい。

ずるい奇術を披露しながらも、無理やり私の唇を奪うことは、最初から考えていなかったということだ。

なによ、やっぱり優しいじゃないの……。

迎えに来ていたグラハムさんは用意がよく、こんなこともあろうかと着替えを持ってきてくれていた。

帰り道、濡れた服を着ずに済んだレオン様の両腕の間で、私は白馬の背に揺られている。ゆっくりとした速度なので、横座りをしていてもバランスを保つことができ、彼にしがみつくのではなく、両手で鞍の前の方を掴んでいた。

眩しい西日に目を細めつつ、馬を進める彼は、穏やかな声で私に注意を与える。

「今日のことを口外してはいけないよ。王家の避難場所を知っているのは数人だけで、オルドリッジ公爵も、他の貴族も知らないことだから」

「はい」と答えた後に、ふと疑問が湧いて、「わたくしにも教えない方がよかったのではないですか？」と疑問を投げかけた。

王族の身の安全に関わる機密事項ならば、ひとりでも知る者は減らすべきである。今日は楽しませてもらい感謝しているけど、部外者の私をあの場所に連れていく必要はなかったのだ。

するとレオン様は、前を進むグラハムさんに「もう少しスピードを上げて」と声を張り上げた。

それをなぜかと問う暇もなく、急に走り出した馬に私はバランスを崩しかけ、慌ててレオン様の胴にしがみついた。

耳を当てた彼の胸元から、問いかけの返事が響いて聞こえる。

「君の言う通り、教えるべきではなかったのだろう。だから……オリビアが他家に嫁いだら困ることになる」

私の心臓が大きく速く波打っているのは、逞しい胸に抱きついているからなのか、それとも結婚に関わる話をされたからなのか……。

公爵令嬢という高い地位にいる私は、数多いる花嫁候補の中でも有力な方だろうと思ってはいたけれど、彼がどこまで決めているのかはわからなかった。

それが、今の発言ではっきりする。

レオン様はいずれ私を娶るつもりで、秘密の場所に連れていったのだと。

しかし、正式な求婚というわけではないので、まだ変更の余地はある……と思いたい。

彼の妻になりたくて王城に住んでいるのではなく、家に帰りたい気持ちは変わらない。それに加えて、自分を斬りつけた暗殺未遂犯にまで心を砕く彼の優しさが、私には眩しすぎて逃げたくなる。

腹黒い私には、犯人を許すことなど、できやしない。

綺麗な心を持つ彼のもとに、こんな私が嫁げば、結婚生活はきっと心のすれ違いの連続だろう。

『願わくば、俺の色に染まってほしい』と彼は言ったが、それは無理というものだ。

レオン様のもとに嫁いで不可能なことを求められ続ければ、私は苦しみ、一向に変わらない私を近くで見続けている彼も、嫌になってくると想像できる。

彼が望んでいる純粋な少女は深い眠りの中にいて、この命が尽きるまで、目覚めることはないだろう……。

三頭の馬の蹄《ひづめ》と、風を切る音だけが聞こえる無言の間が続いていた。

考えに沈んでいた私は、しばらくしてから、「誰にも秘密を漏らさないと誓います」とだけ答えて、その話を終わらせた。

王太子妃を狙う貴族令嬢は、他にたくさんいるもの。レオン様と同じように、優しく清らかな心の娘を探してほしい。

そう願う私の耳に、「国政を動かすより難しいな」とため息交じりに呟く、彼の独り言が聞こえていた。

武器を捨て、恋の教えを賜る

秘密の場所に行った日から、ひと月半ほどが過ぎ、秋は深まりゆく。

収穫祭が終わった今頃から、各領地に住まう貴族が続々と王都にやってくる。晩餐会や舞踏会、サロンパーティーなどが頻繁に催されるためである。

車椅子生活の母は滅多なことがないと辺境伯領から出てこないが、祖父と弟たちはもうすぐ田舎屋敷を出て、王都の町屋敷に春まで移り住むことだろう。

父に関しては領地と王都、母のいる辺境伯領を年中行き来していて、つい最近も顔を合わせたばかりである。

弟たちがこっちに来たら王妃に暇を願い出て、私も一時、自宅に帰ろうと思いながら、王妃の髪を梳いている。

ここは王妃の寝室で、時刻は十九時四十五分。晩餐前のお召し替えに、今日は私が指名されて、支度を手伝わされていた。

白髪の少々混ざった背中までの長い髪を、編み込んでから結い上げ、ダイヤを散りばめた金の髪飾りで留める。王妃は鏡台に向かって座っていて、美しく結い上げられた髪に「いまいちね」と、最早癖のように文句をつけた。

私の斜め後ろにはバッカス夫人が控えていて、「結い直しましょうか?」と申し出ているが、「面倒だからこれで我慢するわ」と王妃は鼻を鳴らす。

嫌味と小言にはすっかり慣れてしまって、不満にさえ思わずに聞き流し、私はひとりドアに向けて歩き出した。今日の私の仕事はこれでお終いと、言われていたからだ。

けれども何歩も歩かぬうちに、「お待ちなさい」と王妃に呼び止められる。

足を止めて振り向き、「はい。なんでしょう?」と無表情に問いかければ、椅子から立ち上がった王妃は「美術サロンのことよ」と話し出した。

「招待を断ったそうね。フリント伯爵夫人は落胆していたわ」

それは先月、私のもとに届いた招待状の話だ。

フリント伯爵家の当主は絵画や彫刻などの収集家として有名で、昨年、王都で私営の美術館を開館させた。しかし入館料が高いためか、庶民は足を運ばず、収益は微々たるものだろうと皆が噂していた。

その美術館の宣伝も兼ねてだと思われる、フリント伯爵夫人の美術サロンパーティーに招かれたのだ。今回は女性のみということで、王都に町屋敷を持つ上級貴族の夫人や娘たちに招待状が送られたらしい。それを私は興味がないから断っていた。

「公爵家からどなたも参加しないのは、フリント伯爵夫人の恥になるわ。お可哀想に。あなたは出席してておあげなさい」

私にゆっくりと歩み寄りながら、そう言った王妃だが、同情的な響きを感じない。どこか面倒くさそうな口調であった。

一歩の距離を置いて足を止めた王妃に「王妃殿下はご出席なさるのでしょうか？」と尋ねる。

貴族女性の最高峰に位置する王妃は当然招待されているはずで、私の不参加を非難するからには、出席の返事を書いたのだろうと予想して聞いていた。

ところが、煩わしそうにため息を漏らす王妃に、「お断りしたわ。わたくしはいいのよ」と言われる。

「その日は他に用事があるから仕方ないわ。ルアンナも行きたくないと言ったから、婚礼の準備に忙しいという理由で、断り状を届けさせたのよ」

なによ、私と同じじゃないの……。

王族と公爵家に招待状を書いたのに、揃って欠席の返事が届いて、フリント伯爵夫人は慌てたに違いない。

確か、開催は明後日だったように思う。このままではサロンに箔《はく》がつかず、直前になっていよいよ焦った夫人が、王妃に泣きついたと考えられた。それで王妃は、自分は行きたくないから、代わりに私を出席させると約束し、夫人を納得させたのだろう。

そう推測して、心の中で大きなため息を吐き出した。

王妃に行けと言われたら、特に大事な用があるわけではないのに断ることは難しい。

「承知しました」と渋々答えた私に対し、王妃はひと仕事終えたようなスッキリとした顔をしている。

「お下がり」と言われて腰を落として会釈した私は、廊下に出ると、「仕方ないわよ」と自分に言い聞かせるように呟いた。

これは公爵令嬢としての務めであり、かつ王妃の負担を軽くすることは侍女の仕事であると思うことにして、湧き上がる不満を押し込める。

気持ちを切り替えなくては。

廊下を自室へと歩きながら、どういう顔触れが集まるのだろうと冷静に考えていた。


それから二日後。

十九時になり馬車で王城を出発した私は、王都の中心部を東西にまっすぐに延びる大通りを進み、フリント伯爵家所有の美術館へとやってきた。

入口で出迎えてくれた伯爵夫人はふくよかな体型をして、私より二十ほど年上である。しかし、その地位は私より下のため、恭《うやうや》しくお辞儀をしてから、手揉みをして話し出した。

「ようこそお越しくださいました。お忙しい中、ご都合をつけてくださいまして感謝いたします。さあ、中へお入りくださいませ。皆様もオリビアさんのご到着をお待ちですわ」

〝皆様〟という夫人の言葉に、気が引き締まる。

フリント伯爵夫人は、よく言えばおっとりとして温和な人柄で、悪く言えば鈍感で気の利かないところがある。もし夫人が、私と……いや、オルドリッジ家と相性の悪い貴族を招待していたら、煩わしい時間を過ごさねばならないと危惧《きぐ》していた。

その予感は残念ながら、当たっていることがすぐにわかる。

広々とした美術館のロビーには、十二人の婦人がいて、三つの小集団に分かれて会話をしていた。入口に程近い白大理石の柱の前で立ち話に興じる婦人たちの顔を見て、私は小さなため息を漏らす。

アクベス侯爵家の夫人と娘がいたのだ。

アクベス侯爵家と私の家は、表面上でさえ友好関係を築けぬほどに深い溝がある。

その昔、曾祖父の代の頃に、母の一族を滅ぼそうとしたのがアクベス家なのだ。

そのやり方が、腹黒いものだった。密約を交わして隣国に奇襲させておきながら、その侵攻を半分で食い止めた功労者のふりをして、辺境伯領の南側半分の支配権を奪ったのだそうだ。

密かに生き延びていた母が家を再興させたことで、領地を取り戻すことができたけれど、王都に次ぐ大きな貿易港や豊かな農地を手放さねばならなくなったアクベス家からは恨まれることになった。

その気持ちは、こちらとて同じこと。先祖の恨みは、まだ完全に晴らすことができていない。領地は戻っても、アクベス家が隣国と共謀した証明ができず、なんの賠償もなければ、罰を受けさせることもできなかったという。

変わらず侯爵という高い地位を守り続けているアクベス家の実権は、婿入りした当主ではなく、侯爵夫人にあるとも父に教えられていた。

小集団の話題をリードしているのは、そのアクベス侯爵夫人で、四十歳間近には思えない若々しく美しい見た目をしている。

その隣にいるのは、私と同い歳の娘のロザンヌ嬢だ。黄褐色の艶やかに波打つ長い髪と、白く滑らかな肌。愛らしい顔立ちをしているが、気の強さは猫のような目に表れていた。

侯爵夫人より先に私に気づいた様子の彼女が、ハッとして母親に耳打ちしている。

私を先導するフリント伯爵夫人が彼女たちに近づいていくので、挨拶を避けるわけにはいかないようだ。

「皆様、オルドリッジ公爵家のオリビアさんがいらっしゃいました」

呑気なフリント伯爵夫人がにこやかに声をかけ、私は口元に無理をして笑みを作る。

「ごきげんよう。マリオット伯爵家の舞踏会以来ですわね。またこうしてご挨拶できることを、喜ばしく思いますわ」

アクベス家と犬猿の仲とはいえ、大きな宴や催しで顔を合わせることはたびたびある。サロンパーティー程度ならば、主催者が気を使って同時に招待することはまずないけれど、今回はフリント伯爵夫人が鈍感なため、こうして挨拶せねばならなくなってしまった。

マリオット伯爵家の舞踏会とは、毎年秋に開かれる大規模なもので、一週間前に父とともに参加したばかりだ。その時にも私は、アクベス家の母娘に敵意のこもる視線を向けられた。それは家同士の確執というよりは、レオン様のせいであった。

その日、私は父の馬車で舞踏会へ向かう予定でいたのに、『目的地は一緒だから、俺の馬車に乗っていきなさい』と彼に言われた。

ちょうど父が私を迎えに来たところであったため、それを理由にもちろん私は断った。ところが、ニヤリと笑った父に、『やらねばならない用を思い出した。お前は殿下の馬車で先に行きなさい』と言われて、その結果、レオン様にエスコートされての登場となってしまった。当然のことながら、彼の花嫁の座を狙う娘とその親たちに嫉妬の目で見られ、ヒソヒソと陰口を叩かれたのだ。

短期間での再会に嫌悪を覚えつつも、喜ばしいと口にしてあげたのに、アクベス侯爵家の母娘は目配せし合って、馬鹿にするようにクスクスと笑っている。

それから侯爵夫人が上品な笑みを浮かべて、私をからかった。

「今日はおひとりですのね。これ見よがしに、王太子殿下といらっしゃるのかと思っておりましたわ。母親に似て、殿方のお心を操るのがお上手なご様子ですから」

その失礼な物言いに、ロザンヌ嬢が吹き出し、周囲にいる三人の婦人たちも同調して耳障りな笑い声をあげていた。

私の母は男性に媚びるタイプではないのに、そんな侮辱は許せない。

敬愛する母を貶《けな》されれば、たちまち私の中に黒い憎悪の炎が燃え上がる。

『徹底的に叩きのめしてやるわ！』と心の中で策を練ろうとしたが、その黒い炎は急速に勢いを失う。聖水を振りかけられたが如く、無用な争いを避けようという方向へ、心が動かされていた。

敵がいれば排除する。それが私の常なのに、なぜこんな気持ちになるの……？

ふと触れたのは、横髪に留めている銀のバラの髪飾りだ。

『君に笑顔の花が咲くように』と願いを込めてレオン様がくださったこの髪飾りを、私は好んでつけている。そうすると、なぜか心が落ち着いて、王妃に嫌味を言われたくらいでは少しも苛つかずに、穏やかな心でいられる気がするのだ。

もしや彼の魔法がかけられているのでは……真面目にそう思った時もあったほどである。

それとも、秘密の場所で彼に言われたことが、頭から離れないせいであろうか……。

『オリビアは、そのままで終わってはいけない。もとの穢れなき心を取り戻してくれ。君が心安らかに笑っていられるよう、俺が守るから』

変わりたいとは思っていないはずなのに、少しだけ心の変化を感じている。

今も、アクベス母娘を攻撃するより、耐えてやり過ごす方を選ぶなんて、あの秘密の場所から帰ってきた後の私はおかしいわ。

彼の清らかな言葉には、洗脳する力があるのかしら……。

ここで反撃しなかった理由は、私の心の変化の他にもあった。フリント伯爵夫人に「み、皆様！」と会話を遮られたのだ。

私とアクベス家の人を引き合わせたことが不適切だったとやっと気づいた様子で、伯爵夫人は慌てたように言った。

「少々早めですがお食事にいたしましょう。その後に、美術館をご案内します。今宵は心ゆくまで芸術の語らいをお楽しみくださいませ」

ぞろぞろと奥の部屋に移動して、会食となる。それは晩餐会ほどの豪華なものではなく軽食程度で、食事をしながら講師として招かれた画廊商の老婦人の話を聞く。

美術作品の評論家でもあるという老婦人の講釈を、心から興味を持って聞いている人は、どれくらいいるのか……。

貴族女性の招待客は私を含めて十五人いて、四つの丸テーブルに分かれて着席している。私は黙って聞いているけれど、隣同士でヒソヒソと関係ないお喋りをしている人が多く、前に出て、油彩画について解説している講師が気の毒に思えた。

四十分ほどの会食が終わると、一行はフリント伯爵夫人に連れられて展示場に移動する。小規模のダンスホールほどの広さの空間に、絵画が三十点、彫刻が十点ほど展示されていた。

フリント伯爵夫人としては、講師に解説してもらいながら、作品をひとつずつ回りたかったようだけど、参加者が気の合う者同士で勝手にあちこちへ散ってしまったので、早々に諦めたようだ。

私は近くにある作品から順に見て歩く。

隣についてくるのは、フォスター伯爵夫人。大きめの丸い鼻が愛嬌を感じさせる二十三歳の彼女は、お喋りと噂話を好む人だ。

私から離れようとしないのは、オルドリッジ家に取り入ろうとする目的ではなく、噂話のネタを探しているからだろう。私が王妃の侍女になった話はすでに知られていて、「なぜそのようなことに?」と理由を探ろうとしてきた。

父が私を王太子妃にしたがっているからだという本当の理由を避けて、「社会勉強をさせていただいておりますの」と私は澄まし顔で答える。

「そうでしたの」と頷く彼女だけど、納得する答えではなかったようで、好奇心旺盛な目で質問を重ねてきた。

「王城にお住まいでしたら、王太子殿下とお顔を合わせる機会も多いのでしょうね。もしかして、お茶の時間に招かれたりされるのでしょうか?」

有名画家の静物画を眺めていた私は、その問いに思わず彼女を横目で睨むように見てしまう。

どうやらフォスター伯爵夫人が一番知りたいことは、私が王太子妃候補者の中で、どれくらい抜きん出ているのかということみたい。私から得た情報をもとに、あちこちで噂話を楽しみたいという魂胆が、その顔に表れていた。

呆れる私は無言で冷たい視線だけを返す。するといささか質問が直球すぎたかと焦った様子で、彼女は取り繕うように笑って言い訳を始めた。

「そ、その……この前の舞踏会ではご一緒のお姿を拝見しましたので、何気なく聞いてみただけですの。根掘り葉掘り聞き出そうなどと考えておりませんので、どうかお気を悪くなさらないでくださいませ」

〝ご一緒のお姿〟と言われたけれど、舞踏会の間中、レオン様と寄り添っていたわけではない。エスコートされて会場に到着した後は、彼は群がる貴族たちとの挨拶に忙しく、私はすぐにそばを離れた。

ダンスも彼と踊ったのはワルツを一曲だけで、他の令嬢より少なかったわ……。

私の機嫌を取ろうと話しかけてくるフォスター伯爵夫人から、目線を展示場の奥に移す。

高さは大人の背丈の二倍ほどもあろうかという大きな宗教画の前で、鑑賞せずに雑談に興じているのはアクベス家の母娘と、その取り巻きのような婦人たち、合わせて五人の集団だ。

それを見て、そういえばロザンヌ嬢は、レオン様と続けて二曲も踊っていたことを思い出し、なぜか不愉快な思いが込み上げた。

話題を変えて、しきりに話しかけてくるフォスター伯爵夫人に適当に返事をしながら、私は白大理石の彫像の前に移動する。

フロアの中央に展示されているそれは、青年の全身裸像で、台座に記されている作家名は私の知らないものであった。丁寧に美しく作られた彫像に、これから注目を浴びる若手作家の作品なのかもしれないと、その名を頭に刻み込む。

急に興味を彫像に移し、真剣に鑑賞しようとしているのは、自分の心をごまかすためだ。

私以上の曲数を、ロザンヌ嬢がレオン様と踊ったことへの不快感。これはもしかして、嫉妬なのだろうか?という疑問が湧いていた。

それと同時に王太子妃を狙っていない私が、なぜ妬かねばならないのかと、そのことにも首を傾げたくなった。

これらの疑問を追及すれば、心が乱され冷静さを欠いてしまいそうだ。

今は考えるべきではないと判断して、目の前の彫像への感想を心の中に並べ立てていた。

血管や筋まで見事に彫り上げて、技術の高さが窺える。髪の毛の表現の仕方は独特だが、不自然さはなく、万人に受け入れられそうな嫌味のない顔立ちに作られている。

美しいわね。我が家にも美術品はたくさん飾られている。お父様にお教えしたら、買い取りたいと言うのではないかしら……。

彫像の周囲をゆっくりと一周してから正面に戻った私は、ふと違和感を覚える。

素晴らしい作品には違いないけれど、どうもバランスがおかしい。上半身に対して下半身が小さい気がする。頭部は実際の人間よりも少々大きめに作られているようだ。

これは作家のミスだろうか?と思った後に、ひょっとして……とある可能性に気づいて、私はその場にしゃがみ込んだ。下から像を見上げ、『やっぱりそうだわ』と心の中で呟いたら、突然後ろから女性数人の嘲《あざけ》るような笑い声が響いた。

顔だけ振り向けば、アクベス母娘の集団がいつの間にかすぐそばにいて、私を見ながらヒソヒソと囁き合い、耳障りな笑い声を立てているのだ。

すぐに集団に取り囲まれて、しゃがんでいる私にからかいの言葉がかけられた。

「まぁ、オリビアさんたら。そのような格好で眺めたくなるほどにご興味がおありですのね。いやらしいですわ」

そう言ったのは、ペラム伯爵家の長男の夫人だ。

ペラム家に嫁いで間もない彼女は、アクベス家の親戚筋にあたるため、私のことを快く思っていない。それは最初から理解していたことだけど、『いやらしい』と非難された意味がわからなかった。

立ち上がって厳しい視線を向け、「どういう意味でしょう?」と問い返せば、彼女ではなくアクベス侯爵夫人がニヤつきながら答える。

「ごまかそうとなさっても無駄ですわ。男性にしかないものを、しげしげとご覧になっていたじゃありませんか」

つまり、私がこの像の股の間を下から覗いていたと言いたいらしい。

まったく下品なのは、どっちなのよ……。

腹が立つというより呆れ返って、私は閉口する。

言い返すのも馬鹿らしいと思ったのだ。

すると、私が困っているのかと勘違いした面々が調子に乗って、さらに私を侮辱する。

「王妃殿下は人形遊びの好きな子供だと仰っておいでのでしたのに、そのような本性を隠していらっしゃったのね」とペラム家の夫人が口にすれば、取り巻きの別の婦人がこんなことを言い出す。

「じっくりご覧になっておいででしたけど、この像と、今まで目にしたことのある肉体を頭の中で比較していたのかしら？　オリビアさんに近寄る殿方は大勢おりますもの。きっと大勢の男性を知っていらっしゃるのでしょう」

ロザンヌ嬢は「まぁ！」と大袈裟に驚いて、「未婚の身で、もうご経験が？　わたくしにはとても真似できません」とわざとらしく顔を覆って、恥ずかしがってみせていた。

私の隣でオロオロしているのは、フォスター伯爵夫人。

彼女を味方だと思ってはいなかったけれど、「あの、外の空気を吸って参りますわ」と逃げ出したのを見て、ため息をついてしまう。

そのため息で、私が心を弱らせていると思ったのか、さらに調子づいたロザンヌ嬢は私の服装までを批判し始める。

「とても上品な装いでいらっしゃいますけど、夜会にはもう少し工夫が必要ではないかしら？　普段と変わらぬお召し物ですと、主催者に失礼ですわ」

確かに今宵の私の衣装はシンプルだ。

落ち着いた深緑色のドレスは襟元の開きが控えめで、レースに縁取られたシルクのチョーカーを首に巻いただけ。宝石類は身につけていない。目に留まるものは、下ろし髪の耳の上あたりに留めた銀のバラの髪飾りくらいだろう。

それには理由がある。このサロンパーティーに出席することにしたのは二日前で、今日のために衣装を新調することはできないし、興味のない集まりにめかし込む気にもなれなかったからだ。

けれども、非難されるほどのひどい衣装では決してない。

地味に見えてもドレス生地は一級品。チョーカーも靴も、なにもかもが特別注文で仕立てさせた高価なものだ。

それに対してロザンヌ嬢はというと、一見すると華やかな装いではある。

淡い紫色の夜会用のドレスは、スカートの後ろに襞《ひだ》を寄せてボリュームを出し、華やかなレースやリボンで飾られていた。大きく開いた胸元には、豪華な三連のダイヤのネックレスも輝いている。

控えめな私と、飾り立てた彼女。しかし貴族令嬢の装いとして、私の負けではないようだ。

そのネックレスは、ダイヤがいくつもぶら下がっているのかと思ったけれど、よく見れば光の反射がおかしい。ダイヤを模したガラス玉に違いない。

そういえば、一年ほど前のことだったか、我が家に出入りしている宝石商が、デザインのサンプルとして、ロザンヌ嬢がつけているものとよく似たネックレスを私に見せたことがあった。『これはガラス玉ですが、ダイヤでお作りしませんか？』と言って。

デザインが私の趣味ではなく、別のものを作らせたのだけど、もしあの時私が注文していて、それを今日つけてきたなら、どうなったことだろう？

ロザンヌ嬢のドレスにも気づいたことがある。

紫色の染料は貴重なので、ドレスを仕立てるとなると、他の色の三倍ほどの値段になる。彼女の着ているドレスは高価なものには違いないが、デザインが古い。きっと母親の娘時代に作られたものであろう。

その頃のアクベス家は、今よりずっと裕福だったと想像できる。私の母の一族から奪った豊かな辺境伯領を支配していたのだから。

母親のお下がりのドレスで虚勢を張るロザンヌ嬢は滑稽で、同時にアクベス家の財政状況が芳《かんば》しくないことが窺えた。

おかしさが込み上げて、私は口元に薄く笑みを浮かべる。

するとアクベス侯爵夫人に「そういうお顔をされるところもクレアさんにそっくりね」と嫌そうに言われた。

クレアとは、私の母の名である。エリオローネ辺境伯ではなく、名前で呼ぶのは父くらいのものである。

それなのに、その名を口にしたということは、娘時代からの母との諍《いさか》いを思い出しているのではあるまいか。

攻撃の矛先が母に向きそうなのを感じて、私はスッと笑みを消し、冷たい視線を五人に向けた。

髪に留めた銀のバラの癒しより、今は黒い心が勝った状態である。

アクベス母娘の取り巻きたちは気圧されたように息をのんだり、足を半歩下げていたが、ロザンヌ嬢はムッとした顔をして睨み返してきた。侯爵夫人だけは余裕のある笑みを浮かべ、私の弱点を見つけたとばかりに母への侮辱を並び立てる。

「クレアさんは貧しい町で平民としてお育ちだったらしいわね。孤児院にも入っていたと聞きましたわ」

その通りだけど、それは汚い陰謀を企てて母の一族から領地を奪ったアクベス家のせいである。証拠がないから表立ってアクベス家を非難するわけにもいかず、私たちは未だに悔しい思いから抜け出せない。

「卑しい育ちは隠せないのよ。晩餐会で料理を残さないのはあなたの母親くらいだもの。マナーを知らないのか、それとも食い意地が張っていらっしゃるのかもしれないわね」

それは違う。晩餐会で全てを平らげることがはしたないとされていることを、もちろん母は知っている。それを承知の上で残すことを嫌うのだ。

その理由は食べ物のありがたみをよく知っているからであり、悪いことではない。

加えて母はもともと少食で、痩せないように無理をして食事をしているほどである。

「お金欲しさに男たちに貢がせていたことも知っているのよ。オルドリッジ公爵も騙されたに違いないわ。クレアさんのお心は真っ黒ですけど、容姿だけは美しくていらっしゃるから」

得意げに母を嘲る侯爵夫人は、唇を噛みしめる私を楽しそうな目で見ていた。

娘の私を口撃することで、母に対して仕返しをしている気分なのかもしれない。

仕返しというのは、辺境伯領のことだけではない。父も母もなにも言わないけれど、社交界に出れば噂というものはおのずと耳に入ってくる。

アクベス侯爵夫人は若かりし頃、有力な父の花嫁候補だったそうだ。随分と強気に結婚話を進めていた最中に、突然母が現れて、火花を散らした末に父を奪われたと聞いた。きっと、相当に悔しかったことだろう。

その気持ちはわからなくもないけれど、私は同情できるほどのお人好しではない。

私は今、両手を握りしめ、湧き上がる怒りで冷静さを失わないように耐えている状態である。

やられっぱなしで終わらせたりはしない。今は有効な反撃の機会を狙っているのだ。

「クレアさんとオリビアさんは、本当によく似ていらっしゃるのね。あなたの美貌に騙される殿方がいたら、気の毒に思いますわ」

言いたいことを出し尽くした様子の侯爵夫人は、口に手の甲を当てて高笑いしている。ロザンヌ嬢もその隣でクスクスと笑い、取り巻きの婦人たちも館内に笑い声を響かせて楽しそうだ。

そこにフリント伯爵夫人が、画廊商の老婦人を伴い、にこやかな笑顔で近づいてきた。

「皆様、盛り上がっていらっしゃいますわね。とても嬉しく思いますわ。話題はこの彫像ですの?」

鈍感なフリント伯爵夫人は、私たちが芸術談義に花を咲かせているのだと本気で思っていそうな顔をしている。

「え、ええ……」と戸惑いがちに頷いたのは、アクベス侯爵夫人。

私と母を貶めて面白がっていた五人は、水を差された気分でいることだろう。早く立ち去ってくれと言いたげな目を、フリント伯爵夫人に向けていた。

周囲に視線を配れば、皆が私たちに注目していることに気づく。集まってなにをしているのかと興味をそそられたようで、ひとりふたりとこっちに足を進めていた。

反撃の好機が訪れたと感じた私は、作り笑顔を浮かべ、フリント伯爵夫人に説明した。

「そうですの。わたくしたちは今、この像が少しおかしいのではないかしら?と話していたところなんです」

五人に口撃されたきっかけは、私がしゃがみ込んで像を見上げていたことだ。そのようなことをしたのは、この像のバランスを不思議に思ったからだった。

実際の人間より、頭や上半身が大きめで、下半身は小さい。それは作家のミスではなく、像の設置者の無理解が原因であることに私は気づいた。

台座が低すぎるのだ。この像には、私の顎下くらいの高さの台座が適切だろう。

下から見上げれば、像の体のバランスはちょうどよく感じられた。おそらく作家は鑑賞する人の視線の高さも考慮した上で、この像を制作したに違いない。

それをフリント伯爵夫人に説明していると、横から突然、画廊商の老婦人に手を握られた。

「素晴らしいお気づきです！　評論家を名乗る私より、あなた様の鑑識眼の方が優れているようです。さすがは名門、オルドリッジ公爵家の御令嬢。ぜひとも次の芸術学会にご出席いただきたく――」

専門家の集まりで意見を述べられるほどの知識はないので、それは遠慮したいと思いながら、興奮気味の老婦人の賛辞を受け止めていた。

チラリと辺りを確認すれば、アクベス母娘が気まずそうに目配せし合っていて、取り巻きの三人は恥ずかしそうに目を泳がせている。私がなにを思ってしゃがみ込んでいたのかを知ったことで、いやらしくて下品なのは自分たちの方だったと、ようやく気づいたようだ。

他の参加者たちも集まってきて、像の周りは賑やかになる。皆しゃがみ込んで下から像を見上げ、「まぁ、本当ですわ！」と驚きを楽しんでいた。

私を嘲笑した五人はばつの悪そうな顔をして、ゆっくりとこの場を離れようとしているけれど、逃しはしない。

まずは私をいやらしいと言ったペラム伯爵家の長男の夫人から反撃を開始する。

彼女を呼び止めて振り向かせると、「ご主人様はお元気になられましたか？」と私は問いかけた。

「主人は、前々から健康ですが……？」と夫人は怪訝そうに眉を寄せてこっちを見る。

予想通りのその反応に、私は作り笑顔で「よかったですわ！」と声を弾ませた。

「心配しておりましたの。あなたとご結婚される前のご主人様は、わたくしに何度も求婚されていらしたので。父からはっきりと断られた時は、大層気落ちしたご様子でしたもの。一年経ってようやく立ち直ることができましたのね」

その話は夫人にとって初耳ではないだろう。結婚前には相手のことを色々と調べるものだから。

けれども他の婦人たちがいる場で大きめの声で暴露されては、耳まで真っ赤に染まり、怒りと羞恥でかなり動揺しているのが見て取れた。

「わ、わたくし、気分がすぐれませんので、今日は失礼させていただきます！」と声を裏返して主催者に断りを入れた彼女に、周囲からクスクスと笑いが起きる。

はしたなく駆け出した彼女の後ろ姿は、すぐに展示場から見えなくなった。

ひとり片付けて、次は誰にしようかと残るふたりの取り巻きに視線を向けた。そうしたら、ふたりは慌てたように逃げ出そうと踵《きびす》を返し、お互いにぶつかり合って尻餅をついている。

その喜劇のような滑稽さに周囲の参加者たちがドッと笑い、私はなにもしていないというのに、取り巻きのふたりも辱めを受ける結果となった。

小物はこれくらいでいいとして、次は厄介な大物にやり返さなくては……。

分が悪くなったと感じてか、アクベス母娘は彫像のそばから一馬身ほど離れて、そろりそろりとドアの方へ逃げ出そうとしていた。

ふたりの背に声をかけて足を止めさせ、顔だけ振り向いた侯爵夫人に私は問いかける。

「どちらへ行こうとされているのかしら。まだお話は終わっておりませんわ」

「また今度にしてくださいません？　ロザンヌが疲れたと言っておりますの」

迷惑顔をされても、侮辱を受けたままで帰すわけにはいかない。私は足早に母娘に近づき、退路を塞ぐように前に回り込んでロザンヌ嬢の顔を覗き込む。

目を合わせようとしない彼女の顔色はよく、疲れた様子には見えないけれど、「ご気分がすぐれませんの？」と心配してあげた。

それから手を伸ばし、彼女の首回りを華やかにしている三連のネックレスに触れる。

「この重そうなダイヤのネックレスは外した方がいいのではないかしら。具合が悪いのでしたら、少しでも楽な格好をなさるべきですわ」

仕返しできると思えば心が弾み、口の端に腹黒い笑みを浮かべてしまう。

それによって私の企み事に気づいた様子の侯爵夫人が、慌てて私の手を払いのける。

焦るロザンヌ嬢は、自慢げにしていたネックレスを急いで両手で覆い隠した。

「オリビアさん、どうか——」という彼女の懇願は、母への侮辱に腹を立てている私の耳には入らない。周囲の人たちに聞こえるよう、声を大にして、ロザンヌ嬢の化けの皮を剥いでやった。

「まぁ、ダイヤかと思っておりましたのに、それはもしやガラス玉ですの⁉」

私の狙い通り、皆の関心がロザンヌ嬢に集まり、参加者の婦人たちが隣同士でヒソヒソと話し出す。

「お聞きになりました？　ガラスですって」

「人を欺いてまで見栄を張りたいのかしら。いやらしいわね」

紫色のドレスが母親のお下がりであることについては、わざわざ私が指摘しなくても勝手に気づかれたようだ。

「ロザンヌさんのあのドレス、侯爵夫人が娘時代に着ていらしたものではないかしら」と昔を思い出したように言う、中年の婦人の声が聞こえてきた。

非難めいた視線を浴びて、アクベス母娘の顔色は青くなる。けれども好戦的な光は四つの瞳から消えず、まだ形勢逆転を狙って策を練っているような気がしてならない。

プレッシャーを与えようと私が半歩距離を詰めれば、ふたりは同じ歩幅で後ずさる。すると苦し紛れのように、ロザンヌ嬢が私の髪を指差して鼻を鳴らした。

「前々から思っておりましたけど、その髪色はおかしいですわ。白髪みたいよ」

残念ながらその口撃は、私に掠り傷さえ与えない。母譲りの稀有《けう》なこの髪は、幼い頃から周囲に美しいと褒められてきて、自分でもそう思っている。光に当たれば銀色に輝き、艶のない白髪とはまったくの別物であった。

けれども今度は侯爵夫人が髪飾りについて指摘してきて、それには私の頬はピクリと震え、笑みは固まる。

「ご自分で選ばれたものなら、残念なご趣味ですこと。髪色と同化して目立たない上に、質素に見えますわ」

「これが残念ですって……？」

「ご自覚がないとは悲しいことね。貴族女性として生まれたからには華やかに着飾ることは責務なのよ。そのように手を抜いていらしては、将来のあなたの夫は恥をかくことになるでしょう」

私はこれをとても気に入っている。そっと私の髪に咲くバラは、控えめだからこそ上品で美しい。色鮮やかなリボンや宝石で髪を飾るより、これをひとつつけている方がその日を気持ちよく過ごせる気がしていた。

これを贈ってくださったレオン様の優しさまで貶された気がして、私は侯爵夫人の言葉に怒りを覚えていた。

もちろん夫人は、この髪飾りが彼からの贈り物だと知らずに非難したわけで、私の表情が曇ったのを見てニンマリと笑っている。そしてとどめだと言わんばかりに、強気な口調で言い放った。

「オルドリッジ公爵が色々と画策されているようですけれど、あなたは王太子妃に相応しい女性とは言えませんわ。優位なお立場にいると、勘違いなさいませんように」

すぐに言い返すのではなく、私は口を噤《つぐ》んでしばし考え込んだ。

自分でも、レオン様に相応しい娘ではないと思っている。それは装いがどうこうというのではなく、心の問題で、清らかな彼に腹黒い私は似合わないと感じているのだ。

しかしながら、アクベス家の人間に指摘されると、このまま引き下がるつもりでいて、いいのだろうか？という気持ちになる。

私が辞退すれば、ロザンヌ嬢が彼の妻となる可能性も十分にあるからだ。

家に帰りたいと、それだけを望んでいた私は、これまで私以外の誰が王太子妃になってても構わないと思っていた。他の令嬢であっても、ロザンヌ嬢であってもだ。興味が薄かったと言った方が適切かもしれない。

それが今は、ロザンヌ嬢だけは王太子妃にしたくないという思いに変わっていた。遺恨《いこん》のあるアクベス家の娘だからということではなく、彼女自身に嫌悪を抱いているのだ。

私の母は努力家で、凛として優しい立派な人よ。

敬愛する母を侮辱するような人に、レオン様の妻になってほしくないわ……。

周囲は私たちのどちらかに加勢するのではなく、ヒソヒソと話しながらこの戦いの行方を見守っているだけだ。

王太子妃が確定となるまでは、どっちにも擦り寄るべきではないと考えていそうで、誰だって損をしたくないのだから、それは当たり前のことだった。

私の中にはまだ、王太子妃を狙う気持ちはないけれど、ここでロザンヌ嬢に負けるのは嫌なので、口を開いた。

「今のところ、最有力候補はわたくしのようです」と冷静さを装って静かな口調で反諭すれば、顔を見合わせた母娘がオホホと耳障りな笑い声をあげた。

「侍女をなさっているオリビアさんなら、ご存じかと思いますが、この前、王妃殿下を我が家のお茶会にご招待いたしましたの。その時に、あなたへの不満を仰っておいでしたわ。ロザンヌのことは気立てのよい娘だとお褒めくださいましたのよ」

王妃がアクベス家と親交が厚いのは知っている。きっと侯爵夫人と気が合うのだろう。逆に私や母とは相性が悪いので、王妃に決定権があるのだとすれば、王太子妃に選ばれるのは間違いなくロザンヌ嬢だ。

しかし一番大きな権限を持つのは、妻を娶る本人である、レオン様のはずだ。

彼の気持ちがなにより重要だと教えてあげるべきかと迷ったが、新たな疑問が湧いて、はたと考え込む。

レオン様はどの程度、私にお心を寄せていらっしゃるのかしら……？

今まで思わせぶりな言動が何度かあったように思うけれど、はっきりと求婚されたわけではない。あくまでも私は花嫁候補のひとりにすぎず、今後、彼に失格の烙印《らくいん》を押される可能性もあるのだ。

レオン様は私をどう思っているのだろう。そして、私はなぜ、こんなにも動揺しているのかしら……。

考えれば考えるほど鼓動が加速して、胸が締めつけられるように苦しくなっていた。

先ほどは、彼と踊ったダンスの曲数でロザンヌ嬢に負けたことを思い出し、ひとりで不愉快になっていた。嫉妬のような気持ちが湧いた理由を、深く考えまいとしていたのに、今、私の頭は勝手に答えを見つけ出そうと働き始める。

するとその答えが、泉に雫が垂れるようにポタリと心に落ちてきて、甘い香りを放って広がった。

八歳の純粋な少女であった時にも微かに感じたこの香り。

それが今は、もっと濃く強く心に広がって、私を驚きの中に突き落とす。

これは、恋かしら……。

幼い少女の頃に感じた淡い恋慕の感情は消えてなくなったものだと思っていたのに、この胸の中でひっそりと息づいていたのかもしれない。

そして今、眠りから覚めたかのように動き出し、私に自覚を与えようとしている。

胸に手を置いて、自分の変化と真正面から向き合った。

私は恋をしているのだわ。

「レオン様に……」

無意識に彼の名が口をついて出てしまい、ハッとした時には遅かった。

王太子を名前で呼ぶことを許される女性は、王族の他にはきっと私だけ。そこまでの仲になっているのかと、侯爵夫人は目を見開いてから、殺気立った顔で睨んできた。

ロザンヌ嬢は顔を真っ赤にして片足を踏み鳴らし、嫉妬と悔しさを爆発させる。

「なぜなの⁉ わたくしは勉強も人付き合いも、着飾ることにも手を抜いたりしなかったわ。誰よりも王太子妃に相応しいはずなのよ。そんな地味な髪飾りをつけるあなたなんかに、負けてなるものですか！」

ロザンヌ嬢の右手が、私に向けて伸びてきた。頬を叩かれるのかと思い、両手で顔をかばったが、彼女の手が掴んだのは銀のバラの髪飾りだった。

あっと思った時には髪を数本引きちぎられるようにして奪われて、力一杯、硬い床に投げつけられる。

大きな音を響かせて叩きつけられた髪飾りは、私の後ろへと、大理石の床を滑るように飛ばされた。

私の大切な髪飾りが……。

「ああっ！」と悲痛な叫びをあげ、私は踵を返して駆け出した。髪飾りはドア近くまで飛ばされていて、それを床に両膝をついて拾い上げ、慌てて確認する。

どこも壊れていないようだけど、よく見ればバラの花びらに線状の細かな傷がついてしまっている。磨けば消えるだろうかと、床に座り込んだまま、スカート生地で懸命に擦っていたら、「オリビア」と正面から声をかけられた。

髪飾りに夢中で気づかなかったが、両開きのドアの片側が開いていて、私の目の前には誰かの足があった。

一流の職人があつらえたような茶色のブーツに、仕立てのよい黒いズボン。藍色のマントを羽織ったその人の顔を見上げ、私は驚いて目を瞬かせた。

「レオン様……」

なぜ彼がここにいるのか。今日は婦人のみの集まりなのに。

優しい笑みを浮かべて、彼は右手を差し伸べる。

その手に掴まり立ち上がったら、「迎えに来た」と言われた。

「雨が降り出して、外は寒い。雷も鳴っている。君が心配になってね」

彼の左手には羊毛のショールがあった。それを私の肩に羽織らせて、人のよさそうな笑みを浮かべる。

私もショールは忘れずに持ってきて、玄関で使用人に預けたけれど、こっちの方がずっと暖かいわ……。

恋心を自覚したばかりの私は、彼の優しさに胸を高鳴らせて頬を熱くする。

照れくささを感じて目を逸らせば、「迎えに来て正解だった」と彼は急に声の調子を下げた。怒っているようにも取れる声色に驚いて、視線を戻すと、変わらず微笑みを湛《たた》える麗しき顔がある。

不機嫌そうに聞こえたのは気のせいかと思っていたら、レオン様が私の手から髪飾りを取り上げたので、私は慌てて釈明した。

「落としてしまい、申し訳ございません！　レオン様からの賜物に傷をつけてしまうなんて、わたくしは――」

丁寧に扱わなかったことに腹を立てたのだと推測し、返せと言われるのではないかと焦っていた。けれども彼はクスリと笑って私の髪を指で梳いて整え、銀のバラを横髪に留め直してくれた。

「謝らなくていい。それに、俺からの贈り物だからといって、必要以上に丁寧に扱われることも望んでいない」

「え？」

「傷つけやしないかと気にしていたら、使いにくいだろ？　君がこれを気に入って、たくさん使ったことで壊れたなら、俺はそれに感謝する。大切にしまっておかれるより、ずっと嬉しい」

ああ……なんて清らかな考え方をする人なの。

それに比べて私は醜い。アクベス母娘と罵り合った自分が、恥ずかしくなるわ……。

雨音が小さく耳に入ってきた。周囲はざわつくこともなく、シンと静まり返っている。

彼が私の右手を自分の左腕にかけて、エスコートするように展示場の奥へと歩き出す。

彫像の周囲にはサロンの参加者全員が集まっていて、私たちに観察するような目を向けていたり、口に手を当て驚きの中にいる婦人もいた。

その集団を率いるように数歩手前に並んで立っているのはアクベス侯爵家のふたりで、オロオロと目を泳がせ、かなり動揺している様子であった。

私たちの会話が聞こえていたなら、散々貶した髪飾りの送り主が誰かに気づいたことだろう。余計なことをしてしまったと、後悔しているのではなかろうか。

そして私がふたりにされたことを、レオン様に告げ口する気ではと、恐れているようでもある。同じ花嫁候補者としての嫉妬や、焦りなどもきっと感じていて、母娘からレオン様に声をかけることはできそうにない様子であった。

ふたりの前で足を止めた私たちに、横から割り込むようにして声を弾ませるのは、フリント伯爵夫人だ。

「まぁまぁ、ようこそお越しくださいました。王太子殿下が当美術館をご訪問されますなんて、恐悦至極に存じますわ！」

「オリビア嬢を迎えに来ただけなのです。また今度改めて、ゆっくりと鑑賞させてもらいます」

「ぜひとも。お待ち申し上げております。ああ、なんて嬉しいことでしょう！」

フリント伯爵夫人は満面の笑みで、ひとり浮かれている。

場の空気を読めない人だと言われがちではあるが、今ばかりはその存在がありがたく感じられるようで、他の参加者たちは緊張を解いた顔でこぞってレオン様に挨拶を始めた。

それに便乗して、アクベス母娘も時候の挨拶を口にしている。しかしその笑顔は引きつっていて、私がいつ自分たちにとって不利なことを言い出すかと、戦々恐々としている様子でもあった。

ふたりの恐れを敏感に感じ取った私は、他者に気づかれない程度に微笑する。

ここでレオン様にふたりから受けた仕打ちについて話せば、ロザンヌ嬢の印象は悪くなり、仕返しできるわ。

言ってしまおうかしら？　でも……。

挨拶に忙しい彼の横顔を眺めていると、どうしてか告げ口する気が薄れていった。したたかに立ち回り、敵対する者は徹底的に排除する。敵になる可能性のある者に対しても、やられる前にやる。

自分と家族を守るためのその誓いは、白いベールのようなものに覆われて、見えにくくなっている。

なにもしなくたって、私の方が有利な立場にいるのに、ロザンヌ嬢を崖から突き落とすような真似をしなくてもいいのではないかしら。

そんなことをすれば、可哀想よね……。

憎んで然るべき相手に同情するとは、私は一体どうしてしまったのだろう。

自分の心を覗けば、恋を自覚したことで、レオン様に気に入られる娘になりたいという、新たな気持ちを見つけた。

愚かだった少女の頃の気持ちを目覚めさせるのは怖いけど、謀《はかりごと》をするのはやめて他人にも思いやりを持たなければ、レオン様に嫌われてしまうのではないかしら。

でもそれだと、誰かにいつか蹴落とされるかもしれない。

したたかさという武器を失って、どうやって身を守ればいいのかわからないし、大切な人を失うかもしれない恐怖に泣くのは、二度と御免よ……。

レオン様の腕にかけていた手を無意識に外したのは、自分を変えられまいとする抵抗からなのか。

彼と触れ合えば、その清らかさが染み込んでくるようで、私の中の淀んだ黒さとせめぎ合い、苦しくなる。

迷い葛藤する心のつらさから、逃れたかったからかもしれない。

するとレオン様に、チラリと横目で見られた。右手を挙げて婦人たちの挨拶を遮った彼は、左腕で私の肩を抱く。

その親しげな仕草に誰より先に驚いたのは私で、「キャッ」と声を漏らして慌てて口元を覆い、鼓動を高鳴らせた。

静けさが戻った展示場に、レオン様の艶やかな声が響く。

「皆さん、申し訳ないが所用があるため今日はこれで引き揚げます。年の暮れには恒例の王城晩餐会を開催します。その時にゆっくりと話しましょう」

「失礼」と言ってニッコリと微笑む彼。

どんな美術品よりも麗しいその笑顔に、婦人たちは一様に見惚れていた。

私は肩を抱かれたまま、皆に背を向けさせられ、彼に寄り添うようにしてドアへと歩き出す。けれども何歩も進まぬうちに、突然後ろから拍手が聞こえ、足を止めた。

彼と私が揃って顔だけ振り向けば、手を叩いているのはフリント伯爵夫人で、少々太めの体を揺するようにして興奮気味に言った。

「なんてお似合いなのかしら。王太子殿下は、オリビアさんを妃にお決めになりましたのね。さあ、皆様も祝福いたしましょう！」

貴族関係に大きく影響する重大事項を、正式な発表がないうちから、そのように決めつけ口にするとは、呆れるほどに純粋で配慮のない人だ。

他の参加者の間から、戸惑いがちな拍手がパラパラと湧く中で、険しい顔をしたロザンヌ嬢が一歩進み出て、意を決したように口を開く。

「王太子殿下、お待ちくださいませ。フリント伯爵夫人が仰ったことは、本当ですの？　どうかお聞かせくださいませ」

ロザンヌ嬢の薄茶色の瞳は潤んでいた。

彼女が王太子妃の座を狙っているのは、アクベス家の価値を高めるためであるが、それ以上にレオン様に恋い焦がれているからなのかもしれない。

失恋に怯えながらも、聞かずにはいられない様子の彼女を、レオン様はじっと見据えている。そして一拍の間を置いてから、静かな声色で答えた。

「慎重に考えている最中です。発表はもう少し先になる」

その返答に、ロザンヌ嬢はホッとしたように頬を緩め、私はがっかりしていた。

彼の結婚は国の一大事で、花嫁の選定に時間をかけるのは当然のこと。完全に私に心を決めているとは思っていない。

それに私自身、恋心を自覚したばかりで、王太子妃になる覚悟を決めるのはまだこれからであるというのに、なぜ肩を落とさねばならないのかしら……。

ロザンヌ嬢は口元を綻ばせて、「わたくしにもまだ可能性は残されていると考えてよろしいのですね？」と念を押すように確認している。

『その通りよ』と心の中で答えた私だが、レオン様の返事は違った。透き通るような青い瞳に彼女を映し、やや声を鋭くして、彼らしくない淡々とした口調で答える。

「俺は、ともに国民を想い、平和の道を歩める令嬢を伴侶に選ぶつもりだ。人の大切なものを奪って壊そうとする女性は遠慮したい」

ロザンヌ嬢も私もハッとして、先ほどの一戦をレオン様に見られていたことに今気づいた。

いや、違う。見ていたとしたら、優しい彼ならすぐに止めに入りそうなものだ。

きっと床に座り込んで髪飾りを磨く私や、後ろでいきり立つアクベス母娘の様子を目にして、なにがあったのかを瞬時に理解したのだろう。

私がなにも言わずとも、察してくれていたことに、胸が震える。

『迎えに来て正解だった』と言ったのは、今日のサロンの出席者を王妃から聞いて、不安に思ったためなのか。

彼は私が集中攻撃に遭う危険を感じ、助けに来てくれたに違いない。

こんなふうに男性に守られたのは、初めてよ……。

レオン様のマントをぎゅっと握りしめると、彼は瞳を弓なりに細めて私を見た。

そして私と目を合わせたまま、後ろで青ざめているロザンヌ嬢に続きを答える。

「発表はもう少し先と言ったが、それほど遠くはないみたいだ。固い蕾が花弁を開きかけた気配がするから」

それは私の心のことなの？　完全に花開いたら、レオン様は発表する気でいるのかしら。私を花嫁に選んだと……。

問いかけたいけれど、このような場所で聞くべき話ではない。

「帰ろう」と言われ、忙しなく心臓を動かす私は、止めていた足をドアへと進める。

外に出ると、真っ暗な空からサアサアと音を立てて雨が降っていた。

王家の紋が入った二頭引きの馬車が一台、玄関ポーチに横付けされている。御者がドアを開け、私たちが乗り込むとすぐに馬車は夜道を走り出した。

中型馬車内の座席は革張りで、私の左隣にレオン様が座っている。

「寒くないか？」と気遣ってくれる彼に頷いてから、「先ほどは、ありがとうございました」とお礼を述べた。

なにについての感謝かは、説明せずとも理解してくれたようだ。

「いや、もう少し早く来るべきだった。助けるのが遅れたせいで嫌な思いをさせてしまった」とため息交じりに言ってから、彼は「すまなかった」と謝った。

そんなふうに返されては、困ってしまう。

確かに人数的には不利な戦いで、母を貶され、髪飾りを傷つけられたことにはダメージを受けた。

けれども私は、泣いて耐えるだけの可哀想な被害者ではない。私の方もロザンヌ嬢たちを口撃してしまったのだから。

青く澄んだ瞳に私の顔が映り込んでいるのを目にして、後悔が押し寄せていた。

私の心は汚れている。レオン様に守られるに値しない娘なのに、今日は助けられ、謝らせもするなんてひどい話だ。

人を貶めるようなことを言わなければよかったわ。そうすれば、こんなふうに自己嫌悪に陥ることなく、喜びだけを胸に、ここに座っていられたかもしれないのに……。

目を合わせていられずに俯いて、膝の上で両手を握りしめる。そして迷った末に、ロザンヌ嬢たちにぶつけたひどい言葉を正直に打ち明け、謝罪した。

「申し訳ございません。わたくしはこのように心の醜い娘なのです。レオン様に助けていただく資格はないのに、喜んでしまって……。自分を恥ずかしく思います」

私が話し終えても、彼は黙り込んだままで、雨と馬車の車輪の音しか聞こえない。

彼がなにを思っているのか……気になるけれど、隣を窺い見る勇気がなかった。

今の告白で、私がどれだけ汚いのかを彼は理解したことだろう。

私もロザンヌ嬢と同様に、花嫁候補者から外されたに違いないと予想していたのだ。

でも、これでいいのかもしれないわ。清らかな彼に私が相応しくないのは、前から感じていたことよ。

自分の中にそう結論づけて、自覚したばかりの恋心を胸の奥にしまい込もうとする。

すると突然フッと笑ったような声がして、「嬉しいことだ」という呟きも聞こえた。

予想外の反応に驚いて隣を向けば、彼は変わらぬ好意的な目で私を見てくれていた。

「君は人を傷つけたと後悔しているんだね。そう思うということは、今後は態度を改めるつもりなのだろう？　君は変わろうとしている。それが俺のせいであるなら、とても嬉しい」

レオン様があまりにも優しい言葉をかけてくれるから、頬が熱くなり、思わず私は甘えたくなってしまう。

膝の上で握りしめていた手を開き、そっと彼の方へ右手を伸ばせば、その手を取ってしっかりと握りしめてくれた。

「私は変われるのでしょうか？　レオン様のような綺麗な心に……」

変わりたいと思う気持ちを口にしたら、やはり不安が押し寄せる。

「でも変わってしまえば、どうやって他の貴族と渡り合えばいいのか……。武器を捨てるような心持ちで、怖いのです」

臆病で弱い自分を他人に見せるのは初めてのこと。それほどまでに心を開いている自分に戸惑い、目を泳がせていた。

すると繋がれた手を引っぱられ、抱きしめられる。

すっぽりと私を包むような広い胸と、逞しい二本の腕。

心臓を大きく跳ねらせたら、耳元に頼れる声を聞いた。

「俺が守ると言っただろう。オリビアはなにも怖がることはない。それに、人に優しくすることは最大の防御でもある。敵を作らない方法を君に教えてあげよう」

武器を手にするのではなく、他人を思いやることで敵を作らないことが大切なのだと、彼は諭す。

それは父からは教わらなかったことで、ハッと目の覚めるような思いがしていた。

確かに敵がいなければ、武器はいらないわ。レオン様の教えに従えば、誰かに敵意を向けられることはなく、私も家族も傷つけられることはないのかしら……。

彼の胸に当てていた顔を上げ、「はい。教えてください」と真剣に返事をする。

「わたくしも、レオン様のような優しい目で、世の中を見てみたいと思います。お願いします」

至近距離にある麗しい顔が嬉しそうに綻び、それから急に口の端をつり上げ、彼らしくない意地悪な笑い方をした。

「やはり君は素直ないい子だよ。俺の方がずっと腹黒い」

レオン様を腹黒いと言うならば、私や父はなんと表現したらいいのか。極悪人か悪魔になってしまいそうだ。

「そんなことは――」と彼の言葉を否定しようとしたが、途中で遮られた。

突然、彼が顔を寄せ、私たちの唇が触れ合ったのだ。

軽く押し当てられた唇はすぐに離れて、今は拳ふたつ分の距離で、ニコリと弧を描いている。

目を丸くして驚く私の頬はたちまち熱を帯び、きっとリンゴのように真っ赤に色づいていることだろう。

このキスの意味は、一体なにかしら……。

高鳴る胸に問いかける私が、その答えを見つけるより先に、彼は教えてくれた。

「秘密の場所でカードゲームをしたね。あの時の戦利品を、今もらった」

あれはひと月半ほど前のことだ。私の引いたカードには【唇にキス】と書かれていた。

それが理由だと言われて、振り切れそうなほどの速さでリズムを刻んでいた鼓動はいくらか落ち着き、残念に思っていた。

私に女性としての魅力を感じたから、キスがしたくなったわけではないのね……。

彼が惹かれているのは過去の清らかだった頃の私であり、今の自分でないことは理解している。

心の中に眠る少女の頃の気持ちは、目覚めたと言えるほどはっきりとしていない。

今はまだ、優しい性根の娘になりたいと思っただけであり、その気持ちを行動に移してはいないのだ。

腹黒くしたたかな娘に、彼が心を込めてキスしてくれるはずはなかった。

そのことに胸を痛めていたら、「なぜ苦しそうな顔をする?」と心配そうに問われた。

胸の内を表情に出していないつもりでいたのに、どうして気づかれたのか。

「え?」と呟き、思わず自分の頬に手を触れたら、「俺のキスは嫌だった?」と彼が顔を曇らせた。

「いえ、そんなことはございません!」と私は慌てて否定する。

「わたくしはレオン様をお慕いしております。今の口づけは喜ばしいもので、決して嫌だなどと――」

焦っているためか、それともキスをされたことで動揺し冷静な思考ができないためか、つい直接的な表現で恋心を打ち明けてしまった。

途中でそれに気づいたら、恥ずかしさが急上昇して、言葉を続けられなくなっていた。

どうしたらいいの……。

男性に求婚されたことはあっても、自分から思いを伝えたのは初めての経験である。

どんな顔をしていいのかもわからず、顔を背けるように視線を外し、彼の胸を軽く押して体を離そうと試みた。

けれども私の背に回されている腕に力が込められ、離れることを許してもらえない。

「オリビア、俺を見なさい」という穏やかな声の命令により、逸らした視線も戻さねばならなくなった。

いつでも優しく温かく、慈愛に満ちた青い瞳。

その瞳にチラチラと映るのは、車内に吊るされているランプの明かりかと思ったが、それだけではないことに気づく。ゾクリとするほど艶《なまめ》かしい、蠱惑《こわく》的な色が灯されているのだ。

私にキスしたばかりのその唇からは、男性的な色気を含んだ声が響く。

「やっと花を開いてくれたね。大丈夫だ。俺もオリビアを求めている。美しく純粋な君が愛おしい」

「わ、わたくしは、そのような娘ではありませんわ。レオン様の方が――」

「俺の目にはそう映っているよ。君はいつも俺が清らかだと言うけれど、そうじゃない。もっと触れ合って、君の心も唇も全てを俺のものにしたいと企む悪い男だ」

男らしくも繊細な指先が私の顎をすくい、再び唇が重ねられた。

鼓動がどこまでも速度を上げる中で、私を想う彼の気持ちに喜ぶ余裕はなかった。

恥ずかしさや戸惑い、恋に溺れてしまいそうな心を戒めようとする感情が働いて、心の中は慌ただしい。

まだ早いと拒否した方がいいのかしら？と思いつつ、固く目を閉じて口を引き結んでいたら、唇を触れ合わせたままに彼が囁いた。

「オリビア、怖がらないで受け入れるんだ。俺を君の中へ入れなさい」

私の緊張をほぐそうとして、優しく撫でるように触れる彼の唇。

拒むべきか受け入れるべきかを葛藤しながらも、わずかに唇を開いたら、柔らかな舌先が強引に侵入してきた。舌先で上顎を撫でられ、ゾクゾクと肌が粟立つ。

舌をからめとられ、ダンスを踊るように交えて弄《もてあそ》ばれていると、子宮の奥が熱くなり、身悶えしたくなるような快感が押し寄せてきた。

合わせた唇の隙間から漏れるのは、こらえきれない私の甘い声。

ああ……拒むことなどできないわ。

心が喜んで、全てを彼に委ねてしまいたくなる。

初めて味わう情欲に流されかけたその時、突然強い光を瞼に感じ、驚いて目を開けた。続けざまに雷鳴が轟《とどろ》いて、馬が嘶《いなな》き車体が大きく揺れる。

座席から振り落とされかけて悲鳴をあげれば、レオン様が私の体を引き戻して、その胸に強く抱きしめてくれた。

急停車した馬車の前方の小窓から、慌てたような御者の声がする。

「申し訳ございません！　馬が雷に驚いて、足を止めてしまいました。車体を点検いたしますので、少々お待ちくださいませ」

レオン様は中腰で小窓に近づき、御者と会話している。

座席に座る私は我に返り、自分の体を抱きしめて、再燃した羞恥の中に囚われていた。

馬車内だというのに、私ったら淫《みだ》らなことをしてしまったわ。

土砂降りの夜道を歩く人は少なそうだけど、誰かに覗かれなかったかしら？

漏らしてしまった甘い声が、御者の耳に届いていたら、どうしましょう……。

ひとしきり恥ずかしがった後には、なぜか嫌な予感も押し寄せてくる。

悪天候がそう思わせるだけかもしれないが、動き始めた私の恋と結婚話が、このまま平穏に進むとは思えない。

雷鳴を聞きながら、胸の中に暗雲が広がっていくような心持ちでいた。

深夜のベッドで、二色の心が混ざり合う

レオン様と初めて口づけを交わした日から、半月ほどが過ぎた初冬。

王都は国の南に位置しており雪は降らないが、冷たい北風に吹かれて木々はすっかり葉を落としている。

貴族の冬は忙しい。各々の領地から王都に集まってきて、宴が頻繁に催される。

私もオルドリッジ家の娘として、週の半分は交流に勤しんでいた。

私を王太子妃に迎えるという正式な発表はまだこれからで、レオン様は家族にも打ち明けていないそうだ。『その前にやっておかねばならないことがある。もう少し待ってほしい』と言われていて、彼の婚約は国の一大事であるため、準備に時間が必要なのは仕方ない。

それでも不安になることがないのは、レオン様が時間が許す限り私をそばに呼んでくれて、心温まるひと時を過ごさせてもらっているからである。

こんなに気遣ってもらって……私も彼の期待に応えたい。

恋心を自覚した私は、守ると言ってくれた彼の言葉を信じ、人に優しくあろうと努

力している。

そして今、気にしているのはルアンナ王女のこと。

彼女に謝って、自信と笑顔を返してあげなければ、と思っていた……。

今日はルアンナ王女の輿入れの日。結婚の儀は、あちらの国で行われる。

国王も王妃もレオン様も、ルアンナ王女の結婚の儀には参列しないそうだ。それが、向こうの王族のしきたりであるという。

ここは南棟の二階にある礼拝堂で、上品な薄ピンク色のドレスを着たルアンナ王女は、司祭から祈りを捧げてもらっているところである。

祭壇前に立つ彼女を見守るのは、王族一家と親類縁者が二十名ほど。それと、長年彼女に仕えた侍女がふたり。通路を挟んで横に二列、縦に十列並んだ背もたれのない長椅子に座って、出発の儀に参列していた。

私は、ルアンナ王女にとっては同席してほしくない存在であろうけれど、レオン様に頼んで末席に座らせてもらっている。

彼女を怯えさせたまま、嫁がせるわけにいかない。心を改めた私は、司祭の祈りの言葉に合わせて、彼女のこれからの幸せを祈っていた。

祈りの後は、ルアンナ王女が両親と兄に、これまでの感謝を述べ、別れを告げる。

国王と王妃は、愛娘の婚姻を喜びながらも、寂しさに涙ぐんでいる。

レオン様は穏やかな微笑みを浮かべて、妹の輿入れを祝福していた。

「皆様、大変お世話になりました。わたくしは、アンドリュー王子殿下の誇れる妃となれますよう努力いたします。お父様、お母様、お兄様、どうか健やかにお過ごしくださいませ。皆様もお元気で。では行って参ります」

ルアンナ王女は祭壇からドアへとまっすぐに伸びる赤絨毯の上を、ひとりで歩く。

ここを出たら、嫁ぎ先の王宮女官が護衛とともに王女を待っている。もうこの国の者の手を借りることは許されず、彼女はひとりきりで祖国を離れるのだ。

静々と進む彼女は、私への意地悪を楽しんでいた時とは違い、心細そうな顔をしている。

愛しの王子のもとに嫁ぐことを誇らしげにしていた彼女が、浮かない顔をしている理由はきっと、私のせいね……。

ルアンナ王女が私の座る長椅子の横を通ろうとした時、私は立ち上がって「お待ちくださいませ」と声をかけ、歩み寄った。

私の腕の中には、アマーリアがいる。それを見てビクリと肩を揺らし、怯えた顔をする彼女であったが、今日のアマーリアは黒いドレスではなく、婚礼衣装のような純白のドレスを着ている。

それでも呪いの人形を恐れて、『もう予言はやめて』と言いたげな彼女に、私は真面目な顔をして言った。

「ルアンナ様にお伝えいたします。あなたは王子殿下に愛されて幸せになる、とこの子が申しております」

これまで災いばかりを予言されてきたため、ルアンナ王女は驚きに目を丸くしている。

「本当……？」と恐る恐る尋ねる彼女に、もう一歩近づいて正面に立つと、私は微笑んで頷いた。

「ええ。ですから安心して嫁いでくださいませ。ルアンナ様が優しいお心を持ち、いつも笑顔でいらしたら、王子殿下のみならず、あちらの国の全ての皆様に愛されることでしょう。この子は、そう言っておりますわ」

彼女は私の腕の中のアマーリアに視線を落とす。その顔からはたちまち不安の色が消え、少々強気で愛嬌のある笑みが広がった。

失っていた自信を取り戻したのを感じて、私はホッと胸を撫で下ろすと、彼女に顔を近づけて頬に祝福の口づけをした。

「これまで、ルアンナ様を怖がらせるようなことをして、申し訳ございませんでした。これからはいつも、あなたの幸運を祈ります。どうか、お幸せになってくださいませ」

そう言うと、彼女は目を瞬かせた後に、優しい笑い方をする。

「ありがとう。わたくしも色々と意地悪をしてごめんなさい。オリビアさんにも幸せが訪れることを、遠くから祈っているわ」

ルアンナ王女と抱擁を交わしていたら、祭壇前の長椅子から、レオン様の視線を感じた。目を合わせるとニッコリと微笑んで、深く頷いてくれる。

『それでいい』と、青い瞳が語っていた……。

ルアンナ王女を送り出した後は、皆がぞろぞろと礼拝堂から出ていく。

王妃は参列した親戚筋の婦人たちとサンルームでお茶を飲みましょうという話をしながら、重厚な両開きのドアから出ていった。

司祭も奥の続き間に引き揚げていき、残ったのは私とレオン様のふたりきりである。

礼拝堂の天井近くまで伸びる縦に細長い窓は、全てステンドグラスになっていて、そこから降り注ぐ七色の光を浴びて赤絨毯の上に立ち尽くしている私に、彼が歩み寄った。

彼は私の正面に立つと、「オリビア、妹に笑顔を返してくれてありがとう。君は素敵だ」と私の行為を褒めてくれた。それから眩しそうに細めた目に私を映し、「次は俺たちが祝福を受ける番だ」と微笑んだ。

婚約発表前にやっておかねばならないことがあると言っていた彼だが、それが終わったのだろうか。

私を花嫁に選んだという話を、国王と王妃に伝えて、それからいよいよ婚約発表となる。

彼の言葉に恋の成就を予感して胸を高鳴らせる私であったが、王妃の顔が頭に浮かんだ途端に、不安が押し寄せる。

私は王妃に嫌われているのだから、猛反対されるのは想像に容易い。王妃という壁を崩すのは、レオン様とて簡単にはいかないのではないかと思っていた。

私がなにを懸念しているのかは、口に出さずとも伝わったようで、彼は私をそっと抱き寄せると、「母上のことなら君は心配しなくていい。俺が必ずや君を認めさせてみせる」と頼もしい言葉をかけてくれた。

レオン様の腕の中は、心地よい。家族以外の人を信じてみようと思わせてくれたこの腕に、身も心も、未来も、全てを任せよう……。

そう思ってホッと緊張を解いたら、五歩ほど離れた先にあるドアが開く音がした。

抱き合ったまま私たちが同時にドアを見たら、入ってきたのは王妃。

険しい顔をして、私たちの前に立つと、「離れなさい」と厳しい声で注意した。

しかし、私が離れようとしても、レオン様が許してくれない。私を片腕で抱き寄せたまま、母親と対峙する。

そして「母上、俺はオリビアを――」と花嫁を決めたことを伝えようとした彼であったが、それを遮るようにして、王妃が声を大きくした。

「半月前の一件は、アクベス侯爵夫人から聞いているわ。まさか、とは思っていたけれど、オリビアの毒牙にかかってしまうなんて。レオン、その娘の性根は醜いのよ。見た目に惑わされてはいけません」

王妃はレオン様ではなく、ずっと私だけを睨むように見ている。

最近の私が毎日のようにレオン様のお茶の席に呼ばれているのはもちろん知っているし、半月前の一件――つまりフリント伯爵夫人の芸術サロンでの出来事まで耳にしているということは、レオン様が私に心を寄せていることにも気づいているのだろう。

アクベス侯爵夫人から聞いたということなので、ひょっとするとロザンヌ嬢をなんとか王太子妃にできないかという相談も受けているのかもしれない。

以前の私なら、性根が醜いと言われたら、その通りだと思うだけだったろう。

けれども変わろうとしている今は、努力不足だと言われた気がして、心が痛い。

睨まれるのはいつものことであったはずなのに、結婚に関わる話をしている今は、その冷ややかな視線がナイフのように感じて怖くなる。

するとレオン様が、小さなため息をついて、私を放した。

母親の反対に遭い、私を捨てる気なのかと驚いて彼を見れば、違うことがわかる。

青い瞳は私への思いやりに溢れ、「俺は母上を説得する。オリビアは部屋に戻っていなさい」と優しい命令を下しただけであった。

私がここにいては、王妃に傷つけられるばかりだと、気遣ってくださったのね。

そのお気持ちは嬉しいことだけど、レオン様ひとりに戦わせるのは申し訳なく、ふたりの会話も気になって、出ていくことを躊躇する。

しかし、「お下がり」と背中を軽く押されては、「はい」と頷くしかなかった。

長椅子に座らせていたアマーリアを腕に抱いて、私は王妃に睨まれながら礼拝堂から出ていく。そして、両開きの扉を完全には閉めずに、指二本分ほどの隙間を開け、そっと中を覗いた。

はしたないことだとわかっていても、聞き耳を立てずにはいられない。

ところどころしか聞き取れないけれど、王妃が私を王室に迎えることには反対だと、はっきり口にしたのはわかった。そしてロザンヌ嬢を推している、と。

もしロザンヌ嬢が好みでなければ、他の令嬢でも構わないが、私と母のことは気に入らないというような会話であるように聞こえた。

疎まれているのは仕方ない。母とは昔から折り合いが悪いと聞いているし、私はこれまで好かれるような態度を取ってこなかったのだから、傷ついてもそれは自業自得である。

母親の反対の言葉に、レオン様は冷静に私が変わろうとしていることを説明し、反論してくれている。

そんな苦労をさせてしまっていることを申し訳ないと思いつつ、ドアの隙間に目を凝らす。

四十半ばにしては張りがあって美しい、王妃の横顔が見える。レオン様の顔は王妃の陰になって、ここからでは表情が窺えない。

二歩分の距離を置いて話し込んでいるふたりだが、王妃は視線をステンドグラスに向け続けていて、レオン様のことを全く見ようとしない。それが、ふと気になった。

そういえば礼拝堂に入ってきた直後から、王妃は私を睨むばかりで、彼をチラリとも見ようとしなかった。そのことに引っかかりを感じたが、「とにかく断固反対します！」と王妃が語気を強めたので、意識は自分の結婚問題へと戻された。

「レオンの思い通りにはいきませんよ。国王陛下にも、認めないよう言っておきますから」

国王は最高権力者であっても気弱で頼りない性分であるため、結婚当初から王妃の言いなりだと聞いている。

今現在、政務を動かしているのはレオン様で、国王は趣味に明け暮れているだけとはいっても、今の時点で立場が上なのはもちろん国王だ。

王妃に言いくるめられ、国王が私を認めてくれなかったら……。

一気に不安が膨らむ中で、レオン様の頼もしい声を聞いた。

「なんと言われましても、俺はオリビアを諦めるつもりはありません。父上を説得する自信もあります。母上にもご理解いただける日が必ず来ると信じて、待っています」

力強いその言葉に希望の光を見た私だが、「そのような日は来ないわよ」と吐き捨てるように言った王妃が、レオン様に背を向けて、こっちに向かって歩き出したので、私は慌てる。

覗いていたのを知られたらますます印象を悪くしてしまうと、急いでそっとドアを閉め、廊下を駆け出した。

逃げ込んだのは、三つ隣のドアの、使用されていない応接室だ。

中に入ってドアを閉め、背を預けて大きく息を吐き出す。そして腕の中のアマーリアに話しかけた。

「私は、どうしたらいいのかしら……？」

私を諦めるつもりはないとレオン様がきっぱり言ってくれたことは、とても嬉しくホッと胸を撫で下ろす心持ちでいる。けれども今度は、別の心配事が湧き上がった。

王妃とレオン様の間に、溝が生まれてしまったわ。親子の仲が険悪なものになったら、どうしましょう……。

辺境伯領にいる、母の顔を思い浮かべていた。

母と仲違いすることを自分の身に置き換えて考えたら、胸が苦しくなる。

薄汚い貴族社会において、信用できるのは家族だけ。家族の絆はなにより大切だと父に教えられて育った。

それはレオン様たち王族にも当てはまることで、私が親子の絆を断ち切ってしまうのではないかと心配し、申し訳ない気持ちになる。

アマーリアの髪を撫でてから、壊さないようにそっと胸に抱きしめる。そうしたら少しだけ心の靄が晴れる気がして、鼓動は速度を緩め、落ち着きが戻ってきた。

「不安がっていてもなにも変わらないわよね。自分にできることを見つけるから、あなたは応援してちょうだい」

この子は私の心の安定剤。幼い時から心配事がある時は、いつもこうして抱きしめてきた。

親友に助けられて、私は静かに考えの中に沈む。

王妃に認めてもらうには、なにをすればいいかしら……。


それから五日が過ぎた夜のこと。

寝間着に着替えた私がベッドに入ろうとした時、ドアがノックされた。

開けて対応すればいつものメイドで、城に届く荷物を仕分ける担当者のミスにより、私宛の小包が残っていたと迷惑そうに言われた。翌朝まで待たずに届けに来たのは、【至急】という判が荷札に押されているからだろう。

メイドが悪いわけではないので、「ありがとう。大変だったわね」と声をかけ、駄賃としてその手に銀貨を一枚握らせてあげた。それで機嫌をよくしたメイドは退室し、ドアを施錠した私はベッドサイドのランプの火を強める。

小包は私の膝にちょうどのる大きさで、片手で持てるほどに軽い。ベッドの縁に腰掛けて、荷札を確かめれば、送り主の名は母だった。

「お母様からだわ！　中はなにかしら？」

母と定期的に手紙のやりとりはしているが、荷物が送られてくることは滅多にない。

心を弾ませて包装紙を剥がし、丈夫な紙箱の蓋を開けた私は、目を瞬かせる。

入っていたのは帽子だった。大きな鍔を折り曲げたような二角帽子には、大量の羽根飾りがついている。まるで鳥そのもののように、帽子の生地が埋もれるほどの羽根だ。

おかしなデザインに加えて、やけに小さいことにも首を傾げる。

生まれたての赤子のサイズの帽子を、私に送った理由はなにかしら……？

手紙が添えられていたので開いてみると、こんな文面であった。

【私の可愛いオリビア、元気にしていますか？　これが届くのはきっと、ダービーの前日でしょう。誰のための帽子であるのか、あなたなら言われなくてもわかるわよね。大切なお友達とダービーを楽しんで】

ダービーというのは、年に八回開催されている、国が認める非営利団体主催の競馬のことだ。それは貴族や裕福な商人たちの娯楽となっていて、賭事による収益は、孤児院や貧しき者を支援する団体へと寄付される。

ダービーは社交の場でもあって、見物人には正装が義務づけられている。

とはいっても、畏《かしこ》まった服装ではなく、娯楽性の強い装いが好まれる。

特に女性の帽子は面白い。顔が見えないほどに鍔広で、上には作り物の動物をあしらっていたり、かつて私が参加した時には、戦艦を頭にのせているのかと見紛うような目立つ帽子の婦人もいた。

つまり母が送ってくれたこの帽子は、アマーリアのダービー用の帽子で、明日、一緒に連れていってあげなさいということのようだ。

ユニークな心遣いに、フフッと声に出して笑ってから、「でも……」と呟いた。

今日のお茶の時間、レオン様から明日のダービーに一緒に行こうと誘われて、断っていた。アクベス侯爵家の人たちと顔を合わせる機会をなるべく少なくしたいからだ。

また母を貶めるようなことを言われたら、我慢できずに私もロザンヌ嬢たちを侮辱してしまうかもしれない。

『いつも笑顔で、人に優しく』という言葉は、レオン様からの教えである。

それを守りたい気持ちはあるけれど、まだ私の中に染みつくまでには至らず、押し込めている腹黒さがいつ顔を覗かせてしまうかと心配であった。

どうしようかと迷いながらも、アマーリアに帽子を被せてみたら……。

まぁ、可愛いわ！

ピンクと黄色の羽根で覆われた派手な帽子は、アマーリアの顔を明るくしてくれた。

立ち上がった私はチェストに駆け寄り、引き出しを開けて、たくさんの手作りの服の中から羽根帽子に似合いそうなものを選び始めた。

大きなリボンのついたピンクのドレスがいいわ。それに白いマントを羽織らせるの。襟元に羽根飾りのついたマントだから、帽子ともよく合っているわ！

ベッドに戻り、人形の着せ替えを始めた私は、心が弾んでいた。

アマーリアを連れてダービーに参加する方へと、急速に心が流されていく。

母の心遣いを無下にしてはいけないわよね……。

自分にそう言い聞かせ、アクベス家の人たちの顔を頭の中から消し去り、広げてベッドに置いた手紙に視線を落とした。

すると、ふとした違和感を覚える。

お母様の字は、こんなふうだったかしら……？

着せ替えを中断し、手紙を手に取り、二度三度と読み返していると、違和感はすぐに薄れていった。母はＯの字を潰したように書く癖があり、それもこの手紙には表れていて、気のせいだと思い直したのだ。

なによりアマーリアに贈り物をしてくれる人は、人形を私に与えた母以外に、一体誰がいるというのだろう。

ダービーは午前中に行われる。

明日の朝、レオン様に、私も連れていってくださいとお願いしようと胸を躍らせていた。


翌朝の八時を過ぎた頃。私はレオン様に伴われ、ダービー場に足を踏み入れた。

王都の北西部の外れに位置するこの場所は、住宅地から少し離れた木立の中にある。

王都は温暖な気候で冬になっても雪は降らず、ダービー場は冬枯れした広大な芝生が広がっている。一周が五千フィートのコースの周囲には、階段状の観客席が設けられ、座ってレースの始まりを待っている人もいれば、交流に勤しむ貴族たちもいた。

門の程近くに馬券売り場があり、その周囲は特に人で賑わっている。

やはり婦人たちの帽子は奇妙なほどに華やかだ。

フリント伯爵夫人らしき女性の姿を、観客席に見つけた。彼女の帽子には名画を模した大きな飾りがつけられていて、ひと際目立っている。

ザッと見回した限り、私が一番地味なのではないだろうか。

腕に抱いているアマーリアの羽根帽子に合わせて、鍔広の深緑色の帽子には、二枚の羽根があしらわれたブローチをつけてきた。襟元にファーのついた白いマントを羽織り、その中は帽子と同色の落ち着いたドレスで、あとは茶色のブーツだけ。

もともとから装飾品を多く身につけるのは好まない性分ではあるけれど、今日は他の貴族の目に留まりたくないという思いがあるため、特に控えめな装いでやってきた。

しかし願い叶わず、オホホと耳障りな笑い声を斜め後ろの方向に聞いた。

振り向けば、馬券売り場の建物の横にたむろしている六人の婦人の集団が見える。

その中にアクベス侯爵夫人とロザンヌ嬢の姿があった。

集団の視線は私に向けられていて、羽根扇で口元を隠してヒソヒソと話しては、大きな笑い声をあげている。

冬晴れの空に、広々としたダービー場。

冷たく凛とした空気が気持ちいいと思ったばかりだったのに、私はムッとした。

そして頬を膨らませた自分に気づき、腹を立ててはいけないと、慌てて戒める。

喧嘩をしてはいけないわ。人に優しく、いつも笑顔でいなければ。

湧き上がる不快感と葛藤しながら、三馬身ほど離れた場所にいる集団を気にしていたら、左隣をゆっくりと歩いているレオン様が急に右に移動してきて、悪意のある視線から私を隠してくれた。

青い瞳が弓なりに細められる。

「今日は君のナイトを務めよう。オリビアはレースにだけ意識を向けて、それを楽しめばいい」

濃紺のマントを羽織った彼の腕が、私を守るように腰に回される。

優しい気遣いと頼もしい腕に、思わず頬を熱くしたが、「王太子殿下、お久しぶりにございます」と話しかける人が現れて、心にバラを咲かせるまでには至らなかった。

白く長い巻毛のかつらを被った初老の紳士は、ジャノグリー卿。王家の遠縁にあたる人で、話し始めると止まらない少々困った特徴がある。

今も聞かれてもいないのにペラペラと、自身や家族について勝手に話し出し、私はうんざりする思いでいたが、レオン様は笑顔で受け答えをしている。そこに不快さは微塵も感じられず、私は感心するばかりだった。

レオン様はやはり、誰に対してもお優しいのね。それに比べて私は、ダービー場に着いてから二度も顔をしかめてしまったわ。

彼に相応しい妃となるために、自分を変えなければいけないと、改めて感じていた。

たとえ因縁のあるアクベス家の人たちであっても、笑顔を向けなければ。

そう決意した私は、「あちらのご婦人にご挨拶してきてもよろしいでしょうか?」と彼に願い出た。

滝のように流れ続けるジャノグリー卿の長話に相槌を打ちながらも、「あまり遠くに行ってはいけないよ」と注意を与えて許してくれたレオン様。

きっと私が挨拶しようとしている相手が、アクベス家の婦人とは思っていないのだろう。私の腰に回していた腕を外し、そっと送り出してくれた。

レオン様から離れた私は、馬券売り場の建物に足早に近づいていく。

柱の横でたむろしている六人の婦人は、私が近づいてきたことに気づいて、一様に驚いた顔をしていたが、すぐにヒソヒソと囁き合い、怪訝そうな目を向けてきた。

『笑顔で優しく』と呪文のように繰り返し心で唱える私は、ロザンヌ嬢の正面で足を止め、とびきりの作り笑顔で声をかける。

「皆様、ごきげんよう。楽しそうでいらっしゃいますわね。わたくしもお話に交ぜていただけませんか?」

本当は挨拶だってしたくないし、顔も見たくない。

その気持ちをぐっと押し込めて、努めて柔らかな口調で話していた。

そんな私の努力に婦人たちは嘲るような笑い声をあげ、ロザンヌ嬢の横に立つアクベス侯爵夫人が、からかうように答えた。

「まぁ、会話に交ざりたいんですの？　オリビアさんのお話で盛り上がっていたのですけど、それでもよろしいのならどうぞ、どうぞ」

そこからは集団の全員から、上品な嫌味を続けざまに浴びせられることになる。

「お人形を持ってくるなんて、まだ成人前のお子様でいらっしゃいましたか？」

「ダービー用のお帽子もご用意できないとは、公爵家はどうなさったのかしら？」

たくさんの装飾品をつけた奇妙な帽子を被る彼女たちに比べれば地味ではあるが、私の帽子は王都一の職人に仕立てさせた一級品であるというのに。

それらの質問にまとめて答えたのは、私ではなくロザンヌ嬢。

「皆様、オリビアさんは少々変わったところがおありですのよ。そのうちにきっと王太子殿下もお気づきになられて、花嫁を選び直されることでしょう」

ニタリと笑うロザンヌ嬢は、私をこき下ろすことができて満足げな様子であった。

彼女と視線がぶつかり、アマーリアを抱く腕に自然と力がこもる。

我慢よ、私……。

公式な発表前でも、こうしてレオン様と連れ立って外出すれば、王太子妃は私で決まりだと誰もが思うことだろう。彼女はきっと悔しくて仕方ないのだ。それをぶつけずにはいられない心境なのだから、怒らずに受け止めてあげないと。

装いが控えめであることを見下されたら、「あなたのお帽子は華やかで素敵ね」と私は褒め言葉を返した。人形を抱いていることで子供みたいだと馬鹿にされれば、「ご注意をありがとうございます」と目を細めて口角をつり上げた。

無理な笑顔を保持し続けていると、頬がプルプルと震えてくる。

そろそろ苦しくなってきたわ……顔も心も。

染み込んでいる心の黒さを漂白するのは、やはり難しい作業だ。

反撃したいという欲求がフツフツと胸に湧き上がるのを感じ、それを閉じ込めて溢れ出さないように耐えていたら、「オリビア!」と焦ったような声を後ろに聞いた。

振り向けば、駆け寄ってきたのはレオン様で、長話をしていたジャノグリー卿は、遠くから物惜しげな顔でこちらを見ている。

レオン様は私の挨拶の相手がアクベス家の婦人たちだと気づいて、ジャノグリー卿との会話を切り上げ、慌てて助けに来てくれたみたい。

私の隣に並んだ彼は心配顔。

大丈夫だと伝えたくて、「楽しくお話ししておりましたの」と笑顔を向けた。

「楽しく?」

「はい。皆さんはアマーリアに興味を示してくださいました。お帽子を比べて褒め合ったりと、ロザンヌさんたちとお話しするのは楽しいですわ」

レオン様が瞳を瞬かせている。そして視線を婦人たちに流したら……彼女たちは「その通りでございます」と口々に答え、取り繕うようにオホホと笑っていた。

レオン様は私に視線を戻すと、小さなため息を漏らす。それから私の頬に片手を添え、親指の腹で撫でてくれて、「よくわかった」となぜか切なげに微笑んだ。

本当は婦人たちに嫌味を浴びせられていたのだと、気づいているような反応だ。

アクベス家の人たちとの関係改善を図ろうとした私の努力について、『よくわかった』ということなのかもしれない。

せっかく私が〝笑顔で優しく〟という彼の教えを守ったというのに、レオン様がらしくない顔をしていた。笑みを消して、鋭い視線をアクベス家の母娘に向けている。

ビクリと肩を震わせたふたりに彼は、口元のみに笑みを取り戻して礼を述べた。

「ありがとう。オリビアと仲良くしてくれて嬉しいですよ。親切なあなた方を好ましく思います。今後も彼女に優しい言葉をかけてあげてください。俺はそれを注意深く見守ることにしましょう」

響きのよい彼の声はいつもより低めで、「では失礼」と私の肩を抱いて婦人たちに背を向けた途端に、笑みを失った唇から二度目のため息がこぼれ落ちていた。

その横顔を見ながら「あの、お怒りになられたのですか？」と恐る恐る尋ねれば、「怒っていない。快くは思えないが」という不満げな声の返事をされた。

それはロザンヌ嬢に対して？ それとも私に……？

頑張ったつもりが、やり方を間違えていたのかもしれないと、気を落とす。

謝ろうとしたら、「俺自身に対してな」と思わぬ続きの言葉を聞いた。

「オリビアに変化を求めてばかりの俺が悪かった。君は素直で真面目だから、言われたことはやり遂げようと努力する。それをわかっていながら、無理強いしてしまったんだ。つらい思いをさせてしまった」

切なげな目をする彼に、「そのようなことはございません！」と私は慌てて反論した。

「わたくしが変わりたいと思ったのですから、無理強いではありません。まだうまくいきませんけど、そのうちきっと、ロザンヌさんとも心からの笑顔で話せるようになりますわ。それがわたくしの望みなのです」

この心に染み込んでいる腹黒さを、完全に消し去る自信はなくても、少しでもレオン様の求める女性像に近づきたいと思っていた。

それは紛れもない恋心で、恋愛事に必死になっている自分にハッとすると、急に恥ずかしさが込み上げてきた。言葉を続けられなくなり、目を泳がせて熱い顔を背ける。

帽子の鍔が顔を隠してくれてちょうどいいと思ったのに、彼に脱がされてしまった。

「キャッ」と驚きの声をあげて視線を戻せば、寒気のせいなのか、頬をわずかに紅潮させた彼が青い瞳を艶めかせていた。

「キスをしてもいい？」

「こ、ここではいけませんわ！」

「そうだよな。残念だ。それならば、城に戻ったら、さくらんぼのように愛らしい君の唇を味わうことにしよう」

おそらく私の顔は、遠目でもわかるほどに真っ赤に染まっていることだろう。

入口と馬券売り場に近いこの場所は混雑しているが、少し離れた位置からついてくるレオン様の護衛の者以外、幸いにも私たちに注目している人は今はいないようだ。

それでも私は恥ずかしくてたまらなく、帽子を返してもらって深く被り直す。

「あの、早く観客席に参りましょう」と話題を変えれば、「ウブだな」とクスリと笑う彼の楽しそうな声がした。

階段状の観客席には、ゴールラインの真ん前にロイヤル席が設けられている。そこだけ屋根付きで、豪華なテーブルセットが置かれ、護衛の兵も四隅に立っている。

ふたり掛けの長椅子に並んで腰を下ろせば、周囲の大勢の視線が私たちに向くのを感じた。

注目を集めることは予想していたので、特に慌てることはないけれど、ロイヤル席の斜め上の少し離れた席に家族の顔を見つけた私は、「あっ」と呟いた。

父と祖父と、三歳下の弟のウィルフレッドだ。

体を捻って振り向き、目を合わせようとした私に対し、三人は邪魔しないでおこうと話し合ったのか、揃って素知らぬふりを決め込んでいる。

けれども、父の口の端だけはニヤリとつり上がり、至極満足げな様子であった。

私を王太子妃にしようと企む、お父様の思惑通りになってしまったわ……。

腹黒い父だけど、私への愛情は伝わってくる。

父の命令に従い、最初は渋々王妃の侍女となった私だったが、今はよかったと思っている。豪然たる父の顔を眺めながら、レオン様に恋をさせてくれたことに、素直な感謝が込み上げていた。

その後は、ここまで来たダービー場の係の者から馬券を購入し、いよいよ開幕する。

馬主は裕福な貴族や豪商たちである。私の家でもダービー用の馬を数頭育成していて、今日のレースに牡馬を一頭出場させていた。

一レース目にその馬が走るので、当然私の馬券の一位には、うちの馬の名前を書き込んである。二位と三位の欄は適当に、他の貴族の持ち馬の名で購入していた。

ファンファーレが鳴り響き、飾り立てられた馬に跨った王城の騎兵隊が現れた。冬枯れした芝生の上を、何度も隊列を組み変えて行進するという恒例の見世物に続いて、ダービー場の責任者の挨拶が行われた。

観客席は満席で、立ち見の見物客も大勢いる。その数は五百名以上ではないだろうか。寒気の中でも熱気が溢れていて、うるさいほどの歓声があがる。

号砲が鳴り響くと、十頭の馬が一斉にスタートラインから飛び出した。

普段は馬車馬しか目にすることがないので、ダービー馬の迫力に私はすぐに魅了される。

オルドリッジ家の出走馬は、艶やかな毛並みの黒馬。騎手も馬主の雇い人で、うちの馬を操っている青年はレース経験が豊富だ。

騎手はそれぞれ違う色の上着を着ており、我が家の色はいつも黒である。

一周五千フィートの楕円のコースを二周すればゴールとなり、一周目に集団の真ん中あたりにつけていたうちの黒馬は、二周目に入ると外側に移動する。

そして最終コーナーに差し掛かったところで一気に加速し、先頭に躍り出た。

「やったわ！　頑張って！」

つい興奮して大きめの声で応援すると、レオン様に笑われる。

「あ、わたくしったら……」

はしたないことをしてしまったと頬を熱くしたら、彼が突然、私より大きな声を出した。

「いいぞ！　そのまま走り抜け！」

顔を見合わせて笑い合った後は、ゴールに向かう黒馬に一緒に声援を送る。

先頭を走るうちの馬の半馬身ほど後ろには、赤い上着の騎手を乗せた栗毛の馬が追い上げてきていた。赤はアクベス侯爵家の色だ。

負けてはいけない。なんとしても勝ってほしいと願う私は、やはりアクベス家への嫌悪を消せないのだろうか……。

割れんばかりの歓声が轟く中で、ゴールラインを先に越えたのは、我が家の黒馬。

馬の頭半分ほどの僅差であった。

「キャア、勝ったわ！」と私は長椅子から腰を浮かせて喜んで、その直後に突き刺すような視線を感じた。

レオン様とは反対側の横を向けば、ロイヤル席の横の通路を、アクベス侯爵夫人とロザンヌ嬢が歩いている。

はしゃいでいた気持ちは一気に冷えて、しまったと思っていた。

アクベス家の馬を下したと喜ぶ姿を見せては、向こうはいい気がしないだろう。関係を修復するどころか、悪化させてしまったのではないかと危惧していた。

けれども母娘して私に笑いかけてくるから、意表をつかれた思いで目を瞬かせる。

「え……？」と呟いた私の声は、周囲の騒々しさにかき消されて誰にも届かない。

ふたりは機嫌のよさそうな顔をして、そのまま私の横の通路を通り過ぎていった。

これは一体、どういうことかしら？　ダービーは娯楽であり、持ち馬の勝敗は一喜一憂するほどのことではないと考えているの？

そうであるならば、胸を撫で下ろすところだけど、なにか違う気がしてならない。

ふたりの笑顔は、優越感に浸っているような、どこか得意げなものであった。

考えても彼女たちの真意が読めず、ふたりの後ろ姿が人混みに紛れるのを、眉をひそめて見ていた。

すると隣から「勝負強いな。さすがはオルドリッジ公爵の馬だ」と話しかけられて、我に返る。

レオン様と視線を合わせれば、濁りのない瞳が弧を描いていた。

「君はただ勝ち馬の予想を当てたことに喜んだだけだ。それを悪く思う人はいない」

彼はきっと、私が自分の家の馬の勝利を手放しで喜んでいいものか、迷っているのだと思ったのだろう。心配を取り払おうとしていることが、その言葉から窺えた。

レオン様の清らかな優しさに胸打たれて頷いた私だけど、考えていたのはそれではなく、ロザンヌ嬢たちの笑顔についてだった。

これからなにか、向こうにとって有利な出来事が訪れると確信しているような、あの笑顔。気のせいならいいけれど、母娘がなにかを企んでいるような気がして……。

ふたりはおそらく、次のレースの馬券を買いに売り場へと向かったのだろう。その姿はもう、ここからでは確認することができなかった。

近くにいなければ危機感は薄れゆくというもので、敵意を向けられたわけでもないのに、過剰に疑うのはやめようと思い直す。

私に楽しい時間を与えてくれようとしている、レオン様の優しさにも応えたい。

頬に笑みを取り戻した私は、二レース目の出走馬が書かれた紙を見ながら、レオン様と勝ち馬の予想を楽しむことに努力した。

三回のレースが終われば、時刻は十時半になる。ここからは男性たちが乗馬を楽しんだり、子供が馬に野菜を与えて触れ合うことができる。

ダービー場の一角には、テントの下でサンドイッチなどの軽食や揚げ菓子を売る出店もあり、婦人たちはもっぱら食べながら世間話を楽しんで、正午の鐘が鳴れば閉幕という流れになる。

私はレオン様と観客席を下りて、レースが行われていた広大な芝生の上を歩いた。

見知った貴族たちが何組か近寄ってきて、挨拶を受けるというのを数回繰り返す。

そうしているうちに、体験乗馬用の馬が何十頭も厩舎《きゅうしゃ》から連れられてきて、希望者の男性が次々と馬に跨り、走らせ始めた。

それを横目で見ているレオン様は、「俺たちはひと通り挨拶したら帰ろう」と言う。

その声色はなんとなく物足りなそうで、本心では馬に乗りたがっているのを察した。

城内にも馬場はあるけれど、ここまで広くない。

馬に乗った男性たちは自由に走らせて、実に気持ちよさそうだ。

レオン様にも乗馬を楽しんでもらいたいわ……。

でも、私がそうしてくださいと言ったところで、彼なら頷かないだろう。私をひとりにしたくないと言うに違いない。

申し訳なさを感じていると、「ご婦人はこちらへどうぞ」と誰かが声を張り上げた。

声の方へ振り向けば、数人の婦人が列をなし、乗馬の順番を待っている。

今までは男性のみであったのに、今回は女性も体験できるようになったみたい。

スカートで跨ることはできないので、女性用に用意された馬には、背もたれと肘掛けのついた横座りできる特殊な鞍がつけられていた。

ドレスにマント、派手な帽子を被った婦人が、踏み台を使って馬に乗り、ダービー場の係の者が手綱を引いて、ゆっくりと馬を歩かせている。

あれなら女性でも安全に乗れると理解して、私はレオン様に申し出た。

「わたくしも馬に乗りたいです」

本当は特に体験したいわけではないのだが、私が乗ればレオン様も乗馬を楽しめると思ったのだ。

彼は意外そうな目で私を見てから、微笑んで許可してくれる。

するとそこに、「王太子殿下」と呼びかける、聞き慣れた男性の声がした。

優雅な足取りで近づいてきて私たちの前に立ったのは、四十二歳にしては若々しい肌艶をして、それでいて年齢以上の貫録を感じさせる美丈夫の紳士。私の父であった。

「オリビアの面倒をみてくださいまして、誠にありがたく思います。乗馬をされるのでしたら、私が娘をそばに置きますが」

そう言った父に、私も乗馬を体験するつもりでいることを伝えたら、「へぇ」と含み笑いを返された。

父はいみじくも、私の心の変化と成長を感じ取ったのだろう。以前の私なら、レオン様を気遣って、馬に乗りたいなどとは言い出さなかったはずだから。

父の思惑通りに育った大きな恋心と、彼の花嫁になりたいと願う純粋な野心。

それを覗かれた気がして目を泳がせたら、父はクスリと笑い、今日のレースに話題を変えてくれた。我が家の黒毛のダービー馬について、ふたりは話を弾ませている。

「あの馬を乗りこなすのは難しい。手練れの騎手と私にしか跨ることを許さない、気難しい馬なのです」と父が説明していた。

するとレオン様が珍しく挑戦的な目つきをして、自信に満ちた声色で言う。

「それはぜひとも騎乗してみたい。オルドリッジ公爵、黒馬を俺に貸してください」

「それは構いませんが……くれぐれもご無理はなさいませんように。お怪我をされては一大事ですので」

心配しながらも父はこの成り行きを楽しんでいる様子で、ニヤリと笑うとすぐに厩舎の方へと歩き去った。

しばらくして黒馬に乗って戻ってきた父は、馬を降りるとレオン様に手綱を渡す。

「馬が拒否するかもしれませんが、その時はどうかご容赦願います」

その言葉からは、跨ることさえできないと予想していることが窺える。

「きっと大丈夫ですよ」と青年らしい好奇心を顔に表すレオン様は、黒馬の目をじっと見つめて、その手を馬の首筋に当てる。「乗せなさい」とひと言、彼が言うと、馬はまるで頷いたかのように首を下げた。

あぶみに片足をかけ、いとも容易くヒラリと飛び乗るように跨った彼に、父も私も驚いていた。

「オルドリッジ公爵、しばし馬を拝借します」

楽しそうな声が馬上から降ってくるや否や、気難しい黒馬を華麗に操り、レオン様は広大なダービー場に駆け出していく。それを見送る私と父は感心するばかりだった。

「大したものだ」と腕組みをして唸《うな》る父に、「お上手ですわね」と私が同意すれば、

「技術だけではないぞ」と不思議なことを言われる。

馬を乗りこなすのに、技術以外になにが必要だというのだろう?

首を傾げた私に父は向き直り、おかしそうに笑って言った。

「あの馬は、本能的に従うべき相手だと理解したから乗せたんだ。殿下は人の上に立

つ才がある。まだあどけない頃は、どうしようもない優男だと思ったが、その優しさは人を手懐けるための武器だった。この俺も手懐けられたうちのひとりだろう」

「お父様が……⁉」

自嘲気味に笑う父を初めて見る。自虐的な言葉もこれまでに聞いたことがない。

目を丸くしている私の肩をポンと叩き、笑いを収めた父が声を太くした。

「王太子殿下は頼もしいお方だ。オリビア、覚悟してついていけ。なにがあろうと殿下を信じ、一番そばでお前が支えるんだ」

「はい。お父様」

私と同じ琥珀色の瞳が緩やかな弧を描く。

父の命令は絶対で、私が反抗したことは一度たりともない。

けれども今は父の指示だからではなく、私の意志でしっかりと頷いていた。

なにがあってもレオン様を信じてついていき、彼を隣で支えたい……。

それは今の私の気持ち、そのものだった。

その後は父と別れて、私も乗馬をするべく移動する。

男性には馬を貸し出すだけでいいが、婦人が乗るにはつきっきりとなるため、いつもより係の者が多くいた。それでも人手不足なのか、馬主が雇っているレースの騎手や馬番までもが手伝わされていた。

乗馬待ちの列には数人の婦人が並んでいて、私のすぐ前には船会社の経営者の夫人と娘がいる。下っ端の貴族よりはよほど裕福で発言力もある豪商ではあるが、我が家には到底及ばず、即座に私に順番を譲ろうと声をかけてきた。

それを断ったのは、なるべく時間を稼いでレオン様が気兼ねなく乗馬を楽しめるようにと考えてのことだ。

遠慮した私に「そうでございますか」と背を向けたふたりは、それから声を落とさずに噂話を始める。

「今回、私たちも乗馬遊びができるのは、アクベス侯爵がご意見なさったからなんですって」

「そうなの。女でも楽しませてもらえるのだから感謝しなくてはいけないわね」

ふたりはなんの気なく話しているだけだと思われるが、私はアクベス侯爵の名に引っかかり、嫌な予感がしていた。

なぜか優越的な笑みを私に向けていたアクベス母娘の顔が思い出され、なにかがおかしいと懐疑的な思いが広がるけれど、それは疑いすぎというものだろう。

こんなに大勢がいる場で、しかも他の婦人たちと同じ行動を取っているというのに、どんな危険がこの身に降りかかるというのか。

アクベスの名に過剰反応してしまう私が未熟であり、他人を信じる優しい心を養わなくてはと自分を戒めていた。

そうですよね、レオン様……。

遠くで黒馬を走らせている彼を目で追い、清らかな心持ちでいようと努力する。

船会社の母娘はそれぞれ一頭ずつの馬に乗って、係の者に綱を引かれながら芝生を進んでいた。

広大な楕円形の芝の外周は、男性たちが操る馬が駆けていて、中心付近では小さな円を描いて、婦人を乗せた馬がゆっくりと歩いている。

私の順番が来て、三段の階段状の木箱に足をのせる。落ちないようにと、横から手を差し伸べてくれるのは、赤い上着の狐目の若い男性……アクベス家の騎手だった。

警戒しそうになる心に、疑ってはいけないと言い聞かせ、作り笑顔でその手に掴まり、栗毛の馬の鞍に横座りした。

背もたれと肘掛けのついた鞍は、ひとりで乗っても体が安定する。右手で肘掛けをしっかりと掴み、左腕にはアマーリアを抱いたまま、「いいわ」と騎手に声をかけた。

栗毛の馬は、狐目の男に綱を引かれて、ゆっくりと足を進める。

目線が高くなれば、空に近づけた気がして爽快感を覚えるものだ。正午に近づき寒さは和らいで、穏やかな日差しが降り注いでいた。

楽しげな笑い声があちこちから聞こえ、ここは平和な娯楽の場。

恐れる必要などないはずなのに、どうして私は不安になるの……？

手綱を引く騎手は、寒いからか左手を上着のポケットに入れていて、馬の顔の左側を歩いている。

私がチラチラと警戒するような視線を向けてしまったら、顔だけ振り向いた彼と視線が合い、「なにか？」と問われた。

「いえ、なんでもないの」と焦って答えれば、なぜか大きなため息をつかれる。そして「ごめんよ」と彼は小声で呟いた。

その視線は馬に向いているので、謝罪の言葉は私ではなく馬に対するものだろう。

でも、なぜ謝る必要があるの？

怪訝に思い、私が眉をひそめたら、彼がポケットに入れていた左手を引き抜いた。

その手はなにかを握りしめているように力が込められていて、突然拳を振り上げたと思ったら、馬の首筋に叩きつけた。

悲鳴のように嘶いた馬に、私は驚いて肩をビクつかせる。

なにが起きたの⁉と考える余裕はなかった。馬は急に苦しがり、首を左右に振って暴れながら駆け出したのだ。

肘掛けにしがみつき、振り落とされないように必死になる。悲鳴さえあげる余裕のない私に代わり、乗馬遊びに興じる婦人たちが甲高い声をあげていた。

馬は狂ったように頭を振って、体を揺らしながら、無茶苦茶に走り続ける。

私の体は何度も弾み、落馬の恐怖に青ざめた。

今は肘掛けを掴んでいられるけれど、私の細腕でいつまで持ちこたえることができるのか……。

アマーリアを放して両手で掴まるという選択肢はない。落とせば陶製の顔が壊れてしまうからだ。

肘掛けを掴むのと同じくらいの力で、アマーリアの体を握りしめ、頭には〝死〟という言葉が浮かんでいた。

私はきっともう駄目ね。

ああ、お父様、お母様。

レオン様……。

その時、大きく揺れる視界の端に、黒いものが映り込む。それはすぐに大きくなり、暴れ馬の隣には毛艶のよい黒馬が並んだ。操るのはもちろんレオン様だ。

焦りを顔に浮かべる彼は左手で手綱を握りながら、私に右手を伸ばす。

「オリビア、俺の手を掴め。こっちに乗り移るんだ」

「そ、そんなことできません！」

片手だけで彼の手にしがみつくことはできそうにない。アマーリアを捨てて、自分だけ助かることもできない。

他人からすれば、たかが人形だと思われるかもしれないが、私にとっては幼い頃からの親友であり心の支え。かけがえのない存在なのだ。

「オリビア！」と叱咤されても、私はアマーリアを強く抱き、首を横に振り続ける。

すると険しい顔をした彼は、なぜか片足をあぶみから外して、黒馬の背で私のように横座りになる。

「なにを⁉」と驚く私の前で、彼はひとっ飛びに暴れ馬に乗り移ってきた。

私を後ろから抱えるように馬に跨り、手綱を手繰り寄せて必死に制御しようとするから、私は慌てた。

「いけませんわ！　早く黒馬にお戻りに――」

「もう無理だ」

乗り手を失った黒馬はたちまち速度を落として、暴れ馬から離れてしまった。

それに気づいて私は悲嘆する。

レオン様をも危険にさらしてしまうなんて、私はなんてことをしてしまったの……。

「申し訳——」と謝ろうとした次の瞬間、馬がひと際強く頭を振り、後ろ足で空を蹴飛ばして暴れたため、私たちの体が浮いた。

肘掛けを掴んでいた私の右手はもう限界で、浮いた弾みで外れてしまう。

飛ばされかけた私の体を捕まえてくれたのはレオン様で、私の胴を左腕で抱えながら、右手で肘掛けを掴んでいた。

暴れ狂う馬の背から今にも落ちそうな私たち。私は体の全てが、彼は半身が馬の背から落ちて、かろうじて彼の右腕一本でぶら下がっているような状態であった。

彼だけなら助かる道もあるだろうと思い、私は叫ぶように訴えた。

「わたくしをお放しください！　このままではレオン様のお命が——」

死を覚悟しての願いは、「嫌だ」という掠れたひと言で却下される。

「あなたは王太子ですのよ⁉」

「それでもできない。君を失えば、死よりも苦しい地獄の毎日が待っている」

ああ、レオン様……。

愛されていることを強く感じさせてもらっても、今ばかりは喜べず、罪深い自分を呪いたくなる。

こんな私にできることは……。

目にじわりと涙が滲む。

右手で握っているアマーリアに、私は心の中で謝った。

『ごめんなさい。私はなによりレオン様の命が大事なの。どうぞ私を恨んでちょうだい』

苦渋の決意を固めた私は、アマーリアを手放した。

まるで自分の半身を食い千切られたような痛みを覚えながら、必死に両手を伸ばして、あぶみを吊るしている革紐にぶら下がった。

「レオン様、手をお放しください。両手ならきっと、ひとりでも掴まっていられます」

「オリビア……感謝する」

苦しそうな中でもいくらかホッとしているような声が聞こえ、彼は私を放して両手で鞍を掴み、ブーツの足底を地面にこすりつけた。馬の速度を落とそうというのだろう。

私もそれを見て、真似をする。

片側にふたり分の負荷を加えられては、馬はまっすぐに走ることができず、円を描くように回り始め、その速度は急速に下がっていった。

大人の男性が全力で走る程度の速さまで落ちた時、必死に革紐にぶら下がっていた私の手の力はついに限界に達した。

「あっ！」と声をあげて手を離してしまったら、レオン様の両腕が即座に私の体に回されて、しっかりと抱きしめられたまま芝の地面に叩きつけられる。

速度が下がっていたとはいえ、強い衝撃が全身を襲い、脳が揺さぶられたのを感じた。

短い呻《うめ》き声は私のものか、それとも彼のものなのか……。

周囲にはたくさんの馬の蹄の音が聞こえる。きっと護衛兵や、開幕の見世物を披露した騎兵隊がレオン様を助けるべく集まってきたのだろう。

その気配を感じながら、私の意識は急速に遠のいて、彼に抱かれながら深い闇の中に落ちていった……。

気を失ってから、どれくらいの時間が過ぎたのか……瞼をゆっくりと開ければ、王城の見慣れた自室の天井が目に映った。

そばには私の世話をしてくれるいつものメイドと、城医の助手と思われる長袖の白いエプロンを着た女性がいて、私のベッドに椅子を寄せて座っていた。

私は一体どうしたのかしら……？

まだ意識がぼんやりとしている状態で起き上がろうとしたら、立ち上がった城医の助手に止められた。

「急に起きてはいけません。頭を打ったせいで気を失われていたのですから。ご気分はいかがですか？　骨折はされていないようですが、痛む場所はありませんか？」

「ええ、大丈夫ですけど……」

気分は悪くないが、両手が少々痛い。

そう思って両手を顔の前に持ってくれば、そこには包帯が巻かれていた。

ああ、そうだったわ。アマーリアを手放して、両手で革紐にぶら下がったから、手のひらが擦り切れたのね。

こんな傷くらい、どうでもいい。

枕元の左右を確認してもアマーリアの姿はなく、壊れてしまったであろう私の人形を想い、胸を痛めていた。

修理をしようとは思わない。陶製の顔を付け替えれば、アマーリアではなくなってしまうもの。

あの子は私が壊してしまったのよ……。

悲しみと寂しさが押し寄せてきて、自分の体を抱きしめるように腕を回す。

そうすると、腕の中にアマーリアがいない喪失感が余計に重くのしかかり、不安までもが胸に広がるような苦しさに襲われた。

しかし頭が働き出すと、アマーリアを恋しがってばかりではいられなくなる。

私はハッとして、城医の助手が止めるのも聞かずにベッドに上体を起こし、「レオン様は⁉」と問いかけた。

私をかばうようにして地面に打ちつけられた彼は、無事だろうか？

もしかして大怪我をしているのではないかと、恐怖していた。

血相を変えた私の肩に手をかけ、城医の助手が宥めるように説明する。

「王太子殿下には城医が付き添っております。右腕を骨折しておりますが、意識もしっかりなさって、お命に別条はありません。ご安心ください」

彼女の思惑に反し、私は慌てふためいた。とてもじゃないが、安心していられない。

「骨折ですって⁉」と驚き、「レオン様は今どちらに？」とベッドの毛布を跳ねのける。

「殿下の寝室でございますが――」という返事を聞くや否や、彼女の手を振り払って素足のままで床に降り立ち、ドアへと走る。

「オリビア様、今は二十三時です。殿下もお休みになられているかと――」

後ろに引き止めようとするメイドの声が聞こえても、焦る私は止まることができずに廊下へ飛び出し、レオン様の寝室へと急いだ。

王族の居間から四つ離れた、彼の寝室のドアを叩くのは初めてのこと。恥ずかしいという感覚は今はなく、ただこの目で彼の無事を確かめたいという一心であった。

すぐにドアを開けてくれたのは、近侍のグラハムさん。私の訪室に目を瞬かせている彼に、「あの、レオン様のご容態は」と詰め寄るように話しかければ、薄明かりの灯る部屋の奥から、「オリビア、お入り」と愛しい声がした。

グラハムさんが一歩横にずれてくれて、私はレオン様の怪我の程度をハラハラと心配しながら、「失礼いたします」と室内に足を踏み入れる。

私の部屋の三倍ほども広い彼の寝室は、落ち着いた調度類が配され、絨毯やカーテンは藍色でまとめられていた。手前にテーブルセットがあり、部屋の最奥には薪が赤々と燃える暖炉。大きなベッドは中央よりやや奥に置かれていて、城医と助手の男性のふたりがレオン様に付き添っていた。

彼は重ねた枕に背を預け、上体を起こして私に視線を向けているようだ。

壁の燭台ひとつにしか火が灯されていないため、その表情はここからではわからず、

「近くにおいで」と彼に言われて歩み寄る。

薄暗い中でも、彼の瞳が見える位置まで近づけば、私の頭から爪先までに視線を往復させた彼がクスリと笑った。

「靴も履かずに来たのか？　俺はこの通り大丈夫だ。安心していい」

右前腕に添え木が当てられ、包帯を厚く巻かれてはいるが、レオン様は痛そうな顔をしていない。城医にも慌てた様子はなく、私以外の皆は落ち着いていた。

「ああ、レオン様。よかったですわ……」

彼の無事を確かめて、胸に両手を当て大きく息を吐いたら、白髪頭の城医と助手の青年が、ベッドサイドから私をジロジロと見ていることに気づく。

するとレオン様が、やや低めの声で彼らに命じた。

「なにかあれば呼びに行かせる。今夜は下がって休みなさい」

ふたりは一礼するとすぐに退室し、ドアを閉めようとしているグラハムさんにも
「部屋に戻っていい」とレオン様が声をかけた。

それに対してグラハムさんは、戸惑うような声で反論する。

「し、しかし、オリビア様とおふたりきりというのは……」

「なにが心配だ？　俺が節操のない男に見えるのか？」

「いえ、決してそのような意味ではないのですが……」

「信用しろ。オリビアは大切な女性だ。傷つけはしない」

私はレオン様の座るベッドから三歩ほどドア側に立っている。

私を間に挟んでのふたりの会話にハッとして、嫁入り前の身で彼の寝室を訪ねるなど、随分と大胆な行動を取ったことに今さらながらに気づいたところであった。

恥じらいながらも、「あの、グラハムさんにもいていただいた方が……」と意見すれば、レオン様に「それは駄目だ」と優しく叱られる。

「オリビアの寝間着姿を、グラハムに見せ続けるわけにいかない。今は、俺以外の男はこの部屋に立ち入り禁止だ。どうしても心配だというのなら、グラハムはドアの外に待機していろ」

裸足の上に寝間着のままであることを指摘され、私はさらなる羞恥の中に落とされる。

ガウンも羽織らずに、こんな姿で、私ったらなんてはしたないことを……。

下着の上には、薄い絹の寝間着一枚だけ。レースの部分からは肌が見えてしまいそう。

両手で体を抱きしめ、隠すようにしていると、「廊下に控えております」というため息交じりの声が後ろにして、ドアの開閉音も聞こえた。

ふたりきりになった静かな部屋に、薪の弾ける音が響いたら、レオン様が艶めいた声で私を呼んだ。

「オリビア、もっと近くへ。体を隠さなくてもいい。俺の他に見ている者はいないから」

誰よりもレオン様に見られているという意識が、私の羞恥を煽《あお》るというのに、その気持ちは彼には伝わらないようだ。

それに彼も白い寝間着姿であるから、目の遣り場に困り、視線を泳がせてしまう。

それでも「おいで」と甘く強く求められれば、「はい」と答えるしかなく、体から腕を外すとベッドまで三歩の距離を時間をかけて歩み寄った。

「あの、今朝はわたくしのせいで危険な目に遭わせてしまいました。大変申し訳ございません」

彼の真横に立ち、深々と頭を下げれば、「謝られても嬉しくないな」と笑いを含んだ声で文句を言われた。

レオン様がどんな答えを求めているのかわからずに、頭を上げた私は困り顔になる。

すると彼が片目を瞑り、いたずらめかした調子で正解を教えてくれた。

「こう言ってごらん？『愛するあなたに助けられて幸せです』と」

途端に顔を熱くすれば、彼の左手が伸びてきて、私の手首を捕まえる。

強く引っ張られて「あっ」と声をあげた私は、ベッドの縁にストンと腰を落とし、彼の胸に顔を埋めてしまった。

慌てて顔を離して「お怪我に障りますわ！」と注意したら、返事の代わりに軽い口づけをもらう。

彼の左腕が私の腰に回り、離れることを許してくれない。至近距離にある唇が、色めいた声で優しく私を脅した。

「愛してると言わないと、放してあげないよ」

「そんな……。わたくしの気持ちは、口にせずともおわかりのはずです」

「わかっていても言われたい。城医が言うには、喜び楽しむことは薬であるそうだ。気持ちを明るくすれば、怪我の治りが早いらしい」

そうなのかしら……。

甘い言葉は苦手でも、治癒に有効というのなら、積極的に口にしようと思う。

照れくささに泳がせていた視線を彼の瞳に留めて、息のかかる距離で私は告げる。

「レオン様を愛しております……」

鼓動が振り切れそうなのは、愛の告白をさせられたからだけではない。

彼の左手が私の背中を撫でている。寝間着越しに艶かしい手つきでなにかの模様を描くから、ゾクゾクと肌が粟立っていた。

私は両手を彼の胸に添えていて、その逞しさを薄布を通して感じては、熱い吐息をもらしてしまう。

火照らされ、のぼせそうな私の顔を満足げに見つめる彼は、「足りないな。もう一度」と囁くように催促してきた。

「愛しております。とても深く、誰よりも……」

「もう一度」

「愛して……んっ」

再び重ねられた唇は、すぐに深くなり、淫らに動く彼の舌使いにとろけそうになる。

静かな部屋には、薪の弾ける音と、ふたりで奏でる水音しか聞こえない……と思ったら、急にドアの外が騒がしくなる。

唇を離した私たちが揃ってドアを見たら、「お待ちください！」というグラハムさんの声が響いて、その直後に荒々しくドアが開けられた。そこには寝間着にガウンを羽織った王妃がいて、憤怒の表情でズカズカと部屋に入ってくる。

「オリビア、このあばずれが！　レオンのベッドで、一体なにをしているの！」

慌ててレオン様から離れようとした私だけど、反対に彼の腕には力が込められ、その広い胸に鼻先を埋めることとなる。

彼がいつもつけている、爽やかな香水の香りを思いきり嗅いでしまうが、うっとりすることはできずに、もがいていた。

抱きしめられたまま、首をひねるようにして顔をドアの方に向けたら、王妃が私の真横に立っていて、鋭い視線が刺さるように降ってきた。

私の髪を掴もうと王妃は手を伸ばしたが、それを払ったのはレオン様だ。

「母上、乱暴はおやめください。オリビアを寝室に招いたのは俺なのです。ご心配なさらずとも、婚礼の儀を待たずして手を出したりしません」

レオン様の声に動揺は見られない。耳を当てている彼の胸から聞こえる心音も、穏やかなリズムを刻んでいた。

王妃は払われた手を握りしめ、忌々《いまいま》しげに私を睨みつけながら彼を叱る。

「まだそんなことを言っているの？　オリビアだけは許さないと言ったでしょう！」

「オリビアは教養があり嗜み深く、家柄も申し分ない。許さない理由が俺にはわかりません。親同士の私怨はやめていただきたい」

冷静に、しかしいつもより声を低くして不機嫌そうに反論したレオン様に、「まぁ、私怨ですって⁉」とさらに目をつり上げた王妃は、声高に非難の言葉をぶつける。

「その娘の母親は、今は辺境伯を名乗っていても、卑しい生まれ育ちをしているのよ。オルドリッジ公爵の本当の娘なのかも怪しいわ。あの女の娘を王室に迎えるなんて、とんでもないことよ」

なんてことを言うのよ……。

身を隠すようにしていた母が、父と出会うまでは貧しい暮らしをしていたのは本当だけど、苦労の末に家を再興して領地を奪還した、強く立派な女性だ。

褒められて然るべきで、侮辱されるいわれはない。

私が父の子でないかもしれないという疑いについても、どうしてそのようなひどい考えに及ぶのか。私の琥珀色の瞳は父譲りで、真の親子であることは明白だ。

母に不貞の濡れ衣を着せるなんて、許せないわ……。

やはり私には清らかな心を持つのは無理なのだろう。怒りがふつふつと湧き上がり、あなたの方こそ心の卑しい女だと、罵りたくて仕方ない。

私の心が黒く淀むのが見えたのか、レオン様は小さなため息をついた。そして突然私を仰向けにベッドに倒すと、上から覆い被さり、斜めに傾けた顔を近づけて、私の唇を塞いだ。

「レオン、気でも違ったの⁉　母の前でなにをしようというのよ！」

「愛の営みですよ。俺がどれほどオリビアを必要としているのか、説明してもわかってもらえないようなので、愛し合う様子をご覧いただこうと思います」

彼の言葉に目を見開いているのは、王妃のみならず私もだ。

今ここで、私は初夜を迎えるの……？

驚きのあまりに王妃への怒りは一旦沈み、戸惑いに震える声で「レオン様……」と呼びかける。すると私の頬に当てた唇を耳まで横滑りさせた彼は、「俺を信じなさい」と真面目な声で囁いた。

なにか考えがあってのことだと察した私は、それ以上問いかけず、じっとしている。

彼は私を傷つけたりしない。

そう信じていても、体の上の重みに生々しさを感じ、彼の片膝が私の股に割って入ったら、まだ男性を知らない体が強張って、動悸はますます激しさを増していた。

耳を甘噛みされ、「あ、いや……」と甘い声を漏らしたら、慌てた王妃がレオン様の寝間着の襟を掴んで、力一杯引き剥がそうとする。

「おやめなさい！　既成事実ができれば、オルドリッジ公爵が責任を取れと強気に出るわ。そうなればもう断れないのよ！」

王妃が喚こうが邪魔しようが、レオン様は私の上からどこうとせず、行為を続ける。

寝間着を強く引っ張られたためにボタンが外れて、彼の上半身は肩と胸や背中の半分が裸にされてしまった。

「キャッ」と叫んで両手で顔を覆う私と、「おやめなさいと言っているでしょう！」と金切り声をあげる王妃。

レオン様だけは落ち着き払った声で、淡々と母親に言い返す。

「母上が今すぐ退室されるなら、俺はオリビアを傷つけずに済むでしょう。なぜなら、愛し合う姿をあなたに見せるのが目的で、このような行為に及んでいるのですから」

「どうしますか？」と挑戦的な視線を母親に向ける彼を、私は包帯を巻いた両手の指の隙間から見ている。

レオン様は王妃殿下を出ていかせるために、こんなことをしているのね……。

彼の目論見通りに、「出ていくわよ！」と怒鳴った王妃だが、私を排除することは忘れていないようで、ギクリとする言葉を付け足される。

「その代わり、オリビアの侍女契約は打ち切りですからね。もう城には置きません。明日には荷物をまとめて出てお行きなさい」

それは困るわ……と私は動揺する。

私を妃にというレオン様の言葉を信じているつもりでも、正式な発表のない曖昧な関係のままで距離が離れることには不安がある。

彼が心変わりしてしまったら、どうしましょう……。

顔を覆っていた手を外して、不安げに彼を見上げれば、『大丈夫だ』というように瞳を細める彼が、王妃に厳しい声をかける。

「それはいい。いつまでも母上の侍女にしていたら、オリビアにつらい思いをさせてしまう。あなたとの契約解消後は俺がオリビアを雇い、そばに置くことにしよう」

「レオン！」

出ていくと言っておきながら、なかなかベッドサイドを離れない王妃を見て、レオン様が止めていた手を動かした。

私の胸元のリボンをほどき、寝間着を下げて胸の膨らみの上部を少しだけ露出させると、そこに顔を埋める。肌に温かな唇が当たり、チュッと吸いつかれ、私は「あっ」と甘く呻いて身じろいだ。

「いつまでもそこにおられるのなら、この先に進みますが？」

レオン様が脅し文句を口にしたら、王妃は怒り収まらずといった様子でも、慌てたように踵を返し、やっと寝室から出ていった。

再びふたりきりになった部屋で、彼はすぐに私から下りて、抱き起こしてくれる。はだけそうな寝間着が恥ずかしくて仕方ない。急いでほどかれたリボンを結び直して胸元を隠したら、緊張が解けて目には涙が溢れた。

それを見て彼が慌てる。

「怖がらせて、すまない！」

怖くなかったとは言えないが、それは彼に抱かれることへの恐怖ではない。

母親である王妃と衝突してまで、彼は私を妻にしようとしてくれている。その悲しい覚悟を喜んでしまう、この醜い性根が恐ろしい。

王族間に対立を生み出すなどと、罪深いことをしている自覚があっても、彼への愛を止められない自分の心が怖いのだ。

それを伝えれば、彼の頬がうっすらと赤みを帯び、負傷した右腕を使ってまで私を抱きしめた。

「ああ、オリビア。君はなんていじらしいんだ……。恐れることはない。俺への愛に溺れていればいい。心配はいらない。今は俺の発言力の方が母よりも強い。近日中に婚約を発表しよう」

嬉しい言葉を耳に吹き込まれた後は、「その前に」と急に彼が声を低くした。

「汚い手を使って、君を排除しようとした者たちに、相応の処罰を下さねばならない」

ハッとして、彼の肩に預けていた頭を上げた。

気を失ってからの出来事は、まだ誰にも聞かされていない。なぜあんな目に遭ったのかということを、整理して考える余裕もなかった。

ただ、偶然の事故ではなく、誰かの企みであろうということは、暴れ馬に必死に掴まっている間でも薄々気づいていた。

その誰かとは、おそらくアクベス家の人たちであろうということも……。

「私を排除しようとした者たちとは……」

ゴクリと唾を飲み込んで尋ねれば、彼は静かな怒りのこもる声で教えてくれる。

「人形の帽子が送られてきたと言ったね。それは君をダービー場におびき出すための罠だったのだろう。送り主は君の母親ではなくアクベス家の者だとみている」

母からの手紙の字に微かな違和感を覚えたのは、気のせいではなかったみたい。

そしてまんまと騙され、ダービー場に現れた私は、アクベス家の企み通りに、今回から始まった婦人の乗馬体験にも参加してしまった。

「死んだ暴れ馬の首には、太い針が刺さっていた。今、調べさせているところだが、おそらくは神経毒が塗られていたと思われる。それを馬に刺すことができた人物はただひとり。アクベス家の騎手だ」

そこまでは私の予想の範疇《はんちゅう》で、やはりそうだったのかという思いで聞いていた。

けれども、その後に続いた言葉は、とても彼のものとは思えないほどに冷たくて、ゾクリと肌が粟立った。

「あの男の身柄は拘束し、尋問中だ。誰に命じられたのかを言わないそうだが、拷問にかけてでも必ず吐かせてみせる」

暖かな部屋の中、私の背には冷や汗が流れる。

いつも朗らかで、真っ白な心を持つ彼は、かつて彼自身に暗殺を仕掛けた兵士にまでも、同情を寄せていた。

それなのに、どうして今回のことには、そこまでの怒りを表すの……？

「拷問だなんて、レオン様らしくありませんわ。笑顔で人に優しくとお教えくださったあなたは、どこへいきましたの？　あなたを斬りつけたベイルという兵士にまで優しいお心を見せていらしたのに」

人が変わってしまったのかと恐れて、彼の胸の内を心配する。

そんな私の問いかけには答えず、彼は包帯の巻かれた私の手を取り、「痛かっただろう？　可哀想に」と独り言のように呟いた。

負傷した手のひらに口づけて、彼は静かに目を閉じる。

私の速い鼓動が二十拍ほどを刻んだら、やっと唇が離され、瞼を開けた彼と視線が交わった。

その直後に私はハッとして、心に動揺の波が広がる。彼の青い瞳はいつもの透明感が消え、濁っているように見えたのだ。

薄暗い部屋のせいであればいいのだが、私の心の黒さが伝染してしまったのではないかと不安に襲われていた。

「レオン様……」と震える声で呼びかければ、彼は瞳を覗かれまいとするように、私の頭に手を当て、はだけたその胸に押しつける。

図らずも彼の鎖骨の下あたりに唇が触れてしまい、頬を熱くしたが、甘い喜びに浸ってはいられない。

静かで冷たい彼の声が、耳に聞こえる。

「君を傷つけようとする者には容赦しない。抑えきれない激しい怒りというものを、初めて味わっている」

私のせいで彼が変わろうとしているのを知り、不安に肩を震わせた。

「俺に欠けていたもの。それは悪を非情に裁く勇気だ。優しいだけでは大切な人も守れない。オリビア、気づかせてくれてありがとう。強き王となり善良な民を守るには、君が必要だ」

強い意志の中に、腹黒い父に似たものを感じ取っていた。

これまでの聖人のようなレオン様は、もう消えてしまったのね……。

彼の肩に目を押し当てれば、黒と白の絵の具が混ざり合う様子が見えるような気がしていた。

私たちはお互いに影響し合い、同じ色になろうとしているところなのかもしれない。

それがいいことなのか、悪いことなのかは判断がつかないが、動揺する私の目には涙が浮かび、彼の逞しい肩をしっとりと濡らしていた。

存分に愛してください

ダービーから二十日ほどが過ぎ、冬も寒さを増している。

私はアマーリアのいない寂しい王城の自室でひとり、レース編みをしているところだ。

今は真夜中だけど、ベッドに入っても色々と考え事をしてしまい眠れない。

二時を過ぎてとうとう眠ることを諦め、小さな火の燻《くすぶ》る暖炉の前に椅子を寄せ、編み物をすることで不安に揺れる心を落ち着かせようとしていた。

それでも頭に、ロザンヌ嬢の顔が勝手に浮かんでしまう。絶望に打ちひしがれ、涙を流す彼女の顔が。

もっともそれは想像で、ダービーの日以降会っていないし、この先も二度と顔を合わせることはないだろう……。

最近の王都はざわついており、貴族たちはヒソヒソと囁き合って、レオン様の顔色を窺うように暮らしている。その原因は、アクベス侯爵家が取り潰されたからだ。

私が宥めてもレオン様の激しい怒りは収まらず、厳しい取り調べで息も絶え絶えなアクベス家の騎手から自供が引き出された。

毒針を馬の首に刺して暴れさせ、私を落馬させて亡き者にしようとしたことを。

そして、それを命じたのはアクベス侯爵だと騎手は白状した。

アクベス侯爵は、ひとり娘であったルイーザ夫人に婿入りする形で当主となった人で、あの家の実権を握っているのは夫人だと言われている。

だから、私が王太子妃になることをなんとしてでも阻止したい夫人が真の首謀者で、侯爵は夫人の指示に従っただけであろう。

けれども取り調べにて、全ては自分が企んだことで家族は無関係だと侯爵が主張したため、彼だけに最も重き裁きが下された。それは、公開処刑だ。

見せしめの意味もあるこの刑が王都で執行されるのは、十六年ぶりのことだという。

十六年前に公開処刑にされた罪人は、レオン様を斬りつけたベイルという兵士だ。

今回の私の暗殺未遂は、結果としてレオン様の命まで危険にさらしたということを重くみての裁きである。

当主亡き後のアクベス家の領地は、王家の直轄領とされ、レオン様の臣下が統治することになった。夫人とロザンヌ嬢は国外追放を命じられたそうだが、頼る先のない他国で、今頃どうしていることか……。

どうしてもロザンヌ嬢を気にかけてしまう。

気を紛らわせたくて始めたレース編みにも集中できず、私は手を休めて大きく息を吐き出し、赤く弾けた薪に向けて、「これでいいのよ……」と呟いてみた。

三日前、数年ぶりに母が辺境伯領から王都へやってきた。私が暗殺されかけたと聞いて心配し、不自由な足で遠路を無理して来てくれたのだ。

その知らせを受けて、私も町屋敷に一時帰宅した。そして今回のアクベス家の取り潰しについて家族で話し合ったのだが、父にはダービーの件に関して『よくやった』と褒められた。

企んだのはアクベス家側であり、私はなにもしていない。ただ愚かにも罠にはめられて、レオン様に助けられただけなのに。

上機嫌な父は私の頭を撫でて、『お前には話さなかったことだが……』とあることを教えてくれた。

それは九歳の私が誘拐された、あの事件。悪しき輩を雇って母の暗殺を指示した人物も、アクベス家の者であるということだ。

父はそう確証しているそうだが、問い詰められるほどの証拠がなく悔しい思いを抱えていた。

私に話さなかった理由は、敵討ちとばかりにひとりでアクベス家に向かっていき、危険な目に遭うことを懸念していたためであるらしい。

それを聞かされても、アクベス家に下された厳しい処分を私は喜べずにいた。晴れやかな顔の父に『さすがは俺の娘だ』と褒められては、罪悪感が湧いてくるというものだ。まるで私が、謀の末にロザンヌ嬢を追放したような、嫌な気分になる。

アクベス家とは過去の深い因縁もある。母の一族はアクベス家と組んだ隣国に奇襲され、領地を奪われた。

私を心配して駆けつけてくれた母だけど、アクベス家の取り潰しに関してはやっと雪辱を果たせたという思いで、父以上に喜ぶのでは……そう思っていたのだが、違った。母だけは私の苦しみを感じて、そっと抱きしめてくれたのだ。

『あなたはなにも悪くない。アクベス家との決着を先延ばしにしてしまった私に全ての罪があるわ。オリビア、ごめんね』

私は今、母のおかげでなんとか罪悪感に打ちのめされずに心を保つことができている。

ロザンヌ嬢のことは気がかりだけど、気持ちを切り替えて先に進まねばならない。私とレオン様の婚約発表は、もうすぐそこに迫っているのだから。

最初は王妃を説得してからと考えていたレオン様は、彼の寝室で王妃と衝突して以降、その考えを改めた。強硬的に私との結婚を押し進めるつもりのようだ。

毎年の恒例行事として、年の暮れに有力貴族を招いての王城晩餐会が催される。今年はそれが五日後に予定されていて、レオン様はそこで婚約発表すると、数日前に私に告げた。

王妃の反対は覚悟の上。国王は反対こそしていないようだが、『もう少し落ち着いてからの方がよい』と言ったそうなので、晩餐会では一波乱あることが予想される。

レオン様が頼もしく、『君は心配しなくていい。全てを俺に任せなさい』と言ってくれたけど、緊張と不安でこの心の揺れは収まる気配がない。

本当に大丈夫かしら……。

何度目かのため息をついてから、私は再びかぎ針を操り、一本の糸で模様を描き始める。

テーブルクロスに編み込む図柄は、平和の象徴であるオリーブの枝をくわえた白鳩。

王都のざわつきも、私たちの身辺も、この心も、早く落ち着いてと願いながら……。

椅子に座ったままで、やっと眠りが訪れたのは空が白んでからのこと。

燃え尽きた薪が暖炉の中で崩れ、その音でハッと目を覚ましたら、カーテンの向こうがはっきりと明るくなっていた。

柱時計を見れば時刻は八時に近い。寝過ごしたことに慌て、メイドを呼ばずにひとりで身支度を整えると大急ぎで部屋を出る。

私はまだ王妃の侍女だ。私を解雇すればレオン様が自分のそばに置くと言ったため、王妃は嫌々ながらも雇い続けることに決めたみたい。

私の侍女としての仕事は、王妃の朝のお召し替えの手伝いから始まるというのに、その時間はとっくに過ぎている。

廊下を小走りに王妃の寝室へ向かったら、ふたつ隣の王族の居間のドアから、誰かと口論している王妃の金切り声が漏れているのが聞こえた。

そのドアの前で佇み、心配そうな顔をしているのはグラハムさん。彼は私に気づくと、焦ったように駆け寄ってきた。

「オリビア様、今、あの部屋に入ってはなりません。どうか自室にお戻りください」

「なにかありましたの?」

「なんとも申し上げにくいのですが、王妃殿下の独断的な振る舞いに、王太子殿下が激怒なさいまして……」

グラハムさんの説明によると、王妃が他国に書簡を届けさせようとしたらしい。そこには他国の王女をレオン様の花嫁として迎え入れたいという結婚の申し込みが綴られていたそうだ。幸いにも王妃の命を受けた使者が旅立つ直前でグラハムさんが気づいて、阻止することができた。

他国を巻き込めば、レオン様が私との結婚を諦めるしかないと考えたのね。国同士の大事に至るかもしれない問題なのに、そんな勝手なことをするなんて……。

王妃の大胆な謀に、私が目を見開いて絶句していたら、ひと際大きな怒鳴り声が聞こえた。

「責められる筋合いはないわよ！　全ては国とあなたを思ってしたことです。オリビアとの婚約発表は、絶対にさせませんからね！」

耳を塞ぎたくなるような甲高い声が響いた直後に、荒々しくドアが開けられて、怒りに顔を赤くした王妃が廊下に出てきた。

廊下の真ん中に立っている私との距離は、一馬身ほど空いている。

とっさにグラハムさんが私を背に隠してくれたけれど、デイドレスのスカートがはみ出していたため、見つかってしまった。

目をつり上げた王妃は、「寝過ごすとは大層な身分ね」と私に嫌味を浴びせ、「罰として、今日は一日中わたくしの衣装庫を整理なさい」と言いつけた。

「母上！」ときつい口調で呼びかけ、続いて廊下に現れたのはレオン様。

彼は母親の背に、厳しい視線を向けていた。

「オリビアへの嫌がらせは、俺が許しません」

王妃の衣装庫には、毎日違うものを着たとしても、二、三年はかかりそうなほどに大量のドレスが収納されている。ドレス以外にも靴や帽子、装身具が山ほどあるから、一日かけても整理が終わることはないだろう。

確かに嫌がらせに違いない仕事ではあるけれど、親子が言い争いをするくらいなら、私はそれを喜んで引き受けようと思う。

グラハムさんの陰から一歩横にずれ、「承知いたしました」と頭を下げれば、「やらなくていい」とレオン様に低い声で止められ、王妃にはフンと鼻を鳴らされた。

王妃はもう十分に口論したとばかりに、息子の方には振り向かず、「朝食室に行くわ」と、階段のある方へと廊下を奥に歩き去った。

「母上を見張ってくれ」とレオン様は低い声で近侍に指示をする。そして、グラハムさんが立ち去ってから、私に近づいた。

小さなため息を漏らしたレオン様が、私をそっと抱き寄せる。

彼の骨折した右腕は順調に回復しており、もう添え木も包帯も必要ない。けれども負担をかけてはいけないと城医に言われているので、ペンを持つのも利き手ではない左手を使っているという。今、私を抱き寄せているのも、左腕だ。

廊下は無人ではなく、数人の使用人が行き交っているが、視線を逸らして見ないようにしてくれていた。

「朝から嫌なところを見せてすまない」と疲労の濃い声で謝られ、私は首を横に振って彼と視線を合わせた。

「謝るのはわたくしです。わたくしが王妃殿下に気に入られるような振る舞いをしていたなら、こんなにも反対されずに済んだのでしょうから……」

この城に住まうようになった最初の頃は、王妃の言動に心の中で毒づいて、嫌々侍女勤めをしていた。王妃の目の前でルアンナ王女にミルクをかけたり、扇ぎ役をバッカス夫人に押し付けたり、花を摘んでくるのに必要以上に時間をかけたりした。

仕方ないこととはいえ、王妃の大切な温室のガラスを割ったこともある。嫌われて当然なのだ。

身から出た錆だと反省し、「申し訳ございません」とレオン様に謝罪したら、今度は彼がそれに異を唱える。

「そうではない。母上が嫌っているのは、君ではなく俺なんだ。俺のやることなすこと、全てが気に入らないのだろう。その気持ちを俺にぶつけては生活に支障があるから、代わりに君にぶつけていると思われる」

青い瞳が悲しげに幅を狭め、私は「え？」と聞き返した。

母親が実の息子を疎ましく思うことなどあるのだろうか？　放蕩《ほうとう》息子ならともかく、レオン様は人望が厚く、国王に代わって国政の全てを司るほどの立派なお方であるというのに。

納得できずに、私は目を瞬かせる。

彼はなにかを諦めているような目を、母親が去った廊下の奥に向けて、落ち着いた静かな声で教えてくれる。

「母上は俺と目を合わせようとしない。それはもう十年以上前からだ。一見して良好な関係を築いていた時も、内心では俺を嫌っていたのだろう。今は憎むほどの感情で、視界にも入れたくないと言いたげな態度に見える」

まさか、そんな……という気持ちで聞いていたが、思い当たる節もあった。

ルアンナ王女の輿入れの日に礼拝堂でふたりが話していた時も、ダービーの日の夜に寝室に踏み込まれた時も、王妃は、彼の顔を少しも見ようとしなかった。

先ほどだって、そうだ。レオン様に呼びかけられても背を向けたままで、話をすぐに切り上げ立ち去ってしまった。

王妃が疎んでいるのは、レオン様の方だというのは本当だろうか。

その理由は、一体どこにあるの……?

強い引っかかりを感じて眉をひそめ、考えに沈もうとしていたら、突然彼が顔を寄せて私の頬にキスをするから、驚いて気が逸れた。

たちまち熱くなる頬に手を当て、「あの、このような場所では……」と周囲を気にする私を、彼はクスリと笑ってからかう。

「そんな真面目なことを言っても、オリビアの口元は嬉しそうだ。照れ隠しとは、可愛いね」

急に茶化した態度を取ったのは、私を不安にさせまいという彼の気遣いなのだろう。それは伝わってくるので、「恥ずかしいですわ」と、はにかんでみせた。

「今日は朝食室に行く気になれない。オリビア、俺の執務室においで。ふたりきりで食事を楽しもう」

優しい声のその提案に、「はい」と微笑んで頷きながらも、私は心を黒くせずにはいられない。レオン様を困らせている王妃をどうにかしなければと思うのだ。

久しぶりに心の中に黒い靄を漂わせた私は、彼に気づかれないようにそっと、したたかな思考に沈む。

母親に反対されるという苦しみから、彼を救いたい。私も無事に彼の妃となり、この恋を成就させたい。そのためにはどうすればいいかしら？

そうだわ。王妃の弱味を見つけることができたなら、もしかして……。


レオン様とふたりで朝食を取った後、彼はそのまま執務室で政務に、私は南棟の三階に戻ってきて、王妃の衣装庫に入った。

衣装整理はやらなくていいと彼が言ってくれたけど、王妃の機嫌をさらに損ねても、私たちにとっていいことはない。それに王妃の持ち物に触れていた方が、いい考えが浮かんできそうな気もする。

その考えとは、もちろん王妃の弱味を握ることについてだ。

広い衣装庫には、壁を埋めるようにキャビネットが二十も並び、千着近いドレスは皺にならないように部屋の中央に吊るされていた。歩くことのできるスペースは、ぐるりと部屋を一周することができる細い通路だけで、私は手前のドレスから順に虫食いや汚れなどがないかを点検し、紙にドレスの特徴を書き込んで整理を行った。

同じ作業を繰り返しながら、頭の中ではこれまでに王妃と交わした会話を振り返る。弱味に繋がるようなヒントが隠されていないかと思ったのだ。

しかし、ドレスを二百着ほど点検し終え、教会が打ち鳴らす正午の鐘が微かに聞こえても、これといったヒントには思い当たらなかった。

繰り返しの作業に疲れた私は、奥にあった踏み台に腰掛けて、大きく息を吐く。

久しぶりに心を黒く染めても、なにも思いつかない。あの不遜な王妃に弱味などあるのかしら？という気持ちにもなってくる。

その弱気な心を叱咤するために、私は自分の頬をピシャリと叩いた。

王妃だって人間だもの。弱味のひとつくらい持っているはずよ。たとえば、誰にも知られたくない秘密とか……。

なんとしても見つけたい。私たちの結婚を平和に執り行うためには、王妃を黙らせないといけないのだから。

立ち上がった私は衣装整理の続きに戻る。ドレスばかりを点検するのはつらくなってきたため、今度はキャビネットの中のものを確かめることにした。

最奥のキャビネットの引き出しには、手袋がしまわれていた。レースのものが大半だが、使わないのに乗馬用の革製のものもあり、キャビネットひとつが丸々手袋で埋まっている。

上の引き出しから順に開けて、ドレスと同じ手順で整理していく。

やっと一番下の引き出しに辿り着き、奥にあるレースの手袋に手を伸ばしたら、ふと違和感を覚えた。

この引き出しだけ、奥行きが浅い気がするわ……。

床に両膝をつけ、頭も床すれすれに下げて、引き出しの奥を覗き込む。すると先板の中央に、点のような小さな穴があいていることに気づいた。

もしかして……。

閃《ひらめ》くものがあって、私は自分の髪を留めていたヘアピンを外し、伸ばしたり折り曲げたりしてLの字に加工する。その先を板の穴に差し込んで手前に引っ張ってみると……カタンと音を立てて簡単に先板が外れた。

予想通り二重板になっていて、引き出しの奥には少しのスペースが隠されていた。

暗くて見えにくいその場所に手を差し入れると、指先には柔らかな感触が。

それを引っ張り出してみれば、手のひら大の布袋で、迷うことなく紐を解いて袋の口を開けたら、中から鍵がひとつ出てきた。

真鍮の鍵はところどころが黒ずみ、長いこと使われていなかったように思われる。

鍵の頭は鷲が彫り込まれた立派なもので、軸の部分は六角形。そこには複製が難しそうな複雑な突起がつけられていた。

これに似た鍵をどこかで見た覚えがあるわ……。

記憶を辿ればそれは、四カ月ほど前の晩夏のこと。レオン様が秘密の場所に連れていってくれた時、これに似た鍵で地下室の小部屋に繋がるドアを開けていた。

彼が持っていたものには王家の紋章である双頭の鷲が彫り込まれていたが、この鍵の鷲は一羽のみ。まったく同じものではないけれど、重要な鍵ではないかと思われた。

どこの扉の鍵かしら?と考えれば、胸の中にはワクワクと黒い期待が湧いてくる。その扉の先に王妃の秘密が隠されている気がして胸が高鳴り、口元にはうっすらと腹黒い笑みが浮かぶ。

逸る気持ちを抑えきれない私は、慌てて鍵だけを握りしめ、衣装庫から飛び出した。

急ぎ足でどこへ向かったのかというと、西棟の二階にあるレオン様の執務室だ。

三度のノックに「どうぞ」と彼の声がしたが、入ってきた私を見て、彼は目を瞬かせている。

結婚に支障が出ているこの状況で、いきいきと目を輝かせていることに戸惑っているのか、それとも彼の仕事場を私から訪ねることはないと思い込んでいたから驚いているのかもしれない。

落ち着いた調度類の配された執務室には、私たちふたりきり。

部屋の中央に置かれた大きな執務机に向かい、左手で羽根ペンを握る彼に、私は興奮気味に問いかけた。

「レオン様、そちらへ近づいてもよろしいでしょうか？」

「ああ、構わないが……どうした？」

彼の横に立ち、私は勇んで鍵を見せる。衣装整理の最中に見つけたことを話し、この鍵の合う扉の先にはきっと、王妃の秘密が隠されているに違いないと力説した。

「その秘密を掴めば、王妃殿下はわたくしたちの結婚に反対できなくなると思うのです。レオン様、この鍵で開くドアに心当たりはございませんか？」

鍵を手にした彼は、しばらく眺めてから、「あそこだろうか……」と呟く。

「しかし、母上がなぜこの鍵を隠し持つ必要が……」

美しい眉間に微かに皺を寄せる彼は考えに沈んでいて、「そこに秘密があるから隠すのです」という私の声は耳に入らないようだ。

私のように興奮することのない彼に、張り切っていた気持ちは盛り下がる。

どうやらレオン様には、王妃をやり込めようという気持ちはないみたい。仲違いをしていても、彼にはきっと肉親の情があるのだろう。

それに加えてもとから清い性分であるため、私の企みに乗るつもりはないのかもしれない。お互いに影響し合って心は同じ色になったかと思っていたのに、まだまだ私の方がずっと黒いようだ。

静かに考え込んでいる彼の手から、私はそっと鍵を抜き取った。

「オリビア？」と青い瞳が、怪訝そうに私に向けられる。

「レオン様は、どこの扉かをお教えくださるだけで構いません。後のことは、わたくしがひとりでいたします」

厳しい口調でそう言ってから声色を和らげ、「わたくしたちの未来のために」と微笑んだら、彼は椅子から立ち上がり、私を両腕で優しく包んだ。

「そんなに可愛いことを言われたら、反対できないな。だが、君ひとりではやらせない。俺もその企みに乗ることにしよう」

腕の力が緩んだので、彼の肩につけていた額を離し、麗しき顔を仰ぎ見る。

するとその直後に口づけを与えられた。

こんなことをしている場合ではないと思うのに、胸は高鳴り、キスの甘さにとろけそうになる。

ふたりの唇の温度が同じになるほどにたっぷりと口づけてから、のぼせそうな顔の私を満足げに眺めて彼は言った。

「早くキスの先に進みたい。そのためには母上を懐柔《かいじゅう》しないとな」

キスの先になにがあるのか……それを想像させられて、私は心臓を跳ねらせ、動揺を顔に表してしまう。

クスリと笑った彼は、「行こうか」と挑戦的な目をして口の端をつり上げた。

頷いた私は照れくささから抜け出して、同じようにほくそ笑んでみせる。

レオン様と一緒に執務室を出て、向かった先はもちろん、この鍵の合う扉がある場所だ。

彼に案内されて、入り組んだ屋敷内を東へと進む。

一階の東棟の豪奢な廊下は、途中から石造りの味気ない通路に変わる。

初めて足を踏み入れた場所に不安を覚えたら、即座に察してくれたレオン様が私の手を握ってくれた。

「大丈夫だ。その角を曲がればこの屋敷の東にそびえる尖塔に出る。見張りの兵もいるし、危険はなにもない」

頼れる手の温もりと私を思いやる言葉に緊張は和らいで、彼に手を引かれるようにして通路を進み、尖塔の中へと足を踏み入れた。

中は螺旋階段が延びているだけで、なにもない。窓は頂上付近の見張り台にしかないそうで、石積みの壁のところどころには、ランプが吊るされていた。

「ゆっくりでいいから、ついておいで」と手を離した彼は、狭い階段を地下へと下りていく。コツンコツンとふたり分の靴音が、薄暗い塔の中にこだまする。

地下二階分を下りて行き止まった場所には、鉄のドアがふたつあった。ひとつは兵舎と地下通路で繋がっているそうで、そのドアが急に開くと、『誰だ?』と言いたげな顔をした若い兵士にランプの明かりを向けられる。眩しさに私たちが目を細めたら、

「し、失礼しました!」と慌てた兵士がランプを下ろした。

「王太子殿下がこのようなところへお越しになるとは思わず……どのようなご用でしょうか?」

おずおずと尋ねる兵士に、レオン様は人のよい笑顔を向けた。

「お勤めご苦労。今、俺の大切な人に城内の隅々を案内しているところだ。この塔からはすぐに出ていくから、君は気にしなくていい」

「はっ」と畏まり、敬礼して、兵士はすぐにドアを出ていく。

再びふたりきりに戻った狭い空間で、真面目な顔をしたレオン様が小声で言った。

「おそらく、この扉の鍵だろう」

彼が指差したのは、もう一枚の鉄のドアだ。

私が手渡した鍵をその鍵穴に差し込むと、カチリと音がする。

ニッと笑って「正解」と囁いた彼は、壁にかけられていたランプを手に取り、なるべく音を立てないようにそのドアを開けて、私と一緒に室内に足を踏み入れた。

ランプの火を壁の燭台に移せば、真っ暗だった部屋の様子がよく見えるようになる。

六角形をしたこの小部屋は、隠し通路を持つ地下の部屋を思わせるが、壁はただの石積みで、剣や槍、鎧などの武具が無造作に棚にしまわれている。天井に天使のフレスコ画まで描かれていた豪華なあの部屋とはまったく異なる様相だ。

ただの武器庫にしか見えないのに特殊な鍵を設けた理由がわからないし、王妃の秘密が潜んでいるとも思えない。

すると、首を傾げるしかない私に、レオン様はこんな説明をしてくれた。

「最初はここから王族のための秘密の逃げ道を作る予定だった。今は亡き先代の国王から聞いたことがある。けれども予想より岩盤が硬くて掘り進めるのを断念し、西側に作り直したんだ」

ということは、もし秘密の脱出路を作るのに地面が適していたなら、この部屋はこんなふうに殺風景な場所ではなく、豪華に内装を整えられていたのだろう。鍵だけが特殊で凝った造りなのは、掘り進める前に、先にドアに取り付けられてしまったからなのかもしれない。

レオン様は小部屋内を点検するように、注意深く見て回っている。私も錆びた剣や埃を被った鎧の頭を手に取って、なにかおかしな点がないかと調べていた。

しかし、どれだけ見ても、やはり王妃の秘密に繋がりそうなものはない。

空振りだったと残念に思いながら振り向けば、レオン様が壁に掛けられていた古びた盾を両手で掴み、外そうとしているところだった。

「レオン様、まだ右手が完治しておりませんのに！」

慌てて駆け寄った私に、「少しくらいなら平気だ」と答えるも、痛みはあるのか、その笑みはぎこちないものだった。

盾は楕円形をしており、彼の体の半分をすっぽりと覆うほどに大きく、重量も相当だと思われる。

ハラハラと見守る私の前で、彼が盾を取り外して床に置いたら……私たちは揃って「あっ！」と声をあげた。石壁にはポッカリと、穴があいていたからだ。

途中まで掘削したという昔の痕跡が、今でもそのままに残されているのだろうか……。

そう思って質問すれば、彼は怪しむような目つきで穴を覗きつつ、「それはない」とはっきり否定した。

「埋め戻したと聞いている。入口も石をはめ込んで、わからないようになっていると。これは、誰かが掘り返した穴だろう」

その誰かというのは王妃で、極秘で使用人に命じて掘らせたということなの？　なんのために……？

口に出さずとも、私たちは同じ疑問を抱いているような気がした。

目を合わせて同時に頷き、並んで穴の奥に目を凝らす。

私の膝丈ほどの高さからあけられた穴は、大人の男性ならば四つん這いにならなければ進めない大きさだ。通りやすくはないが、漆喰《しっくい》で塗り固めてあるので、土で服を汚したり、尖った石に引っ掛けて怪我をすることはなさそうである。

「オリビア、入ってみる？」とレオン様が聞く。

ここで待てと指示しないのは、私がやる気に満ちた顔をしているからに違いない。

「もちろんですわ！」と張り切って答えた私は、オリーブグリーンのデイドレスの裾を膝まで捲り上げ、右横でまとめて縛る。邪魔にならないようにするためだ。

公爵令嬢らしからぬ、はしたない格好は、誰かに見られれば眉をひそめられそうだ。

けれども、レオン様はその程度で呆れはしないと知っている。

彼とふたりきりの時の私は、どんどんお転婆になってしまいそうな予感がしていた。

動きやすく服装を整えてから、私は棚に置いていたランプを持ち、先に穴の縁に手をかける。なるべく彼に右手を使わせたくないので、ランプを持った私が先を進むべきだと考えたためだ。

「レオン様は、わたくしの後についてきてください」と意気込めば、彼は目を瞬かせた後にプッと吹き出し、「頼もしいな」と笑う。

しかしながらランプを取り上げられ、先に彼が穴に入ってしまった。

「レオン様は右手が！」

「ランプを持つくらい問題ないから、心配しなくていい。それに、オリビアが俺の前を進めば、俺は君のスカートの中を見放題だ。それでもいいのか？」

「あ……」

下着を見られる可能性については考えていなかったので、指摘に頬を熱くして、「そうですね」と大人しく指図に従った。

薄暗くて狭い穴の中を、彼の後についてゆっくりと這うように進む。

恥ずかしく思う私の顔は見えていないはずなのに、レオン様は「照れているオリビアも可愛いな」とからかってきた。

「早く君を俺の妻にしたい。我慢するのは結構大変なんだ。妄想ばかりが広がって。夢の中ではなく、現実の君の美しい肌に触れて、ひと晩中、口づけていたい」

艶めいた声で男心を知らされても、私は返事に困るばかりだ。

冷たい漆喰が私の体温を奪い、穴の中は寒いほどである。それでも、恥ずかしさに私の体は熱く火照る一方だった。

愛しい人に女性として求められるのは、嬉しいことではあっても、そんな直接的な言い方をされたら、なんと答えていいのか……。

それに今は、そんな話をしていられる状況でもない。なにが待ち受けているのかわからない、未知の穴を進んでいるのだから。

けれども、彼がしきりに結婚後のことについて話すので、私は照れたり恥ずかしがったりするのに忙しく、緊張や恐怖を感じている暇はなかった。

それが彼の気遣いによるものだとやっと気づいて、胸を温かくしたら、「出口が見えてきた」と言われた。

緩やかな上り傾斜をつけてほぼ直線的に延びていた穴は、六百フィートほどで何事もなく終わりを迎えた。

抜けた先には私たちが並んで立つことのできる空間があり、目の前には白く塗装された居室用のドアがある。

内鍵を回してそのドアを開ければ、薄暗い廊下に出た。

「ここは、どこでしょう……？」

声を潜めてレオン様に尋ねてみたけれど、周囲に人の気配はない。

ワインレッドの絨毯の敷かれた廊下はなかなかの豪華な造りで、ピンクと白と金色で装飾された柱やドアが女性的な印象だ。おそらくここは地下一階なのだろう。窓はなく、奥に見える階段だけが地上からの光を浴びていた。

私の問いかけに彼は、「穴の延びていた方角と距離を考えれば、母上の離宮だと思う」と、声を潜めずに答えた。

王妃専用の離宮は城壁内の北東に位置し、周囲を木立に囲まれた中にひっそりと建っている。地上二階建てでこぢんまりとした可愛らしい外観をしているが、私は足を踏み入れたことはなく、侍女勤めをするようになってから王妃が立ち入る姿も見たことはない。

「ここは使われていないはずなんだよ。年に数回、掃除のために使用人が入るくらいだ」と周囲を見回しながらレオン様は言う。

彼が幼い頃までは王妃はこの離宮を好み、多くの時間を過ごしていたそうだけど、飽きてしまったのか、十数年間使っていないはずだと彼は説明してくれた。

ランプは必要なさそうなので火を消してドアノブに掛けておき、私たちは光を浴びている階段の方へと歩いた。

階段の手すりに触れたら、うっすらと積もっていた埃が舞う。

並んで階段を上りながら、なぜ東の尖塔の地下と王妃の離宮を、秘密の通路で繋げる必要があったのだろうとふたりで話した。

「どう考えても、必要ありませんわ」と私が首を傾げれば、彼も同意する。

「隠しておきたい建物ではない。母上の所有なのだから、堂々と地上から来ればいい。穴を通れば、ここへ辿り着くまでの労力と時間が無駄になるだけだ」

話し合っても疑問は膨らむばかりで、解決の糸口さえ見つからない。

階段を上った先は玄関ホールで、なんとなく埃臭い中に、吹き抜けの天窓から光だけが静かに美しく降り注いでいた。

「中はこんなふうになっていたのか」とレオン様がしみじみと呟いている。

「お入りになられるのは初めてですか?」と問えば、彼は小さく頷いた。

「乳飲み子の頃は母上に抱かれて来たことがあるのだろうけど、まったく覚えていない。初めてのようなものだ」

天窓を見上げた彼の横顔が、なぜか寂しげに見える。

母に愛されていた時もあったのに、今は目も合わせてくれず口論ばかりだと、心の中で嘆いているのだろうか……。

彼の心の傷を心配し、右手をそっと握れば、青い瞳が私に向けられ、ニッコリと優しく弧を描いた。

「ひと部屋ずつ見て回ろう。日が高いうちに探索を終えないと」

彼の言う通りだ。まだ正午を過ぎて一時間も経っていないとはいえ、冬の日は早く落ちる。離宮内で明かりを灯せば見回りの兵に気づかれて、王妃にも知られてしまうかもしれない。急がなければ。

一階には部屋が四つあり、くまなく調べて回ったが、おかしなところは見つけられずに終わった。

ソルベットの花を彫り込んだ可愛らしい手すりの階段を二階へと上って、手前側からひとつずつドアを開けていく。サンルームと客間がふたつあり、それらの部屋にも王妃の秘密に関するものは見当たらず、残すは最奥のひと部屋になった。

ここまで二時間ほどかけて丁寧に探したのに、収穫なしで終わるのかしら……。

残念に思いつつ、最後の部屋を開けようとドアノブを握った私は、「えっ？」と声をあげた。他の部屋は無施錠だったのに、なぜかこの部屋だけは鍵がかけられている。

「レオン様、開きませんわ」とドアの真ん前を彼に譲れば、彼は腰を屈めて鍵穴を覗き込み、「なるほど」となにかに納得していた。それから私に向き直り、「見ててごらん」と右手を持ち上げる。

手首をクルリと回転させつつ、空中からなにかを掴んで取り出すような仕草をした次の瞬間、「痛っ」と呻いた彼の右手から、鍵がひとつ床に落ちた。

「レオン様！」と右手の怪我を心配する私に彼は、「大丈夫。かっこつけようとしたら失敗したんだ」と苦笑いしている。

彼が落とした鍵は、鷲が刻まれたあの鍵ではなく、ごく普通の室内ドア用の鍵だった。それを拾って私に渡した彼は、「その鍵で開けてごらん」と微笑む。

言われた通りに鍵穴に差し込んで回せば、カチリと解錠された音がした。

「すごいですわ！　どうしてここの鍵を？　もしかして奇術ではなく、本当に魔法ですの⁉」

奇跡を見せられた気がして、私の胸は高鳴る。

興奮してそのように問いかければ、彼の頬がほんのりと色づいた。そして突然、左腕で抱き寄せられ、額に彼の唇が押し当てられた。

「君を驚かせようと企んで、一階の居間で見つけた鍵を隠していただけなんだ……」

ばつが悪そうに白状した彼は、私を抱きしめる腕に力を込める。

近すぎる距離に心臓を波打たせれば、溜め込んでいたものを吐き出すような男心を耳元で聞かされた。

「ああ、まったくオリビアは、なんて可愛らしい反応をするんだ。普段はどこか冷めているような顔をする君が、そんなふうに目を輝かせてくれたら、今すぐに食べてしまいたくなる。苦しいな……。我慢も限界に近い」

ど、どうしたらいいの……。

我慢しなくていいとは言ってあげられない。

白い花嫁衣装は無垢である証。結婚前に純潔を散らされるわけにいかないのだ。

それに、その時を迎えるには心の準備が必要で、私にはまだこの恥ずかしさを打ち消すだけの覚悟ができていない。

顔が火傷しそうなほどに熱く火照る中、動揺を隠せない私は、彼の胸をそっと押して抱擁を解く。「あの、どうか婚礼までお待ちください……」と目を逸らして答えるのが精一杯だった。

こんなことをしている場合ではないと、自分を戒めるのは今日何度目か。

気持ちを落ち着かせようとドアノブを回し、扉を必要以上に勢いよく開け放つ。

しかし、数歩足を踏み入れたら、逆に心が大きく乱されることになった。

「これは……どういうことなの⁉」

私の隣ではレオン様が同じように驚きの中で、息をのんでいる。

この部屋はおそらく王妃の寝室であろう。天蓋《てんがい》付きの大きなベッドが奥にあり、手前にはロココ調の可愛らしいテーブルセットが置かれている。

そのテーブルセットの背景の壁にかけられているのは、大きな額縁に入れられた等身大の肖像画で、そこには若かりし頃の王妃が描かれていた。

王妃の腕に抱かれているのは、青い目と胡桃色の髪をした愛らしい赤子で、おそらくレオン様だろう。

しかし、この肖像画には、決定的におかしな点がある。

若い王妃の肩を抱くように、二十五、六と思われる青年が隣に立っていた。

その青年も、レオン様なのだ。

とても美しく写実的に描かれているけれど、幽霊でも見てしまったような心持ちで、私は体を震わせた。

するとレオン様が背中から私を包むように抱きしめてくれる。

長い間使われていない離宮は外とさほど変わらない気温なので、寒がっているのかと心配されたのかもしれない。

温かな胸を背中に感じて、いくらか不気味さが和らいだら、無言でじっと肖像画を見つめていた彼が、「この青年は俺ではない」と低い声で言った。

「え？」

髪色は少し濃く描かれているけれど、切れ長の涼しげな青い瞳を含めた麗しき顔の全てが、レオン様そのものなのに……。

そう思いつつ、絵の中の青年の全体を確かめるように観察した私は、別人かもしれない点に気づいた。彼は枯れ草色の軍服を着ているのだ。

レオン様も式典などでは軍服を着用するけれど、濃紺のズボンに白い上着で、肩章や大綬、勲章などで飾られている。

この青年が着ている軍服の胸ポケットには三本線の入った階級章がつけられているので、小隊を率いる軍曹だと思われた。

顔は瓜二つなのに、身分が低く貴族ですらない兵士。彼は一体……。

私を後ろから抱いているレオン様の両腕が、微かに震え始めた。浅くて速い息遣いが私の耳に聞こえる。

彼のただならぬ様子を感じ取ると、嫌な予感が湧いて、私の鼓動もドクドクと不安げなリズムを刻み出す。

この肖像画について詮索するのはやめた方がいいかもしれない。知れば、恐ろしい過去に巻き込まれてしまいそうな予感がするから。

なにも見なかったことにして帰りましょう、と言わなければ。

そう思ったのに、「そうか……」と呟いたレオン様が、呻くように肖像画の青年の名を口にしてしまった。

「彼は……ベイルだ」

その名に大きな衝撃を受けて、私は目を見開いた。

ベイルは八歳だったレオン様の暗殺を企み、処刑された兵士だ。

その者が王妃の隣に描かれていて、レオン様と顔がそっくりだということは……。

私に回されていた腕が力なく垂れ下がり、その直後にドサリと後ろに音がする。

肩をビクつかせて振り向けば、レオン様が片膝を床につき、うなだれていた。

驚いて心配する私も絨毯に両膝をつき、彼の頭を胸に抱きしめる。

「おそらく俺は、都合がいい方に記憶を捻じ曲げていたんだな。自分がこんなにもベイルに似ていることに、今まで気づかなかった……」

「レ、レオン様、どうかその先は言わないでくださいませ！」

「言おうが言うまいが真実は変えられない。俺は……父上の子ではなかったということだ……」

掠れた声で絞り出すように告げた彼は、それから黙り込んでしまった。

いや、話すこともできないほどに、自分で口にした事実に打ちのめされているのだろう。

レオン様は王族の血を引いておらず、王妃の不貞の末に生まれた命だったのだ。

私も胸が潰れそうな思いでいるけれど、歯をくいしばって涙をこらえる。

レオン様の方が何倍も傷ついているはずだから。

それはおそらく、心臓にナイフを突き立てられ、体を引きちぎられるほどに大きな痛みであろう。

なんの慰めにもならないとわかっていながらも、「あなたに罪はありません」と彼をかばい、重たく垂れた頭をさらに強く、胸に押しつけるようにして抱きしめていた。

ドレスの胸元が、彼の涙を吸って、しっとりと濡れていくのがわかる。

ああ、どうすればいいの？　レオン様のために、私は今、なにをすればいいのかしら……。

その時、視界の端の、開け放してあるドアの方に人影が映った。ハッとして振り向けば、つらそうに顔をしかめた王妃が、供もつけずにひとりで立っている。

「王妃殿下、どうしてここに……」と私が呟けば、レオン様の肩が大きく震えた。

私の胸から顔を上げて母親を見た彼の目は、怒りをぶつける余力もないというように弱々しく揺れている。

私の問いかけに対し王妃は「衣装庫を見に行ったのよ。そうしたら――」と言葉を切って、ため息をついた。その先は説明不要でしょう、と言いたげに。

そういえば鍵を見つけた興奮で、私はキャビネットの引き出しを開けっぱなしにし、外した二重板や鍵の入っていた布袋もそのままにして、衣装庫を飛び出してしまった。ここに忍び込んだことを王妃に気づかれるのは、時間の問題だったみたい。

もう一度ため息をついてから、王妃は部屋に入り、ドアを閉めた。それから部屋の奥まで行って、自らの手で暖炉に薪を入れて火をつけ、戻ってくると「座って話しましょう」とテーブルセットの布張りの椅子に腰掛けた。

椅子から埃がふわりと舞う。

私たちも椅子に座るべく立ち上がろうとしたが、レオン様がふらついて、また床に膝を落としてしまった。

彼が受けた衝撃は、立つことも難しいほどの甚《はなは》だしいものだということだ。

生まれた時から王太子であった自分の存在が、今まさに崩れ落ちようとしているのだから無理もない。

「わたくしたちは、このままでお話を聞きます」と王妃に伝え、私は膝立ちした姿勢でレオン様を横から抱きしめて支える。

彼に寄り添う私を見ても、今の王妃は咎めようとしなかった。「わかりました」と頷いてから、なにかを諦めたような、落ち着きのある声で語り出す。

王妃とベイルがかつて、この部屋で密かに逢瀬《おうせ》を重ねていた話を――。

全ての話を聞き終えるのに、一時間ほどかかっただろうか。

レースのカーテン越しに差し込む日差しは弱まったが、暖炉に火が入ったため、部屋の中は暖かい。

私は変わらぬ姿勢でレオン様を抱きしめていて、彼は私に支えられるようにして床に跪き、力を失った瞳に母親を映して静かに呼吸している。

王妃の話からわかったことは三つある。

ひとつは王妃とベイルが、どんなに愛し合っていたのかということだ。

王家に嫁ぐ前の王妃は、とある侯爵家の娘であった。ベイルはその家の護衛兵で、ふたりは自然と惹かれ合い、恋仲になった。けれど結ばれることは叶わない。貴族令嬢は家のために結婚するものであり、恋愛感情などは二の次にされてしまうのだから。

王妃が国王のもとに嫁ぐ時、その悲しい恋を終わらせたつもりであったが……ベイルが王妃を追いかけて王城兵士となったために、関係を断ち切ることができなくなったという話を聞かされた。

わかったことのふたつ目は、東棟の尖塔と離宮が秘密の通路で繋がっていた理由だ。王妃はベイルと密会するために、この離宮を建てさせた。尖塔の地下にあった穴のようなあの通路は、ベイルがひとりで数カ月かけて掘ったものだそうだ。

誰にも勘づかれずに、地上から頻繁に離宮に出入りするのは難しい。東の尖塔の地下のあの部屋は都合がよかった。兵舎と地下で繋がっているので、兵士が行き来してもおかしくはない。不要になった武具のゴミ捨て場のような部屋なので、穴の入口に気づかれる可能性は低く、埋め直された穴を掘り返すのは、新たな道を作るよりは楽だったのだ。

そして最後は、ベイルがレオン様を斬りつけた理由。

逢瀬を重ねていた間に、王妃が子を身ごもった。国王の子であってほしいというふたりの願いも虚しく、生まれた子はベイルの特徴を受け継いでおり、それからのふたりはいつ不貞が暴かれるやもしれぬ恐怖の中で過ごさねばならなかった。

王太子として育つ子供は成長するにつれ、ますますベイルに似てきてしまう。きっと身長が追いつき、大人の骨格に近づけば、本当の父親が誰であるかはわかってしまう。そうなれば、国王を欺いた王妃は絞首刑とされるだろう。

愛する女性を守りたいと思いつめたベイルは、王太子の剣の指導役に志願する。

そしてあの日、気が触れたふりをして、実の息子を亡き者にしようとした。

自分の首が跳ねられることは覚悟の上で、王妃を守るためだけに……。

王妃が話し終えてしばらくは、誰も口を開かない静かで居心地の悪い時間が続いていた。数分が過ぎてから、恐る恐る私は王妃に尋ねる。

「その暗殺計画は、王妃殿下もご存じでいらしたのですか……？」

レオン様は母親に嫌われていると言っていたので、もしかしてと思ったのだ。

私の不躾な質問にも怒らない王妃は、ゆっくりと首を横に振る。

「知っていたなら止めたわよ。この命を賭してでも。わたくしは母親としてレオンを愛しています。ベイルも父親としての愛情を感じていたはずよ。だから……剣を振り下ろしても、致命傷には至らなかったのよ。迷いを消せなかったのね、きっと……」

命懸けの恋を打ち明けた王妃の視線は、まっすぐにレオン様に向けられていた。潤む瞳は切なげに、母親としての慈愛に満ちている。

それを確認して、私の中に残されていた、もうひとつの疑問がやっと解けた。

王妃が十年以上も目を合わせてくれないとレオン様は嘆息していたが、それは嫌っているからではなく、つらかったためであろう。レオン様を目にするたびに、心は過去の苦しみの中に戻されてしまうのではないだろうか。

二度と会うことのできない愛しき人の面影を、こんなにも色濃く受け継いでいるのだから……。

王妃はおもむろに立ち上がると、肖像画の前に移動して、絵の中のベイルにそっと手を触れた。

「この絵は燃やしてしまうべきだったわ。わたくしが犯した罪で、あなたを苦しめたくはなかった。秘密は墓場まで持っていくつもりでいたのに……」

本当にその通りだと、私は王妃の背中を恨めしく見つめる。

同じ貴族女性として、王妃を哀れむ気持ちもあるけれど、こうしてレオン様を傷つけ苦しめていることは許しがたく、徹底的に隠し通してほしかったと怒りを感じる。

それと同時に、愚かな自分も責めていた。私が王妃の弱みを掴もうなどと企まなければ、この悲しき事実を知らないままでいられたのに……。

レオン様は私の心音を聞いているような姿勢で、瞬きもせずにじっとしている。

彼は今、なにを思うのか……その心痛を慮《おもんばか》れば、私の目に涙が溢れ、頬を伝う。

泣いたってどうにもならないのに止めることができず、顎先からポタリと垂れて、彼の髪を濡らした。

「レオン様、わたくしは、この秘密をどこへも漏らさないと誓います。あなたへの愛情も変わりません。ですから――」

今はつらすぎる真実に打ちひしがれても、どうか立ち直ってほしい。これを乗り越えて、眩いほどに崇高で気高い存在であり続けてほしいと願っている。

それを伝えようとしたけれど、「許されないことだ」という、彼の低く鋭い声に遮られた。

私の腕をほどいて立ち上がったレオン様は、足にも声にも力が取り戻されているように思えた。けれども、その顔を見上げれば、頬は強張り、青い瞳は暗い色をして、私の望む方へ立ち直ったわけではない様子であった。

「このことを父上に……いや、国王陛下に申し上げ、俺は王太子の位を返上する」

きっぱりと言い切ったその声が、静かな離宮を微かに振動させたように感じた。

国を揺るがす秘密を公にしようとしている彼の決意に私は驚き、心臓は縮み上がる。

その後の混乱を想像し、恐怖する中で「レオン様！」と彼の名を叫べば、その声が王妃と重なった。

慌てた私は立ち上がり、「お待ちください！」とその腕に縋る。王妃も駆け寄って、必死の形相で彼を止めようとした。

「それだけはやめてちょうだい！　わたくしはもうなにもいらない。命さえ惜しまないけれど、どうかあなただけは今のままで――」

「王家の血を絶やしてはならないでしょう！」

王妃の言葉を遮った声は、彼に似つかわしくない激しい怒気を孕《はら》んだものだった。

私は体を震わせて、王妃は両手で顔を覆い膝から崩れ落ちる。

うなだれる王妃に冷たい視線を落とす彼は、いくらか声を和らげて、これからの行動を指示した。

「母上はどこか遠くへお逃げください。ベイルの死を無駄にしたくなければ。俺は……途中にしている政務の案件を片付けたら、偽られた道を正しき道に戻します」

レオン様の決意を、どうしたら変えられるのか……。

ここで止めなければ、国を揺るがす一大事となり、最早私たちの結婚を心配するどころではなくなる。レオン様に罪はなくとも危険な存在として追放されるか、どこかに幽閉されてしまうかもしれない。

彼の腕を強く掴み、険しいその横顔を見つめながら、私は必死に考えを巡らせていた。焦る心に引っかかっているのは、『正しき道』という彼の言葉で、そこからひとつの解決方法を見出した。

レオン様は引き止める私の手を振りほどき、背を向けてドアへと歩み出す。このまま出ていかれては困るので、私は声を大にして考えを口にした。

「お待ちください！　わたくしが国王陛下のお子を産みますから！」

足を止めて振り向いてくれたが、レオン様の瞳の厳しさは変わらず、意味がわからないと言いたげに眉を寄せている。

私の思いついた解決方法はこうだ。

彼の言う正しき道とは、王族の血をこの先も繋いでいくことだろう。それならば、レオン様の妃となった私が、彼ではなく国王の子を身籠もれば、血脈は受け継がれる。

秘密を公にせずレオン様はいずれ王座につき、その天寿を全うした後には、正しい血筋の子供が王位を継承すればいい。彼の望む通り、未来には正しき道が続くのだ。

「あなたの妃となった後、国王陛下を誘惑いたします」と真面目に訴える。

しかし、「なにを言う。オリビアにそんな不埒なことをさせられるものか！」と厳しい口調で諫《いさ》められた。

それでも私は詰め寄るように進み出て、主張を曲げずに食い下がる。

「レオン様を失うことに比べれば、小さなことです。王太子妃の務めであると思えば、他の男性に抱かれることにも、きっと耐えられますわ！」

「ああ、オリビア……。君のその覚悟は、少しも嬉しくない……」

レオン様は苦悶の表情で頭を振り、深いため息をついた。そして私を両腕でしっかりと抱きしめ、諭すように耳元で語りかける。

「オリビアは明日にでも実家に帰りなさい。これ以上、俺に関わってはいけない。オルドリッジ公爵なら、君を幸せにできる男を選び直してくれるはずだ」

「そんな……」

私に他の男性に嫁げというの？

こんなにも愛するように仕向けておきながら拒絶するなんて、ひどいわ……。

レオン様の出生の秘密を知った時よりも大きなショックを受けていた。谷底に突き落とされたように目の前が暗くなり、涙さえ出ないほどに心はひどく傷ついている。

レオン様は腕の力を抜いて、少しだけ私から体を離した。絶望を味わっている私の顔を悲しげに見つめて、ゆっくりと麗しい顔を近づけてくる。

最後の口づけを交わそうとしているのか……。

けれども唇が触れ合う寸前でピタリと止まり、思い直したように私から離れていった。背を向けて歩き出し、ドアを開けて足早に出ていってしまう。

後を追って廊下に飛び出し、「レオン様！」と呼びかけても、もう振り向くことはなく、足を止めようともしてくれない。

彼の姿が階段の下へと消えてしまうと、堰《せき》を切ったように涙が溢れ、私は嗚咽を漏らしてへたり込んだ。

レオン様がどんな血を引いていても、私の愛は変わらない。

たとえ国外追放されても、幽閉されても、ついていきたいのに。

だからお願いです。どうか私を突き放さないで……。

廊下にうずくまるようにして泣いていたのは、どれくらいの時間なのか。

辺りはいつの間にか薄暗くなり、夕暮れから夜へと変わろうとしていた。

ふと、私の背に、厚地のガウンがかけられていることに気づく。

これは……王妃殿下のものかしら？

すぐ横には開け放たれたままの寝室のドアがあり、部屋の中を見ても誰もいない。

ただ、暖炉には薪が追加されていたようで、まだ燃え尽きずに暖かな空気が廊下まで流れていた。

涙は枯れて、もう私の頬を濡らしていない。ガウンを落とした私は、大切なものを失った空虚な心を抱えて、ゆらりと立ち上がった。

帰りは抜け道ではなく、離宮の玄関扉を開けて外に出る。

寒さに体を震わせて、紫がかる空を見上げれば、この陰鬱な気分に似合わない、明るく大きな満月が浮かんでいた。

王城の巨大な屋敷はすぐそこにあるけれど、ここは木立に囲まれているので、賑やかさも窓辺の光も届かない。

レオン様は仕事をしているのだろうかと、屋敷の方を見て考える。

途中にしている案件を片付けてから正しき道に戻すと言っていたので、苦しい心を抱えながらも、執務机に向かっているのではないかと想像していた。

重たい足取りで、私も屋敷に戻ろうと木立の中を歩く。

すると頭上から突然、なにかが落ちてきて、私は「キャッ！」と声をあげた。

髪を掠めて足元に落ちたのは手のひら大の板切れで、木の上から「すまん！　怪我はないかい？」と男性に問いかけられた。

「ええ。当たってはいません」と答えつつ、すぐ横に立つ木の幹を見れば梯子がかけられていて、声の主が下りてきた。

茶色のマントを羽織り、片手には工具箱のようなものを携えている。中肉中背で赤茶の癖毛。口髭を蓄《たくわ》えたその顔に……私は目を丸くした。

「国王陛下⁉　し、失礼いたしました」

無礼な言葉遣いをしてしまったことを詫びて、私は腰を落として頭を下げる。

すると「いや、謝らんでくれ。頭上に注意しながら歩けとは言わないさ」と国王は朗らかに笑って許してくれた。そして私が問わずとも、木の上にいた理由を教えてくれる。

「小鳥の巣箱の修理をしていたんだよ。屋根が壊れてしまっていてね」

国王の趣味はバードウオッチングで、屋敷の裏手に広がるこの森を、よく散歩していることは知っている。

そういえば以前、蛇に遭遇してしまった後に、国王が手作りしたベンチに腰掛け、小鳥の巣箱や餌台も国王自らがこしらえているという話を、レオン様が教えてくれた。国王は城内の森に住み着いている小鳥の種類を、楽しそうに話してくれる。それを聞きながら、私は呆れていた。国政をレオン様に任せて、自分は趣味のことばかり。小鳥を愛するなんて、女々しく情けない人柄だとも思っていた。

先ほどレオン様に、国王の子を産むと宣言したけれど、本当にできるのかしら……？

相手は最高権力者なので、私は失礼のないように、作り笑顔で小鳥の話に相槌を打ち続けている。けれども、隠しきれない侮蔑の感情が、目に表れてしまったのかもしれない。突然、小鳥の話を終わらせた国王に、真顔でじっと見つめられた。

気分を害してしまわれたのか……。

その目はなんだ、と叱責されることを覚悟した私だったが、国王は眉をハの字に下げて心配そうに聞いた。

「オリビア嬢。そなたは離宮の方から来たようだが、なにかあったのかな？　目が赤く腫れておる」

離宮で泣いたことに気づかれては、困ったことになる。追及されても、私の口からは、あのように大きな秘密を言えやしない。

ギクリとして体を震わせ、「い、いえなにもございません。外の空気を吸うために散歩していただけですわ」とごまかせば、国王は「そうか」と肉づきのよい顔に笑みを取り戻してくれた。それからマントを脱いで、私に羽織らせる。

「あの……」と戸惑う私に国王は、「寒いから着ていなさい」と言って地面にしゃがむ。

なにをする気かと戸惑う私の前で、木の根元に置かれていた数枚の板切れを使って、なにかを作り始めた。

「可愛い小鳥たちに餌台も作ってやろう。なぁに五分もあればできる。その間、わしの自慢話に付き合ってくれないか？」

断ることはできず、私は国王のマントに暖まりながら、板に釘を打ち付ける様子をすぐそばで見守っていた。

薄暗い森にコンコンとリズミカルに金槌の音が響く中で、国王は独り言のように手元に向けて語り出す。その自慢話とは、レオン様のことだった。

「こんなふうにわしが遊んでいられるのは、レオナルドが頼もしく育ってくれたおかげだ。わしは――」

国王は、国を統べる才覚が不足していることを自覚しているそうだ。だからこそ早々に、息子に政務の全てを任せることにしたのだと。

レオン様の頭脳の明晰さ、判断力や行動力、人柄のよさを褒め称え、それからふと手を休め、なぜか切なげに顔をしかめて私を見た。

「あやつは確かに自慢の息子だが、いつか道を踏み外すかもしれんと、わしは心配もしておる。その時はどうか……オリビア嬢がレオナルドを正しき道に引っ張り戻してやってくれ」

『正しき道』とレオン様と同じことを口にした国王に、私はヒヤリとしていた。

もしやレオン様が自分の子ではないことを、知っているのでは……そんな疑問が湧き、鼓動が嫌な音で高鳴るけれど、国王の言う正しき道とは、血筋のことではなさそうだ。

どういう意味なのかと考えつつ、曖昧に頷けば、国王は手元に視線を戻して、再び釘を打ち始める。

「オリビア嬢、国を統べる者にとって、最も大切なものはなんだと思う？」

「え、ええと……」

「それは民と領土を守ることのできる力だ。血筋などどうでもよい。わしはレオナルドを息子に持ったことを誇りに思う」

その言葉に私は目を見開いて、心臓を跳ねらせた。森に響く金槌の音よりも、この胸の鼓動が大きく速く耳元で聞こえる。

国王陛下は、なにもかもご存じなのではないかしら……。

もしかしたら、過去にもこの森で小鳥の巣箱を修理していて、その時に、離宮内を覗いてしまったのかもしれない。

そこで目にしたのは、ベイルに寄り添う王妃の姿であったのだろうか。

よく考えれば、あの肖像画を確かめなくても、レオン様が誰の子であるかは、ベイルを記憶に残している者たちにとっては瞭然だ。あれほどまでに顔が似ているのだから。

国王ももちろんわかっていて、その上で王妃をひと言も責めることなく、レオン様のことも息子として接し続けている。

そんなの、優しすぎるわ……。

「さあ、できたぞ」と嬉しそうに小鳥の餌台を手に立ち上がった国王は、その体格以上に大きく頼もしく、私の目に映っていた。

この方を情けないなどと見くびった自分を恥じて、自然の行為として地面に跪き、胸の前で指を組み合わせた。目には枯れたはずの涙が再び溢れ、ひと筋の温かな流れを作っている。

「知っておられたのですね……」と涙声で問いかければ、「わしはなにも知らん。誰もなにも気づいておらんよ」と、国王は目尻に皺を寄せて微笑んだ。

私の頭にゴツゴツとした優しい手がのせられて、よしよしと撫でられる。

その手から伝わる優しい温もりがレオン様と同じで、私は泣きながら心からの笑みを浮かべた。

「国王陛下とレオン様は、よく似ていらっしゃいますわ。その優しさと平和を愛するお心が」

「そうだろう。当然だ。あれは、わしの息子だからな」

国王陛下は闇夜を照らす、満月のようなお方ね……。

空に向けて朗らかに笑った国王に、私は尊敬の眼差しを向けていた。

時刻は二十三時を過ぎていた。

寝間着にガウン姿の私は、自室にひとり、ベッドに腰掛けて物思いに耽っている。

明日はレオン様に、話し合う時間を作っていただかなくては……。

国王と森で会話した後、すぐに彼の執務室に向かったのだが、今日は会うことが叶わなかった。困惑したような顔のグラハムさんから、忙しいから明日にしてくれと、レオン様の言付けを伝えられたのだ。

彼の心中を察すれば、一刻も早く国王の言葉を届けたかったのに、うまくいかないわね。でも明日こそは……。

日中の激しい動揺は収まっていて、今この胸にあるのは彼を心配する気持ちのみ。

夜明けが早く訪れるのを願いつつ、私はおもむろに立ち上がる。ベッドに入る前に火を消そうと、壁の燭台に手を伸ばしたその時、ドアが小さくノックされた。

用向きはわからないが、いつものメイドだろうと予想してドアを開けに行ったら、グラハムさんが立っていたので私は目を瞬かせた。

彼は寝間着姿の私を見ないようにと視線を外していて、「夜分にお訪ねして、大変申し訳ございません」とまずは詫びを入れた。

嫁入り前の若い娘の寝室に、男性がやってくるのは確かに失礼である。けれども、それを承知で訪ねなければならない理由があるのだと思い、私の中に緊張が走った。

レオン様になにかあったのかしら……。

「どうなさったのですか?」と身構えて尋ねると、反対に質問される。

「王太子殿下は、こちらにお立ち寄りではありませんか?」

なぜこんな夜中にレオン様が私の部屋にいると思ったのだろうと、面食らう。執務室を訪ねて、今日は会えないと断られたのは私の方なのに。

「いえ、日中にお会いして以降、お姿を見ておりませんけど……」と答えたら、グラハムさんは苦笑いして、こめかみを指先でかいている。

「実は晩餐後から殿下の所在を掴めず……。いえ、城内のどちらかで仕事をされているのだと思うのです。どうぞご心配なく。オリビア様をお訪ねしたのは、その……申し上げにくい想像をしてしまったものでして」

どうやらグラハムさんは、レオン様が婚礼まで待てずに、私を夜這いしに来たかもしれないと疑っていたようだ。

思わず顔を熱くして、「レオン様はそのようなことをなさいません!」と反論すれば、グラハムさんが慌てた。

「その通りでございます。失礼いたしました」と一礼し、踵を返して、すぐに廊下の奥へと去っていった。

私はドアを閉めてしっかりと施錠する。

ひと息ついて恥ずかしさが消えれば、先ほどの嫌な緊張がぶり返した。

レオン様の所在が掴めないと言っていたけど……。

グラハムさんはおそらく、レオン様の様子がいつもとは少々違っているとは気づいていても、なにについて思い悩んでいるのかまでは知らないのだろう。夜這いを心配するほどなのだから、出生の秘密に関しては、レオン様からなにも聞かされていないのだと思う。

グラハムさんは、レオン様が屋敷内のどこかで仕事をしていると考えているようだけど、本当にそうかしら……？

ドアの前から離れた私は、落ち着かない心を抱えて、部屋の中をうろうろと歩く。

レオン様は今、なにを考えて、なにをしようとしているのか……その答えを得るために、離宮での彼の言動を振り返っていた。

国王に全てを報告して、王太子の位を返上すると言った彼。私と王妃が止めても、王家の血を絶やしてはならないと頑なに主張していた。

あの時は衝撃を受けた直後だったから、過ちを正すことしか考えられなかったのかもしれないが、執務室にこもって熟考すれば、それによってもたらされる様々な弊害に気づくはずだ。

王妃の不貞が明るみに出たら、国王は嘲笑され、権威が揺らいでしまうことだろう。王家の力が弱まれば、国中が動揺し、平和が乱されるものだ。王都には犯罪が増え、経済にも悪影響が出る。この騒動を好機と捉え、謀反を企む貴族が現れたら多くの血が流されるかもしれないし、周辺諸国からの侵略にも注意を払わねばならない。

これは最悪のシナリオだけど、レオン様ならきっとその可能性もあると考えていそうな気がする。

そして彼は模索するのだ。

正しき道に戻すという信念はそのままに、なるべく混乱の少ない解決方法を。

その方法とは……。

レオン様の考えを読もうとしながら、気忙しく部屋の中を歩き回っていた。そうしたら、テーブルの端に置いていた銀製の水差しに手を引っ掛け、倒してしまう。

静かな部屋に金属音が響いて、半分ほど入っていた水がワインレッドの絨毯に流れ落ちた。濡れた絨毯は赤黒く変色し、まるで血溜まりのようだ。

それを見て、私は青ざめた。レオン様は自分の命を絶つことで、全てをもとに戻そうとしているのではないかと思ったのだ。

レオン様が消えれば、国王は血縁者を養子に迎えるかもしれないし、または公娼を城に迎えて新たに子をもうけるかもしれない。

王妃の不貞を明らかにする必要はなく、国内の動揺も一時的かつ被害を最小に食い止められる解決方法であると、彼なら考えそうな気がした。

このままでは、レオン様のお命が……‼

強い焦りを感じた私は、手早く着替えてキャビネットからフード付きの厚手のマントを引っ張り出し、それを羽織った。

きっとこの屋敷内の彼が立ち入りそうな部屋はグラハムさんがすでに捜しているはずで、屋敷の外にいるのではないかと思ったのだ。

簡単な身支度をして、廊下へと飛び出す。

皆、寝静まっているのか廊下は無人で、照度を最小まで落とした燭台の明かりがポツリポツリと灯り、とても静かだ。足音を抑えることにも気が回らない私は、廊下を走り、南棟の階段を一階まで駆け下りた。

玄関ホールに向かうべく、廊下へと足を踏み出したその時、視界の端にキラリとなにかが輝いたので、気になって足を止めた。右横の斜め下に振り向けば、地下へと向かう階段の最初のステップに、糸状のなにかが落ちている。

あれは、なにかしら……？

ここは四階までの吹き抜けの螺旋階段で、明かり取りの天窓から月光が差し込み、一本の糸を輝かせていた。

銀糸のように見えたけれど、近づいて拾い上げれば別物だと気づく。

もっと細くて、長さは私の両手の五指を広げたくらい。

これは私の髪……いや、違う。この長さはちょうど、アマーリアの髪の長さだ。

ダービー場で手放した後、私のもとにアマーリアは戻ってこなかった。誰に尋ねても、人形は落ちていなかったというのだ。それでアマーリアは壊れた姿を私に見せまいとして、ひとり静かに神の御許に旅立ったのだと思うことにしていた。

そのアマーリアの髪が、地下へと向かう階段に落ちている理由はなにかしら……。

私はその髪を握りしめて、一歩、一歩、階段を下りていく。

アマーリアに呼ばれている気がしたのだ。

階段を下りきると、そこは地下二階。明かりは灯されておらず真っ暗で、不気味さを感じさせていた。

引き返そうかと弱気な気持ちになるけれど、恐れを意志の力で封じ込めた。

私はこの先に進まねばならない。そうでしょ？　アマーリア……。

壁伝いに濃い闇の中を、前へと足を進める。

この地下二階に来たのは、レオン様に連れられて、王家の秘密の場所へ行った時以来のことである。

廊下が一度、直角に折れていたと記憶していて、その角まで辿り着いて曲がったら、前方にうっすらと明るさを感じた。

最奥のドアの下の隙間に、わずかに室内の明かりが漏れている。

あそこは……隠し通路のある、六角形のあの部屋だ。

レオン様がそこにいるの⁉

ドアに駆け寄った私は、ノックもせずにドアノブを回す。幸いにも鍵はかけられておらず、ドアを開けて飛び込んだけれど、狭い室内に彼の姿はなかった。

代わりに私を待っていたのは、アマーリア……。

壁の燭台に火は入っておらず、丸テーブルの上にランプがひとつ置かれているだけで薄暗い。そのランプの光を浴びるように、テーブル上に寝かされているアマーリアに近寄れば、陶製の顔はひび割れて、頬の一部は欠損していた。

暴れ狂う馬から落としたのだから、それは当然の結果で、わかっていたことだ。

それでもこうして目の当たりにすると、激しく心が痛んだ。

愛しき人形をそっと胸に抱いて、話しかける。

「アマーリア。あなたを壊してしまって、ごめんなさい……」

罪の意識はそのままに、けれども久しぶりの人形の感触と重みは、私の心を喜ばせてくれもした。「お帰りなさい」と微笑んで、アマーリアの頬に口づけようとする。

その時、ハッと気づいた。顔にヒビが入っているのだと思っていたけれど、破損状況がもっとひどいものであったということに。

バラバラになった顔の破片を拾い集めて、接着剤でくっつけた跡が、ヒビのように見えていたのだ。

頬の小さな穴は、そこのかけらだけが見つからなかったということなのだろう。

私にとっては大切な親友でも、他人にすれば買い替えのきく、命のないただの人形だ。その人形の無数に割れた破片を拾い、繋ぎ合わせて直そうとしてくれる人は、レオン様しかいない。

私がどんなにアマーリアを愛して必要としていたのかを、彼は知っているのだから。

夜な夜なこの部屋で、気の遠くなるような修繕作業をしていたのかもしれないと思うと、感謝の気持ちで胸が熱くなった。そして、尊いその優しさゆえに、自分だけを犠牲にして、国と王家を守ろうとしている彼に憤りを感じる。

レオン様が行く場所なら、どこへでもついていく覚悟が、この胸にはある。

天国でも地獄でも、どこへでもだ。

私を置いていくなんて、そんなの許さないわよ……。

アマーリアに向けていた微笑みを消して、私は決意に表情を引き締める。

「レオン様の居場所を教えてくれてありがとう。あなたはここで待っていて」

テーブル上に親友を戻すと、私は火の入っていない暖炉の横の飾り柱に歩み寄る。

確か、この柱が横にスライドするはずだ。

両手を柱にかけて足を踏ん張り、力を込めれば、私の力でもなんとか隠し通路への入口を開けることができた。

テーブル上のランプを手に、私は躊躇せずにその通路に足を踏み入れる。

体を横にしなければ通れない狭い通路を抜ければ、以前トロッコに乗って走り抜けた洞窟に出る。

ランプの光を強めて辺りを照らしたら、レールの上にトロッコがないことに気づいた。レオン様が乗っていったに違いない。

彼が秘密の場所に向かったという推測は当たっているようだ。

乗り物がなければ、歩くしかない。

真っ暗闇のトンネルの中を、私は小走りに奥へと進む。

恐怖心は少しも湧かなかった。今はレオン様に追いつきたいと思うだけで、彼が生あるうちに会って話さなければと、その一心で走っていた。

トンネルを抜けて、地上の森を駆け、村外れまでやってくるのに、二時間ほどもかかっただろうか。

空には満月が輝いているから、足元に不自由はない。けれども、こんなにも走ったのは初めてのことで、足は感覚を失いかけ、息は苦しくてたまらなかった。

気力だけで立っている状態で、私は一軒の民家の戸を叩く。

ここは馬貸しの老人、ビセットさんの家だ。

「お願いします、馬を貸してください！」と大きな声を出せば、その戸はゆっくりと開けられた。

寝ていたところを起こされた様子で、あくびをしながら出てきてくれたビセットさんは、私を見て少し驚いてから、皺だらけの顔でホッホと笑った。

「いつぞやのお嬢ちゃんか。血相を変えて、どうしたのかの。お前さんの旦那も、馬を借りに来たぞ」

ビセットさんは私の顔を覚えてくれていた。

あの時は村娘の格好をして、レオン様の妻だという嘘の話をした。どうやらそれを信じているようだ。

レオン様が馬を借りに来たというので、それはどれくらい前のことかと尋ねれば、真っ白な口髭を撫でつつ、老人は呑気に答える。

「寝ようとしとった頃だから二十三時くらいかの。二時間半ほど前じゃ。今日はチーズをくれてやらなんだ。わしがみんな食べてしまって、残っておらんかったからな」

ビセットさんの作るヤギ乳のチーズは絶品だったけれど、今はそんな平和な会話をしていられる状況ではない。焦りを顔に浮かべて「私に馬を貸してください」と頼んでから、お金を持ち合わせていないことに気づく。

「ああ、どうしましょう……。そうだわ。代金の代わりに、これではいけませんか？」

被っていたフードを脱いで、横髪に留めている銀のバラの髪飾りを指差した。

レオン様にいただいた宝物だけど、金目の物はこれしか持っていないのだ。

ビセットさんは目を瞬かせ、それから、いいとも悪いとも言わずに、「ちょっと待っていなさい」と一旦、家の中に戻っていった。

裏口から馬小屋の方に出たのか、しばらくするとビセットさんは、鞍をつけた白馬の手綱を引いて家の裏手から現れた。その姿は粗末なマントに手袋をつけて、外出する格好になっている。

「これが嬢ちゃんの旦那に貸した馬なんじゃが、いつの間にか馬だけが帰ってきておった。手綱にこれを結びつけてな」

見せられたのは小さな布袋で、【馬をありがとう】と書かれた短い手紙と、金貨が一枚入っていた。

それを無造作にズボンのポケットに突っ込んだビセットさんは、なぜか私に貸すはずの馬に跨った。そして、私に向けて手を伸ばす。

「馬を貸せと言っても、嬢ちゃんひとりでは乗れんじゃろう」

その指摘はもっともで、私は「あ……」と間抜けな声を漏らした。

知識として馬の扱い方を知っていても、今までひとりで乗ったことはない。そんな私が山道に馬を走らせることは、危険でしかなかった。

「駄賃はいらん。嬢ちゃんの旦那から金貨をもらってしまったからの。余るほどじゃ」

そう言ってビセットさんは、私を乗せてくれようとしている。

彼の親切はありがたいことだけど、私はその手に掴まることをためらった。

王家の秘密の避難場所に、ビセットさんを案内するわけにいかないからだ。

それなら途中で降ろしてもらえばいいかと考えたが、なにもない山道で降りると言えば、怪しまれてしまいそう。

私の迷いが見えているかのように、ビセットさんは「心配しなさんな」と深みのある声で言った。

「わしはこの通りの老いぼれだ。高貴な方々がうちの馬を借りに来たと言うても、信じる者はおらん。呆けたと思われるだけじゃろう。嬢ちゃんたちの行き先も、呆けた頭ではいつまでも覚えておられんよ」

まさか……私やレオン様が何者であるかを、知っているの⁉

心臓を跳ねらせて目を丸くすれば、「早く。急いでおるんじゃろ？」と促される。

その手に掴まり、馬上に引っ張り上げてもらった私は、スカートのままで馬に跨り、ビセットさんの腰に後ろから腕を回した。

初めて会った時、私はこの人を怪しんだのよね。愚かだったわ。ごめんなさい……。

私が方向を指図せずとも、ビセットさんは正しくまっすぐに目的地へと馬を走らせていた。「なにもかもご存じでいらしたのですね」と声をかければ、しゃがれた笑い声を返される。

「いいや、知らん、知らん。似合わぬ村男の服を着て馬を借りに来るいつもの青年が、今日は随分と立派な格好をしておると思ったくらいじゃ。嬢ちゃんも同じだな」

慌てていたから服装のことまで気が回らなかったが、確かに私のマントもその下のデイドレスも貴族的である。

レオン様はきっと私のような理由ではなく、二度とビセットさんに馬を借りに来ることはないと思ったから、変装しなかったのかもしれない。

私たちが貴族であることは見破られて当然かもしれないが、ビセットさんの口振りからは、ずっと前からレオン様の正体に気づいていたような節が窺えた。わかっていながら騙されているふりをしてくれるビセットさんに、感謝の気持ちが込み上げる。

そういえば、国王も同じことを言っていた。『わしはなにも知らん。誰もなにも気づいておらんよ』と。

レオン様に関わる人たちは皆、優しい人ばかりね。

それは彼が、どんな人からも愛される人格者であるからに違いない。

それを教えてあげなければ……。


白馬は山道を駆け上がり、見覚えのある岩場で足を止めた。ここで私は馬を降りる。

ビセットさんは岩の隙間の先にある隠し扉についてはなにも触れず、ただ「気をつけてな」と言い残して、引き返していった。

王都には雪が降らないが、冬山の中腹はうっすらと雪が積もり、強い風で巻き上げられて景色が白く煙って見える。厚手のマントの下でも寒さが身に染みるようで、体を震わせながら、私は冷たい岩の裂け目へと入っていった。

進むにつれ、鼓動はドクドクと嫌な音で速く強く鳴り立てる。

どうか間に合って……。

レオン様の身を案じ、焦る気持ちを抱えて鉄の扉の前に辿り着いた。

ドアは拳ひとつ分ほど開いており、勢いよく開けて駆け込んだ三歩目で、私はピタリと足を止めた。

これは……。

広がる光景があまりにも美しく幻想的で、神の夢の中に迷い込んだのではなかろうかと、目を疑っていた。

高い岩壁に守られたこの場所は、風が弱く寒さも和らいで、丸くくり抜いたような紺碧《こんぺき》の空には大きな満月が浮かんでいる。滝も小川も凍りつき、地面はシルクで覆ったように滑らかで白く、チラチラと舞い降りる雪は青白い月光を浴びてダイヤの粒のように輝いていた。

童話の挿絵のような小さな家も、リンゴや胡桃の木も、なにもかもが白く染められて、冬の装いをしたこの場所は神秘的なまでに美しい。

思わず私は感嘆の息を漏らす。

なんて神々しいの……。

その景色に溶け込むようにして、静かに佇んでいるのはレオン様だ。

この白き空間の中央に立ち、天を見上げてじっと動かない。入ってきた私にも気づかずに、ただ月に視線を留めている。

彼は肩章のついた紺色のマントを羽織り、その下は軍服のようだ。

正装をしているレオン様は凛々しくて男らしいが、月を見上げる横顔はガラス細工のように繊細で、どこか儚《はかな》げに見えた。青い瞳は泉のように静かに透き通り、今の彼の心には微かな乱れもないように思える。

彼までの距離は四馬身ほどで、声をかければ聞こえるであろうけれど、私はなにも言えず、呼吸さえ潜めて、その神聖な美しさに魅入ってしまっていた。

すると、まるで絵のように微動だにしなかった彼の右手が動いた。マントの下から引き抜いたのは、腰に差していたサーベルで、それを天に掲げる。

月光を浴びる全てのものが美しく見えたのに、キラリと光る刃だけは不吉に思えて、私の肌が粟立った。

「や、やめて……」

震える声では、彼に届かない。

「おやめくださいませ、レオン様！」

今度は叫ぶように呼びかけたのに、彼の心はどこか別の世界を彷徨っているのか、視線は私に向けられず、なんの反応もしてくれなかった。

彼を失うという強い恐怖に突き動かされ、慌てて私は駆け出した。

それと同時に彼が自分の首にその刃を当てる。

「嫌ですわ！　レオン様！」

刃がその首を滑る寸前で私の手が届き、鋭利な刀身を両手で掴んで彼から引き離そうとした。

必死の思いで止めたため、力加減などできはしない。両手の指の関節に刃が食い込んで、溢れ出した血が滴り落ちる。

白き世界が点々と赤く色づくと、彼がハッと我に返ったような顔をして、やっと私の存在に気づいてくれた。

「オリビア⁉　なにをしている、早く手を離すんだ！」

目を見開き、声を荒らげ、私を遠ざけようとする彼。

しかし、力尽くで私の手からサーベルを引き抜くことはできずにいる。

そんなことをすれば、私の両手の指先がなくなることをわかっているからだろう。

「指が――」と心配する彼に、私は真剣な顔をして「離しません！」と言い放つ。

「死ぬおつもりでしたら、わたくしもお供いたします。この剣をお貸しください。まずはわたくしから自害します」

「なにを言う!? オリビアが死なねばならない理由はない！」

語気を強め、瞳を厳しくする彼に叱られても、私の決意は揺るがない。

指の痛みなど感じられないほどに必死だった。彼からサーベルを奪おうと、ますます両手に力を込めて「理由ならありますわ！」と反論する。

「愛しているからです。もし間に合わずにあなたが命を絶っていたら、わたくしもすぐに後を追うつもりでした。あなたが行くところは、どこへでもついていきます。命を賭けるに値する愛を教えてくださったのは、レオン様ですわ！」

青い瞳が驚きに見開かれ、それから苦しげに顔がしかめられる。「オリビア……」とため息交じりに呼ぶ声に力はなく、どうやら観念した様子であった。

「君の命まで奪えない。どうやら俺は、死んではいけないようだ……」

彼がサーベルを離してくれたので、私は数歩走って、それをできるだけ遠くに投げ捨てる。そうするとやっと指に痛みを感じて、私は小さな呻き声を漏らした。

追ってきたレオン様が私の肩を抱いて、「手当てをさせてくれ」と切なげに言う。

そして奥にある雪を被った小さな屋敷に、そっと私をいざなった。

それから三十分ほどが経ち、薪が燃える暖炉の前に私たちは並んで床に座り、体を温めている。

お尻の下には鹿の毛皮を敷いているので、椅子に座るよりも暖かくて快適だ。

指の傷はいくらか痛みはあるものの、包帯を巻いてもらって血は止まり、動かさなければ問題なさそうだ。

私は今、彼に肩を抱かれながら、離宮を出た後に森の中で国王に出くわしたことを話している。

国王は、王妃の不貞も、レオン様が自分の子でないことも、なにもかも承知の上で知らないふりを続けてきた。『血筋などどうでもよい』と口にして、レオン様のことを『自慢の息子だ』と言ったのだ。

「国を統べる者にとって最も大切なのは、民と領土を守ることのできる力なのだそうです。それを有するあなたを息子に持ったことを、誇りに思うとも仰いましたわ」

「父上が、そのようなことを……」

絞り出すような声で呟いたレオン様は、その後は目を閉じて、湧き上がる感情と戦っているような様子であった。

唇を引き結び、眉間に皺を寄せて、その閉じた瞼にはうっすらと涙が滲んでいる。

国王の想いを受け止め、彼の心は今、確かに動かされている。

それを感じ取った私は、ホッと息をつく心持ちでいた。

もう、命を断とうなどと、思わないわよね……。

静かに涙する彼に、私はビセットさんのことも話した。

ここへ私を連れてきてくれたビセットさんは、レオン様が何者であるかを前々から気づいていたのに、知らないふりをしてくれていた。それはきっと、レオン様の身の安全のためであろう。

王太子がわずかな供を連れて馬を借りに来るなどという噂が広まれば、金目当ての悪しき輩に狙われてしまう。お忍びでやってくる彼に、ひと時の自由を楽しんでもらいたいという気持ちもあったのかもしれない。

そのことを伝えれば、レオン様は目を開け、潤む瞳に私を映して苦笑いしている。

「俺は、嘘をつくのが下手なようだ」

「そうですわね。でも、それでいいと思います。きっと正直さも含めたレオン様のお人柄が、人を惹きつけ、皆に愛される理由でしょうから」

ニッコリと微笑みかければ、彼もつられたように口元を緩ませてくれたけれど、すぐにその視線は私から外されて、弾けた薪に向けられてしまう。

揺れる炎を眺め、「本当にこのままでいいのだろうか……」と独り言のように呟く彼は、まだ完全に迷いの中から脱出してはいないようだ。

もうひと押しだと説得を企む私は、お尻の位置をずらし、無理やり彼の視界に入る。

「もちろんですわ！」と包帯を巻いた手で、レオン様の左手を強く握りしめ、王太子であり続ける決意を促した。

「あなたに国を守り、導いてほしいと誰もが願っているのです。ですから、死する覚悟ではなく、新たな覚悟をお決めになって」

「新たな覚悟？」

「ええ。下手な嘘をついてでも、国民を騙し続ける覚悟です」

清らかな性根の彼だから、騙すという行為に抵抗があるのはわかっている。きっと罪深いことだと捉えているのだろう。

しかめられたその顔を見れば、王族の血を絶やしていいものかと、またしても悩みの中に戻ろうとしているのがわかる。

そうはさせまいとする私は、彼の心の荷を軽くしようと考えて、「レオン様」と笑顔で呼びかけた。

「全てを知った上で、あなたの妻になろうとしているわたくしも同罪です。あなたの罪はわたくしの罪。その重みの半分を背負わせてくださいませ」

「いや、オリビアが苦しむ必要は——」

「心配しないでください。わたくしはもとよりしたたか者ですので、そのくらいのことで心は少しも痛みません」

『それくらいのこと』と重罪をわざと軽んじて口にすれば、険しい顔をしていた彼の眉間の皺が解けた。プッと吹き出し、肩を揺らして笑ってくれる。

「さすがはオルドリッジ公爵家の令嬢だ。確かに君はしたたかで、俺にはない黒い心を持っている。だが、とても清らかだ。今わかったよ。あどけない少女の頃の君と、今の君を分けて考えるべきではなかった。君の黒さは美しく純粋だ。とても尊敬する」

その言葉に目を瞬かせた私は、自分の胸にそっと手を当てた。

胸の中で眠り続けていた純朴な少女が、完全に目覚めた気がしたのだ。

少女は大きなあくびをした後にニッコリと無垢な笑顔を浮かべ、それから今の私の心に溶け込むようにスッと消えていく。

レオン様の言う通りかもしれない。かつての私の心も、今の私の心も、別人のものではなく、連続する時の流れの中で私という同じ人格の中にある感情だ。それは分けて考えるものではなく、もとからひとつであったのだ。

「そうですわね。わたくしは、純粋なしたたか者です」と答えてあの頃のように微笑みかければ、レオン様が楽しそうな顔をして笑い出す。

笑顔を見せてくれるのが嬉しくて、気づけば私も一緒に声をあげて笑っていた。

屋敷の中の小さな居間は、暖炉と、椅子が二脚のテーブルセットとキャビネットがひとつあるだけで、他に調度類はない。振り子時計もないので、時刻がわからないが、きっと夜が最も深まる時間なのではなかろうか。

笑いが収まった後には、向かい合う私たちの息遣いまでもが聞こえるほどの静寂が広がる。するとレオン様の瞳が艶めくから、私の鼓動は自然と高鳴り始める。

立てた膝の間に抱き寄せられ、彼の右手が私の頬に添えられた。

息のかかる距離で私に真摯な眼差しを向ける彼は、麗しき唇を開いて、心に染み入る声を響かせる。

「王太子として、君に命じる。我が妃となりなさい。ともに国を守り、そして……俺に愛されて幸せになるんだ」

その声も眼差しも、今までの彼よりずっと堂々と威厳に満ちていて、震えるほどの喜びがこの胸に込み上げた。

大きな障壁を乗り越えたことで、レオン様はさらに頼もしくなられたわ。

きっと、この国の行く先は安泰ね……。

未来への安堵と、求められる喜びが涙となって溢れ、私の頬を濡らす。

彼の胸に手を添え、「承知いたしました」と命令を受け入れて、「どうぞ、わたくしを存分に愛してくださいませ」と微笑んだ。

その直後に、さらに引き寄せられて、唇が重なる。押し当てられた唇は、すぐに開かれて濃い交わりとなる。

なんの憂いもない、満ち足りた心での口づけは、これほどまでに幸せなものなのか……。

とろけてしまいそうな心地よさの中で、体の力は抜けていき、彼に背を支えられるようにして毛皮の上に体を横たえた。

仰向けの私に覆い被さるようにして、彼は愛しげに見つめてくる。額と頬と唇にキスをくれて、それから首から下へと滑らせるように唇の位置をずらしていった。

いつの間にかデイドレスの襟のリボンはほどかれて、胸のボタンも三つ目までを外され、レースの下着が露わになっている。

甘美なキスに夢中で気づかなかったが、レオン様は私の服を脱がして、この先に進もうと考えているようだ。

『存分に愛してください』とは言っても、今ここで破瓜《はか》を迎えることまでは承知していない。

慌てて彼の胸を押して「この先は、婚礼の後に――」と止めようとしたが、再び唇が重なって、拒否の言葉を封じられてしまった。

至近距離にある青い瞳には色が灯され、息遣いは速く熱く、レオン様はどうにも欲情を抑えきれない様子である。

ついに胸を露わにされて、柔らかな双丘を揉みしだかれた。

愛しいレオン様の手は決して嫌ではないけれど、今は困るわ……。

合わせた唇の隙間に甘い吐息を漏らしつつも、焦る私はなんとか止めなければと思案する。彼の唇が胸の頂へと移動して、発言の自由を取り戻したら、思いついたそれを急いで口にした。

「聞いてくださいませ。王城を出る前に、グラハムさんがレオン様を捜して、わたくしの部屋に来ましたの」

話しかけても私の胸から顔を離さずに、「うん。それで？」と彼は相槌を打つのみ。

尖らされた頂を軽く吸われて「ああっ」と甘く呻きながらも、私は流されまいとして言葉を続ける。

「グラハムさんは、レオン様が夜這いしに来たのではないかと考えたようですわ。ですからわたくし、少し怒ってしまいましたの。レオン様は正式な結婚を待たずして、そのようなことをなさいませんと言いました」

その途端、彼は愛撫の動きを止める。ゆっくりと胸から顔を上げ、私と視線を合わせると、ばつの悪そうな表情でため息をついた。

「信頼してくれてありがとう。とても嬉しい。だが……男としては苦しいことだ」

本音を漏らして、もう一度深いため息をついた彼に、私はクスクスと笑ってしまう。

乱された服を直し、「どうかもう少しだけ辛抱してくださいませ」と微笑んだ。

うなだれる彼の頬を両手で挟み、初めて私から口づけをする。

もう少し。私たちが結ばれるのは、そんなに長い先ではないわ。

大切なその時を待つ間も、きっと幸せに違いない……。

オリーブをくわえた白鳩

澄み渡る青空が広がる、気持ちのよい初夏。

カルディンブルク王国の王太子、レオナルドは、王都の大聖堂にて婚礼の儀を済ませ、城の大邸宅へと戻ってきたところであった。

息つく暇もないとは、今日のようなことを言うのだろうか。式典に慣れている彼であっても、伝統を重んじる細かな決まり事の多い儀式に神経を擦り減らし、参列した貴族たちからの長々とした祝辞を受け続けては、いささか疲れを感じていた。

けれども心には、今日のこの日を無事に迎えられた喜びの方が大きい。

最愛の女性を、我が妃と呼べる日がやっと訪れたのだから。

南棟の二階にある大ホールは、夕方より開催される祝いの宴の準備がなされている最中であった。忙しそうにテーブルや椅子を並べている使用人たちが、ホールに入ってきた王族一同を見て、作業の手を止めて頭を下げる。

「ご苦労様。気にせずに準備を進めて」と気さくに声をかけたレオナルドは、輝くたくさんの勲章や大綬で飾られた軍服姿だ。

凛々しくも麗しい姿に若いメイドが揃って頬を染めているが、彼の青い瞳には、その腕に手をかけて粛々と隣を歩くオリビアしか映っていなかった。

「オリビア、疲れているよな。すまない。これが済めば、少し休憩できるから」

これからふたりは、前庭に面したバルコニーに出て、国民に結婚の報告をする。それは新しい妃のお披露目の意味合いが強い。

おそらくオリビアは早朝から着付けなどで、レオナルドよりも忙しくしていたことだろう。彼としては休ませてあげたいところだが、これが終わるまでは椅子に座らせてもあげられないのだ。

心配するレオナルドに、オリビアは首を横に振った。

「一生に一度の貴重な日ですもの。疲労感さえも喜んで、楽しもうと思っております。どうぞご心配なく」

ニッコリと愛らしい微笑みを向けられて、レオナルドは胸に愛しさが込み上げた。

今すぐにその唇を奪い、まだ無垢な体を早く汚してしまいたいという欲望が湧き上がる。

しかし、後ろには国王と王妃、近侍や護衛がぞろぞろとついてくるので、今は我慢である。

男の情欲をぐっとこらえた彼は、オリビアをエスコートしながら、バルコニーの扉の前に立った。

「いいよ」と彼が言うと、使用人ふたりの手によって、アーチ型の両開きの扉が開かれる。すると待ちかねていた群衆の、大歓声が轟いた。

今日だけは城門が開放されて、王都の民が祝福に押し寄せている。広大な前庭の芝生は人が溢れんばかりで、入りきらぬ民の行列が、門の外にまで続いていた。

ここは小高い丘の上なので、王都の街並みも、その向こうの港や灯台、青く輝く海までよく見える。港の大型商船が、祝いの汽笛を鳴らす音も、海風に乗って微かに届いた。

バルコニーに足を進めるレオナルドの歩調は、オリビアに合わせてゆっくりだ。彼女は後ろの裾が引きずるほどに長い、純白のドレス姿なので、速くは歩けない。

ふたりは並んで手すりの手前に立った。

眩しい日差しの中へ現れた麗しいふたりの姿に、歓声は勢いを増す。

これからレオナルドの挨拶が予定されているのだが、こんなに騒がしくては、いくら声を張り上げても、近くの者にも届かないことだろう。

現に「君の美しさに、皆が興奮している」と隣のオリビアに話しかけても、

「え？」と聞き返されてしまい、彼は苦笑いした。

（歓声がやまぬのも、無理はないか。オリビアがこんなにも輝いているのだから……）

プラチナブロンドの髪はサイドを結い上げ、眩いティアラで飾り、一流職人の手で縫い上げられた豪華なドレスを纏った彼女は、貴族的な気品に溢れている。

けれども、大きく丸い瞳やぷっくりとして柔らかそうな唇は少女のような可憐さも残していて、愛らしいという印象を与えた。

（これは王太子妃となったオリビアのお披露目だ。俺の言葉など不要だな……）

そう考えたレオナルドは挨拶を諦めて、群衆に向けて笑顔で手を振った。

オリビアも自然な笑みを口元に浮かべ、彼に倣う。

その素直さと愛らしい微笑み方に、彼は懐かしい少女の面影を見た気がしていた。

（十年前、君に初めて出会った時は……）

オルドリッジ領の視察は、十五歳のレオナルドにとって、初めての遠出の公務であった。長距離の馬車移動で尻は痺れ、他家の領地に立ち入ることには、少々の緊張を感じていた。

しかし屋敷に入った途端に、彼の疲労も緊張も、一遍に吹き飛ぶことになる。

玄関ホールで待っていたのは、プラチナブロンドの輝く髪に、琥珀色のつぶらな瞳をした美少女。彼女は天使の如き純真無垢な笑顔を浮かべ、彼を歓迎してくれたのだ。初めの挨拶こそ、公爵令嬢らしい丁寧でお手本のように正しいものであったが、彼女は父親の目を盗んでは『レオン様！』と駆け寄ってきて、無邪気に話しかけるのだ。

ある時は親友だという人形を紹介してくれて、レオナルドを人形遊びに誘った。

またある時は、彼女が焼いたという、かなり焦がしたチェリーパイを『お召し上がりください！』と運んできて、慌てたメイドに止められていた。

公爵との仕事に関する話を終えて、眠るために客間に戻ろうとしていた夜は、彼女の大胆な行為に驚かされた。童話の本を抱えたオリビアが客間のドアの前で待っていて、『寝つきがよくなるご本を読んで差し上げますわ！』と言うのだ。

そこには無邪気さと優しさ以外の思惑はない。純粋な気持ちで寝室に入ろうとしている彼女に、なんと言って帰らせようかと、彼は困ったものであった。

レオナルドの記憶にあるどの場面でも、少女の笑顔は印象的なまでに清らかで、愛らしかったのを思い出す。

今、隣にいる彼女も、そのような顔で微笑んでいた。

（ああ、オリビア……。やはり少女の頃と今の君は別人ではない。自分はしたたか者だと言う今の君の中にも、あの頃の面影が感じられる）

視察を終えて帰る馬車内で、少年であった彼は十年後の今日のことを思い描いていた。

大人になった彼女は、どれほど美しいことだろう。いつか俺の妃として、城に迎えたい、と……。

その願いは実を結び、今、彼の隣には、花嫁衣装を纏ったオリビアがいる。

しかし、群衆に手を振る彼女の手に視線を向ければ、申し訳なさに心が痛んだ。

レオナルドの胸には、しみじみとした喜びが込み上げる。

彼女の両手には、シルクの白い手袋がはめられている。

公の場で、彼女は手袋を脱ぐことができなくなってしまった。それは冬のあの日の刀傷が、彼女の指に茶色の線となり、残ってしまったからであった。

女性ならば、体に傷跡が残れば悲しく思うものだとレオナルドは考えていた。

しかしオリビアは『レオン様のお命を守ることができたんですもの。名誉なことで嬉しいですわ』と明るく笑って言ってのけた。

その彼女の気遣いによって、彼は自責の念に押し潰されずに済んでいる。

（オリビアには感謝しても、しきれない。あの時、命を絶とうとした決断は、間違いであった……）

死することで全てが解決すると考えた彼の決意を、彼女は命懸けで覆してくれた。

今のレオナルドは、王家の血筋よりも守らねばならないものがあることを知っている。それはこうして喜んでくれる国民と、愛しき人々だ。

レオナルドの隣には国王が、オリビアの隣には王妃がふたりを挟むようにして立っている。

王妃はもうふたりの婚姻に反対することはない。息子の命を救ったオリビアに涙ながらに礼を言い、今までつらく当たったことを心から謝罪していた。今は出生の秘密を共有する家族としてオリビアを受け入れ、ふたりの結婚を祝福している。

両親の安心しきったような笑顔を見てレオナルドは、これほどまでに幸せな結婚ができたのもオリビアのおかげに違いないと、感謝を新たにするのであった。

万感の思いに浸る彼に、「レオン様、また汽笛が聞こえましたわ。ほら！」とオリビアが話しかけてきた。

歓声にかき消されぬようにと、大きな声を出したため、彼女の声は届いている。けれどもレオナルドはわざと聞こえなかったふりをして、「なに？」と彼女に顔を近づけた。そして不意打ちのキスをする。

瞬時に頬を赤く染めて、「こんなに大勢の前でおやめください」と慌てる彼女の顎をすくい、レオナルドはわざとニヤリと意地悪く笑ってみせた。

「その願いは聞けないな。夜まで待つのが苦しい。これでも精一杯の我慢をして、キスで譲歩してあげているんだ。だから、目を閉じなさい」

レオナルドの手のひらが、恥じらうオリビアの目元を覆う。

するとその時、ワッとひと際大きな歓声が湧いた。

それは仲睦まじい、ふたりの様子に対する反応ではない。

突然バサバサと、鳥が羽ばたく音が聞こえてきて、驚いたふたりが空を仰げば、そこには二百羽ほどの真っ白な鳩が群れとなって飛んでいた。

王城にはよく白鳩が飛んでくるけれど、これほどまでに大きな群れというのは珍しく、誰もが不思議に思って空を見上げている。

不思議なことはまだあった。鳩は皆、くちばしに同じものをくわえている。

一羽の鳩がオリビアの手の中に落としたそれは、数枚の葉をつけたオリーブの小枝であった。

オリーブの枝をくわえた白鳩は平和の象徴とされていて、それを見た群衆は「奇跡だ！」と口々に叫んで歓喜していた。

レオナルドも彼らと同じ思いでいたのだが、オリビアだけは指先でオリーブの小枝を遊ばせながら、なぜかクスクスと意味ありげに笑っている。

「奇跡じゃないわ。これはレオン様の奇術でしょう?」

嬉しそうに、そして敬愛の念を込めたような瞳に見つめられたレオナルドは、つい「よくわかったね」と答えてしまう。

こんなに大掛かりな仕掛けを用意してはいなかったのだが、オリビアの期待を裏切りたくないと思ったためだ。

(せっかく勘違いをしてくれたのだから、少しばかり気取らせてもらおうか。君の目に映るこれからの俺は、いつでも揺るぎない強者の姿でありたい……)

群衆の視線のほとんどが、白鳩に向けられていた。

この国の行く末を思わせるような平和の象徴が、青空に大きな円を描く中で、レオナルドは愛しき妻を抱き寄せる。

目を瞬かせているオリビアに、「この命を懸けて君と平和を守る」と誓い、「愛してる」と囁いて、薄紅色の唇にそっと口づけた。

特別書き下ろし番外編

王太子妃の務めは、夫の重すぎる愛を受け止めることである

婚礼の儀から一年半ほどが過ぎ、王城には木枯らしが吹き抜ける。

王太子妃である私の、この時期の仕事の大半は、他貴族との交流である。

それは公爵令嬢の頃とさほど変わらず、問題なくこなしているつもりであった。

ここは王城の東棟の二階にある広めの応接室で、二十時を過ぎても私とレオン様は仕事をしている。

今宵は第一回目の奇術サロンを開催中。主催者はレオン様で、旅回りの奇術師が王都にやってきたため、講師に招いての催しである。

「というふうに、ジョーカーを別のカードにすり替えます。ではみな様、ここまでを練習してください」

奇術師はハの字の形の口髭を生やし、ひょろりとした体型の中年男性だ。

サロンの招待客は三十名ほどの貴族男女で、二列の半円を描くようにして立ち並び、講師の説明を聞きながら、カードを手にして奇術に挑戦している。演説台のように脚の長いテーブルが各々に与えられ、私もそれに向かってカードをいじっていた。

けれども心は手元に集中できやしない。

テーブルをひとつ挟んだ斜め前にはレオン様がいる。

彼もカードを手にしているが、私たちとは違う難度の高い別の奇術を教わっていて、彼につきっきりで指導しているのが、奇術師の娘、ザラであった。

ザラはなかなかの美人で、二十五歳の未婚女性だ。濡れたような濃い茶色の瞳は大きく、艶やかに波打つ長い髪が美しい。胸や尻にはボリュームがあり、腰や手足はほっそりとして、男性に好まれそうな容姿をしている。

そんな彼女とレオン様の声を弾ませた会話が、私の集中を妨げていた。

レオン様が楽しんでいるのは結構だけど、ちょっと距離が近すぎやしないかしら。

それに、その服もどうにかしてほしいものだわ……。

ザラの着衣は露出度が高い。鮮やかな赤いドレスは体にフィットするもので、背中と胸元が大きく開いて、お腹は完全に肌が見えている。スカートは、両サイドに太腿までのスリットが入っていた。

芸事を生業《なりわい》とする者なので、ある程度はしかたないと思うけれど、この奇術サロンでは舞台衣装のような格好をしないでほしかった。

レオン様の表情はここからでは見えず、彼女の姿をどう思っているのかわからないけれど、他の男性貴族はデレデレと締まりのない顔で彼女を見ているのが気に障った。

「あ、失敗だ。思ったより難しいな」というレオン様の声が聞こえる。「殿下、こうなさるとよろしいですわ」と言いながら、ザラが真横からレオン様にすり寄った。

レオン様の体に隠れて見えないけれど、ザラは彼の手を取って教えているような雰囲気だ。

今、レオン様の手を握ったのではないかしら⁉　ほら、また……。

ハラハラとするのは、ザラに下心がありそうな気がしてならないからだ。もしや彼女は公娼を狙っているのではないかと疑ってしまう。

結婚して一年半になろうとしていても、私はまだ子を身籠もることができずにいる。

それについて直接的に非難してくる者はいないけれど、あと数年の間に子ができなければ、公娼を迎えねばならないだろうという心配が、臣下の間でヒソヒソと交わされていることには気づいていた。

それを気に病んでいるため、余計にザラを警戒してしまうのかもしれない。

嫌だわ。そんなにレオン様に近寄らないで。大きな胸が彼の腕に当たりそうよ。

あ、今、押し付けたわよね⁉

ふたりの様子ばかりが気になって、私の手からカードが抜け落ち、バラバラと床に広がった。「妃殿下、落とされましたよ」と周囲の数人の貴族が拾い集めてくれる。

講師の奇術師は、「難しいでしょうか？　もう一度お手本をお見せいたしましょう」とにこやかに近づいてくるけれど、私はそれを無視してレオン様とザラばかりを睨むように見てしまった。

するとレオン様が斜め後ろに振り向いて、私たちの視線が交わった。

彼が目を瞬かせたのは、私が頬を膨らませているからに違いない。

口には出さずに『公娼は嫌。他の女性と親しくしないで……』と呟いた。

レオン様はなぜか目を伏せ、嬉しそうにフッと笑った。それから私たちの前に出て、奇術師となにやらヒソヒソと相談し始めた。

奇術師が頷くと、レオン様が人当たりのよい笑顔で私たちに言う。

「皆さん、少し手を止めてこちらに注目を。新しくマスターした奇術を、ご覧に入れましょう」

その途端、若い女性の招待客数人から「キャア！」と黄色い歓声があがった。

サロン開始時の会食の席でもレオン様は、空中からワイングラスを取り出すという奇術を披露した。その時に婦人たちが揃って頬を染めていたのを、私は見逃していない。いつでも麗しい彼だが、器用に、華やかに奇術を見せる姿には、乙女心を刺激するものがあるようだ。

きっと婦人たちは、また私の夫に見惚れるんだわ……。

新しくマスターした奇術という言葉に興味をそそられるよりも、それに不快感を覚える。

私だけ先に退室しようかしら？　駄目よね。そんなことをすれば、主催者であるレオン様の顔に泥を塗ってしまう……。

参加者から期待の拍手が湧く中、私だけが面白くない顔をしていた。そうしたら、

「オリビアは前へ。君に助手をやってもらいたい」とレオン様に呼ばれた。

「はい……」

突然のことに戸惑いつつも、助手に指名されたのが私でよかったと胸を撫で下ろす思いでいる。ザラが呼ばれていたら、耐えられずに退室していたかもしれない。

前に出てレオン様の横に並ぶ。「なにをいたしましょう？」と問えば、「立っているだけでいい」と楽しそうな声を返された。

持ち込んだ麻袋を漁っていた奇術師がレオン様に渡したのは、爪先までが隠れるほどに大きな黒いマントだ。それで体を包まれる私の胸には、なにが起こるのだろうというワクワクした期待と、婦人たちの色めき立った視線が夫に向けられていることへ

の不満が入り混じっている。

三歩ほど離れた隣では、奇術師がバイオリンを取り出して軽やかなメロディを奏で出した。ザラも彼の横に並んで鈴を鳴らし、レオン様の奇術を盛り上げる。

レオン様はマントを羽織った私の肩に触れながら、優雅な足取りで私の周囲を一周した。

忙しないリズムを刻んでいた鈴の音と、バイオリンの音色がピタリとやむ。

招待客が沈黙して静かな期待の目を向ける中、レオン様が私の体からスルリとマントを脱がせたら……ワッと歓声が沸いた。

自分の体に視線を落とした私は、目を丸くする。

これは一体、どういうことなの⁉

私の着ている深緑色のドレスの胸元にはバラの刺繍が施されていたのだが、不思議なことにそれが真っ赤なバラの生花に変わっていたのだ。

マントの下で私がなにかしたわけではないのに、なぜこんなことが……。

純粋な驚きに口を閉じることも忘れている私を、レオン様はクスリと笑い、「これで終わりじゃない」と、今度は右手を頭上に掲げた。彼が指先をパチンと弾いたら、天井からたくさんの真っ赤なバラの花びらが、舞うように降ってくる。

「素晴らしいですわ！」と興奮していたら、突然彼に抱き寄せられる。腰に腕を回され、顎先をすくわれて、端正な顔がゆっくりと近づいてきた。

「レ、レオン様⁉」

皆がいる前で、なにを……。

唇が触れる前に「いけませんわ！」と彼を止めれば、「君が可愛いやきもちを焼くからいけないんだ」と嬉しそうな声で諭される。

愛している女性は私だけだと、それを教えて安心させるために、彼は口づけようとしている。それを知っても、この胸の大きな羞恥心が彼のキスを拒んでしまう。

顔を背けて彼の胸を押し、抵抗したのだが……。

腰に回された腕に余計に力が込められ、顎を鷲掴むようにして、顔を正面に戻されてしまった。

「大丈夫。俺たちの姿は花びらに隠されて見えないよ。キスを受け入れなさい」

優しく強引な指示の直後にすぐに唇が重なり、舌をからめとられた。

不思議な花びらはまだ降り続いており、足元に積もりそうな勢いだ。

それでも私たちがなにをしているのか見えないほどではなく、女性の黄色い声や男性の笑い声、「このご様子ですと、お世継ぎ誕生は間もなくですな」とからかうような声まで聞こえてきた。

レオン様、もうお許しくださいませ……。

濃密で執拗なキスはなかなか終わらない。

耳まで顔を熱くしながら、私は心の中で反省中だ。

レオン様が女性に構われるのは嫌だけど、これからは努めて平静に、嫉妬を悟られないようにするわ。そうしなければ、私が恥ずかしい目に遭うようね……。


柱時計は零時を指していた。ここは婚礼の儀の後にあつらえた寝室で、天蓋付きの大きなベッドの上で裸の私たちは体を寄せ合っている。

レオン様の腰の動きは加速して、私は彼の下で甘く呻いて快楽の波に揺れる。

彼の青い瞳が幅を狭め、麗しい顔が苦しげにしかめられている。

彼が絶頂に達しようとしているのを感じ、私は慌てて言った。

「レオン様、どうかわたくしの中に……」

しかし願いは叶わず、熱い飛沫は外に出されてしまう。

呼吸を乱している彼の体の重みを感じながら、私は不満を募らせていた。

結婚して一年半ほどになるというのに、彼は一度も私の中に子種を与えてはくれない。もしかして、まだ王家の血筋にこだわっているのだろうか？

子が授からなければ、いずれ近縁の者を養子に迎えることになるだろうと目論んで。

レオン様の気持ちもわからなくはないけれど、私は彼の子を身籠りたい。

子ができなければ、周囲が勝手に動いて、公娼を迎えねばならない展開になるかもしれないのだ。そんなことには耐えられない。

レオン様は息を整えると、横にずれて私の首の下に右腕を差し込む。そして、ひとりだけ満ち足りたような顔をして、キスしようとしていた。

今宵も子種を授けてもらえなかったことを不満に思う私は、顔を背けてしまう。

「オリビア？」と問いかけられ、「すまない、激しすぎた？」と見当違いの心配をされる。

視線を戻した私はしっかりと彼の瞳を見つめて、文句を言った。

「私たちの子が欲しいのです。レオン様は、どうしても子を成すのがお嫌ですか？国王陛下も臣下の者たちも、誰もがあなたを次期国王と認めているというのに、まだ血筋にこだわるのですか？」

血筋に関することを口にすれば、切なさが蘇り、両手の古傷が痛む。

あの冬の満月の夜、国王が言った『正しき道』とは、レオン様がこの国に君臨し続けて、民と領土を守り、次の世代の王を作り育むことだと私は考えている。

その道を踏み外そうとしていた彼を、命懸けで戻したつもりでいたのに、私では力不足であったのだろうか……。

ポロリと涙がこぼれたら、彼を慌てさせてしまった。

男らしくも繊細な指先が私の涙を拭い、「違う」と彼は真剣な目を向ける。

「君にはいずれ俺の子を産んでもらいたいと思っている。男児が授かればもちろんその子は王位継承者だ。だが――」

レオン様が説明してくれた、子種を与えない理由とは、私が思ってもいないことであった。

懐妊すれば、私を抱けない我慢の日々が十カ月以上も続く。それに耐えられるように、今は抱き尽くそうとしているそうだ。まだ新婚といってもよい私たちなので、もう少しふたりの時間が欲しいとも話してくれた。

「まだ君を抱き足りないんだ。四百回ほどしか抱いていないだろ?」

青い瞳はまっすぐに、真剣に語ってくれたけど、私は半開きの口で唖然と彼を見てしまった。

一年は三百六十五日しかないのよ。一年半で四百回は、多すぎるに違いないのに……。

それを指摘すべきかと迷い、目を泳がせれば、彼が私の上に馬乗りになり、真上から小さなため息が降ってきた。

「君が子を望む気持ちはよくわかった。世継ぎはまだかと周囲もうるさくなってきたことだし、そろそろ作るとしよう。来月からな」

「来月？　今月からではないのですか？」

「今月は思う存分オリビアを抱く。懐妊期間がちょうどよい休息だと感じられるくらいに、一日中、時間が許す限り、何度でも君を味わっておこう」

一日中、何度でもって……。

本気で言っているのかと目を丸くしたら、フッと笑われ、その瞳に再び色が灯されるのを見てしまった。

唇が重なり、舌が絡み合う。両足を広げられて、私はまた驚いた。

今の言葉は本気だったのね。さっき終えたばかりなのに、もう一度抱くつもりなんて……。

来月からは子作りをしてくれるということなので、それには安堵したいところだが、今月で私の体が壊れやしないかという新たな心配が湧く。

それでも刺激されれば、蜜が溢れて、愛しい彼を喜んで迎え入れる。

打ち寄せる快楽の波にたちまち溺れ、こらえきれずに甘く呻いたら、耳元で低音の艶めいた声を聞いた。

「オリビアを抱いていると、俺の中の欠けているものが埋められていくように感じて満たされる。さっきは、妊娠期間がちょうどよい休息と思えるくらいに……と言ったが、いくら抱いてもそうならないだろう。抱けば抱くほど、もっと君を愛したくてたまらない」

もう十分に愛情を感じさせてもらっているのに、これ以上だなんて、愛されすぎだわ……。

快感に喘《あえ》ぎながら、決意を新たにする。

その重みのある愛情をしっかりと受け止めて支え、私も同じくらいに深い愛で応えよう。

それが王太子妃の務め……いえ、レオナルド・ハウエル・グラディウス・カルディンブルク様の妻である、私の生きる喜びであるから。

END

あとがき

文庫をお手に取ってくださった皆様に、厚くお礼申し上げます。

この作品は、今年一月に発売されました『公爵様の最愛なる悪役花嫁』の主役、クレアとジェイルの娘をヒロインとしたお話になっております。

そのため、親世代のアクベス家との争いを引きずっておりまして、領土問題など背景が少々ごちゃごちゃしてしまいました。今作からお読みになられた方にはわかりにくく感じたかもしれないと、反省点です。

また、この物語は小説サイト『Berry's Cafe』にて執筆公開していたのですが、サイト版のオリビアは若干したたかという程度で、最初から素直にレオンの言うことを聞くいい子でした。

呪いの人形作戦も行なっておりませんし、ルアンナに仕返しするというより、王女の恋に協力することで感謝され、その結果、意地悪されなくなるというお話でした。

王妃の温室のガラスも、人の大切なものは壊せないと、割らずに助けられるまで耐えて、その結果倒れてしまうというけなげさです。

それがなぜ文庫版ではこうなったのかというと……編集部様からもっと悪女にしてほしいとのリクエストがあったためでした。びっくり仰天です。

改稿期間で半分近くを必死に書き直し、こうしてなんとか文庫になりましたことにホッとしております。

今は、こんな感想しか出てきません。

間に合ってよかった……（燃え尽き）

文庫にて悪女に生まれ変わったオリビアが、どうか読者の皆様に好いてもらえますように。

最後に、編集を担当してくださった鶴嶋様、妹尾様、ご指導の数々に感謝致します。

文庫化にご尽力くださった多くの関係者様にも、心よりお礼申し上げます。

カバーイラストを描いてくださった氷堂れん様、王太子を押しのけて偉そうに椅子に座っているオリビアが実に悪役令嬢らしい雰囲気でとても素敵です。いつも素晴らしい表紙絵をありがとうございます！

そして、この文庫をお買い求めくださった皆様に、平身低頭でお礼を。

ベリーズ文庫にて、また皆様にお会いできますことを願っております。

藍里《あいさと》まめ

藍里まめ先生への
ファンレターのあて先

〒104-0031
東京都中央区京橋1-3-1
八重洲口大栄ビル7F
スターツ出版株式会社　書籍編集部　気付

藍里まめ先生

本書へのご意見をお聞かせください

お買い上げいただき、ありがとうございます。
今後の編集の参考にさせていただきますので、
アンケートにお答えいただければ幸いです。

下記URLまたはQRコードから
アンケートページへお入りください。
http://www.berrys-cafe.jp/static/etc/bb

ベリーズ文庫

悪役令嬢の華麗なる王宮物語
－ヤられる前にヤるのが仁義です－

2018年9月10日　初版第1刷発行

著　　者　藍里まめ
　　　　　©Mame Aisato 2018
発 行 人　松島 滋
デザイン　hive & co.,ltd.
校　　正　株式会社　文字工房燦光
編集協力　妹尾香雪
編　　集　鶴嶋里紗
発 行 所　スターツ出版株式会社
　　　　　〒104-0031
　　　　　東京都中央区京橋1-3-1　八重洲口大栄ビル7F
　　　　　TEL　販売部　03-6202-0386（ご注文等に関するお問い合わせ）
　　　　　URL　http://starts-pub.jp/
印 刷 所　大日本印刷株式会社

Printed in Japan

乱丁・落丁などの不良品はお取替えいたします。
上記販売部までお問い合わせください。
定価はカバーに記載されています。

ISBN 978-4-8137-0526-0　C0193

ベリーズ文庫 2018年9月発売

『熱情求婚～御曹司の庇護欲がとまらない～』 水守《みずもり》恵蓮《えれん》・著

綾乃は生まれた時から大企業のイケメン御曹司・優月と許嫁の関係だったが、ある出来事を機に婚約解消を申し入れる。すると、いつもクールな優月の態度が豹変。恋心もない名ばかりの許嫁だったはずなのに、「綾乃が本気で愛していいのは俺だけだ」と強い独占欲を露わに綾乃を奪い返すと宣言してきて…!?

ISBN 978-4-8137-0521-5／定価：本体640円＋税

『君を愛で満たしたい～御曹司のとろ甘な溺愛～』 佐倉《さくら》伊織《いおり》・著

総合商社勤務の葉月は仕事に一途。商社の御曹司かつ直属の上司・一ノ瀬を尊敬している。2年の海外駐在から戻った彼は、再び葉月の前に現れ「上司としてずっと我慢してきた。男として、絶対に葉月を手に入れる」と告白する。その夜から熱烈なアプローチを受ける日々が始まり、葉月の心は翻弄されて…!?

ISBN 978-4-8137-0522-2／定価：本体650円＋税

『エリート上司の甘く危険な独占欲』 ひらび久美《くみ》・著

輸入販売会社OLの華奈はある日「結婚相手に向いてない」と彼に振られたバーで、居合わせたモテ部長・一之瀬の優しさにほだされ一夜を共にしてしまう。スマートな外見とは裏腹に「ずっと気になっていた。俺を頼って」という一之瀬のまっすぐな愛に、華奈は満たされていく。そして突然のプロポーズを受けて!?

ISBN 978-4-8137-0523-9／定価：本体640円＋税

『イジワル上司に甘く捕獲されました』 円山《まるやま》ひより・著

銀行員の美羽は引越し先で、同じマンションに住む超美形な毒舌男と出会う。後日、上司として現れたのは、その無礼な男・瀬尾だった！　イヤな奴だと思っていたけど、食事に連れ出されたり、体調不良の時に世話を焼いてくれたりと、過保護なほどかまってくる彼に、美羽はドキドキが止まらなくて…!?

ISBN 978-4-8137-0524-6／定価：本体640円＋税

『次期社長の溺愛が凄すぎます！』 佳月《かげつ》弥生《やよい》・著

恋人の浮気を、見知らぬ男性・圭一に突然知らされた麻衣子。失恋の傷が癒えぬまま、ある日仕事で圭一と再会。彼は大企業の御曹司だった。「実は君にひと目惚れしてた」と告白され、その日から、高級レストランへのエスコート、服やアクセサリーのプレゼントなど、クールな彼の猛アプローチが始まり…!?

ISBN 978-4-8137-0525-3／定価：本体640円＋税

タイトル、価格等は変更になることがございますのでご了承ください。

ベリーズ文庫 2018年9月発売

『しあわせ食堂の異世界ご飯』　ぷにちゃん・著

料理が得意な女の子がある日突然王女・アリアに転生!?　妃候補と言われ、入城するも冷酷な皇帝・リントに門前払いされてしまう。途方に暮れるアリアだが、ひょんなことからさびれた料理店「しあわせ食堂」のシェフとして働くことに!?　アリアの作る料理は人々の心をつかみ店は大繁盛だが…!?

ISBN 978-4-8137-0528-4／定価：本体620円＋税

『悪役令嬢の華麗なる王宮物語～ヤられる前にヤるのが仁義です～』　藍里《あいさと》まめ・著

公爵令嬢のオリビアは、王太子レオンの花嫁の座を射止めろという父の命で、王城で侍女勤めの日々。しかし、過去のトラウマから"やられる前にやる"を信条とするしたたかなオリビアは、真っ白な心を持つレオンが苦手だった。意地悪な王妃や王女を蹴散らしながら、花嫁候補から逃れようと画策するが…!?

ISBN 978-4-8137-0526-0／定価：本体660円＋税

『軍人皇帝はけがれなき聖女を甘く攫う』　涙鳴《るいな》・著

神の島に住む聖女セレアは海岸で倒れていた男性を助ける。彼はレイヴンと名乗り、救ってくれたお礼に望みを叶えてやると言われる。窮屈な生活をしていたセレアは島から出たいと願い、レイヴンの国に連れて行ってもらうことに。実は彼は皇帝陛下で、おまけに「お前を妻に迎える」と宣言されて…!?

ISBN 978-4-8137-0527-7／定価：本体630円＋税

『独占欲強めの王太子殿下に、手懐けられました わたし、偽花嫁だったはずですが！』　雨宮《あまみや》れん・著

貧乏国の王女であるフィリーネに、大国の王子・アーベルの花嫁候補として城に滞在してほしいという招待状が届く。やむなく誘いを受けることにするフィレーネだが、アーベルから「俺のお気に入りになれ」と迫られ、恋人契約を結ぶことに!?　甘く翻弄され、気づけばフィリーネは本気の恋に落ちていて…!?

ISBN 978-4-8137-0529-1／定価：本体630円＋税

タイトル、価格等は変更になることがございますのでご了承ください。

ベリーズ文庫 2018年10月発売予定

Now Printing

『ただ、恋のために』 白石《しらいし》さよ・著

メーカー勤務の柚希はある日、通勤中のケガを助けてくれた御曹司の高梨の高級マンションで介抱されることに。彼は政略結婚相手を遠ざけたい意図から「期間限定で同棲してほしい」と言い、柚希を家に帰そうとしない。その後、なぜか優しくされ、「我慢してたが、お前がずっと欲しかった」と甘く迫られて…!?

ISBN 978-4-8137-0542-0／予価600円＋税

Now Printing

『恋愛初心者ふたりの正しい結婚のススメ』 田崎《たさき》くるみ・著

OLの日葵は勤務先のイケメン副社長、廉二郎から突然告白される。恋愛経験ゼロの彼女は戸惑いつつも、強引に押し切られてお試しで付き合うことに。クールで皆から恐れられている廉二郎の素顔は、超"溺甘彼氏"!?　優しく抱擁してきたり「今夜は帰したくない」と熱い眼差しを向けてきたりする彼に、日葵はドキドキさせられっぱなしで…？

ISBN 978-4-8137-0543-7／予価600円＋税

Now Printing

『シュガーラブ』 若菜《わかな》モモ・著

OLの柚葉は、親会社の若きエリート副社長・琉聖に、自分と偽装婚約をするよう突然言い渡される。一度は断るも、ある事情から、その契約を条件つきで受けることに。偽りのはずが最高級の婚約指輪を用意され、「何も心配せず甘えてくれ」と、甘い言葉を囁かれっぱなしの超過保護な生活が始まって…!?

ISBN 978-4-8137-0544-4／予価600円＋税

Now Printing

『一途な御曹司の愛は甘く優しく』 花木《はなき》きな・著

平凡女子の美和は、ある日親の差し金で、住み込みで怪我をしたイケメン御曹司・瑛真の世話をすることに。しかも瑛真は許婚で、結婚を前提とした婚前同居だというのだ。最初は戸惑うが、イジワルに迫ったかと思えば執拗に可愛がる瑛真に、美和はタジタジ。日を増すごとにその溺愛は加速するばかりで…!?

ISBN 978-4-8137-0545-1／予価600円＋税

Now Printing

『イジワル御曹司の甘美なる最愛誓約書』 雪永《ゆきなが》千冬《ちふゆ》・著

モデルを目指す結衣は、高級ホテルのブライダルモデルに抜擢！　チャンスをものにしようと意気込むも、ホテル御曹司の常盤に色気がないとダメ出しされる。「恋の表現力を身に着けるため」と強引に期間限定の恋人にされ、同居することに!?　24時間体制の甘いレッスンに翻弄される日々が始まって…。

ISBN 978-4-8137-0546-8／予価600円＋税

タイトル、価格等は変更になることがございますのでご了承ください。

ベリーズ文庫 2018年10月発売予定

『タイトル未定』 灯乃《とうの》・著

Now Printing

192人の側室を持つ好色皇帝の嫡子である公主・華雪は、唯一の同腹である弟を溺愛し、のんびりと暮らす日々。ところがある日、何者かの仕業で結界が破られ、なんと皇帝は神の呪いによって美幼女になってしまう!? 呪いを解くため、華雪は将軍の一人息子・凌威と波乱万丈な旅をすることになって…!?

ISBN 978-4-8137-0549-9／予価600円＋税

『黒王子の秘められた純愛』 一《いち》ノ《の》瀬《せ》千景《ちかげ》・著

Now Printing

公爵令嬢のプリシアは、王太子の許嫁として花嫁教育を受けてきた。ところが、結婚パーティー当日、なんと彼が失踪してしまい、急遽代わりに第二王子であるディルが、プリシラの結婚相手に。「お前には何も望まない」と冷たく突き放されるプリシラだったが、言葉とは裏腹な彼の優しさに惹かれていき…。

ISBN 978-4-8137-0547-5／予価600円＋税

『明治純愛浪漫譚』 佐倉《さくら》伊織《いおり》・著

Now Printing

時は明治。没落華族の令嬢であるあやは、日本経済をけん引する紡績会社の御曹司・行基と政略結婚することになる。愛のない新婚生活…そう思っていたのに、行基はあやを宝物のように大切にし、甘やかしてくる。「待てない。あやが欲しい」――初めて知る快楽に、ウブなあやは心も体も溺れていき…!?

ISBN 978-4-8137-0548-2／予価600円＋税